# 내가바로 세종대왕의 아들이다

# 내가 바로 세종대왕의 아들이다 3

유아리 퓨전 판타지 소설

초판 1쇄 찍은 날 § 2020년 6월 18일
초판 1쇄 펴낸 날 § 2020년 6월 25일

지은이 § 유아리
펴낸이 § 서경석

총괄팀장 § 노종아
편집책임 § 이민지
디자인 § 소소연

펴낸곳 § 도서출판 청어람
등록번호 § 제387-1999-000006호
등록일자 § 1999. 5. 31
어람번호 § 제1-3060호

주소 § 경기도 부천시 부일로 483번길 40 서경B/D 3F (우) 14640
전화 § 032-656-4452 팩스 § 032-656-4453
http://www.chungeoram.com
E-mail § chungeorambook@daum.net

ⓒ 유아리, 2020

ISBN 979-11-04-92207-7 04810
ISBN 979-11-04-92193-3 (세트)

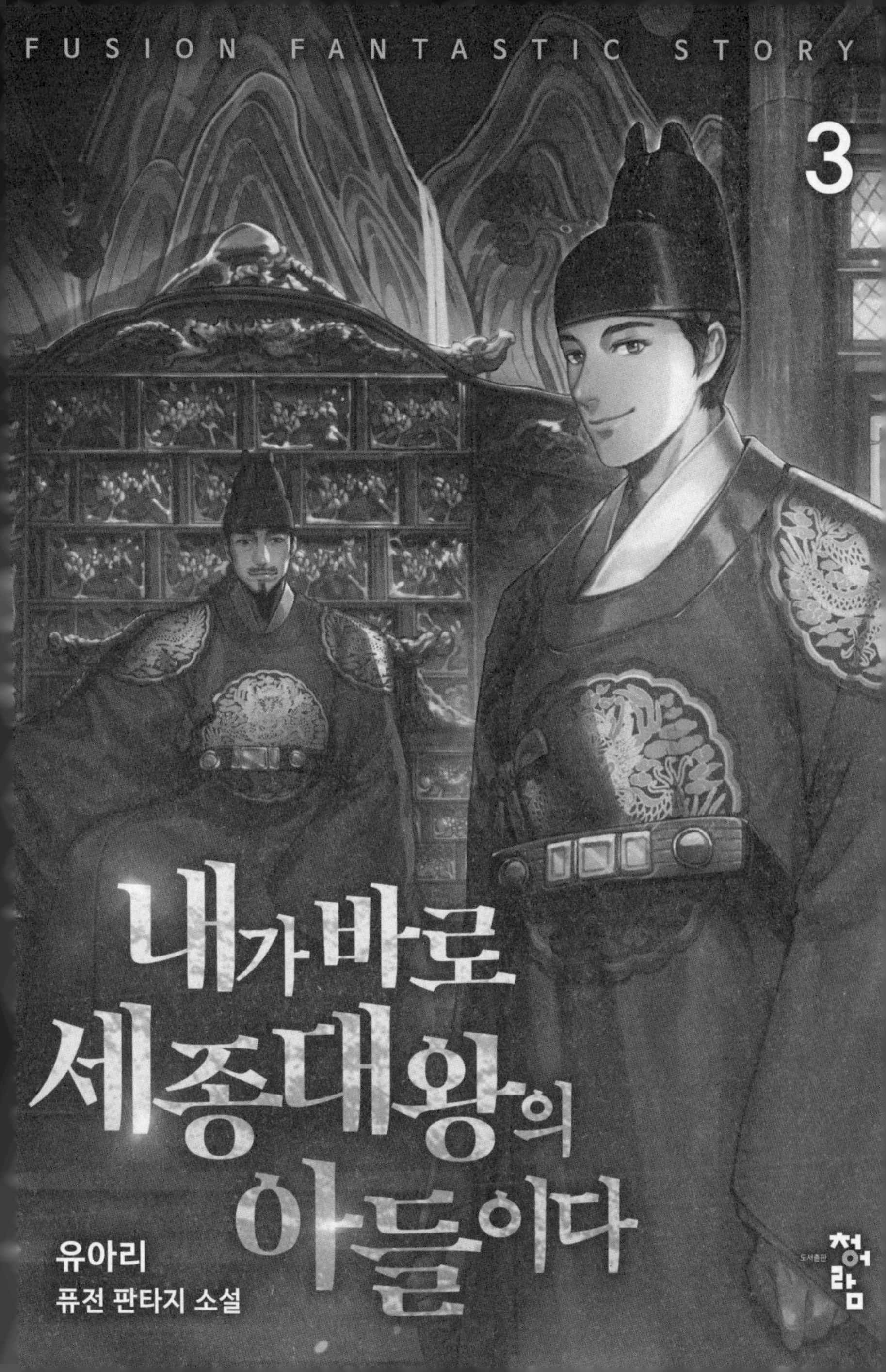
FUSION FANTASTIC STORY
3
내가 바로 세종대왕의 아들이다
유아리
퓨전 판타지 소설
도서출판 청어람

# 목차

---

제1장
**뿌리 깊은 나무** · 007

제2장
**착호갑사** · 055

제3장
**왕진** · 095

제4장
**내리 물림** · 131

제5장
**견주위 토벌전** · 199

제6장
**자염** · 243

제1장
뿌리 깊은 나무

　금세 재래연의 일정인 1월 15일이 찾아왔고, 난 내 동생 안평의 부탁대로 할아버님의 배역을 맡아 무대에 섰다.

　역시 지난번처럼 조정의 문무백관부터 백성들, 그리고 특별히 초대받아 온 개성과 황해도의 토호와 유자들이 무대 앞에 자리를 깔고 앉아 있다.

　간사를 맡은 안평이 먼저 역사적 배경의 설명에 들어갔는데, 용이의 말솜씨는 원래도 유려한 편이었지만 그간 지방을 돌며 쌓은 경험 덕인지 발성법과 성량 모두가 어느 정도 경지에 이른 듯했다.

"그리하여, 태종 대왕께서 친히 행차하시어 정몽주와 대면해 죽음의 위기에 빠진 이들과 스승인 삼봉 정도전 선생을 구원하러 나서셨는데……."

그렇게 안평대군 용이가 배경 설명을 마치고 난 후, 재래연의 첫 장면은 그 유명한 선죽교의 대치부터 시작했다.

"포은 선생, 꼭 그렇게까지 하셨어야 했소이까?"

"무엇을 이르는 말인가?"

"제 가친과 집안 전부를 죽이려 한 것도 모자라, 친우인 삼봉(三峰) 선생까지 죽이려 드시다니요? 어찌 유자이자 고려의 차기 유종인 선생께서 이런 무도한 일을 꾸미셨단 말입니까?"

"그것은 이 나라 고려의 사직을 지키기 위해 불가피하게 행한 방도였다."

"부디 하옥돼 있는 삼봉 선생과 제자들은 풀어주시지요. 그렇게만 하시면 저도 아무 일 없이 이 자리를 떠나겠습니다."

"역성혁명을 일으키려 하는 역도 수괴의 아들놈이 감히 날 협박하고, 내게 거래를 제안하려 하는가? 당장 물러서지 못할까?"

"역성혁명이라니요? 큰일 날 소리를 하시는군요. 아버님은 그저 권문세족을 타파하고, 나라의 정기를 바로 세우려 하시는 분이옵니다."

"하! 본관이 이제껏 살면서 들었던 농 중에서 가장 웃기는 소리로군."

"진정 고려를 생각하는 충신이신 포은 선생이라면, 제 가친과 뜻을 함께할 수도 있는 것 아닙니까?"

"헛소리—!"

"……"

"내가 친우인 삼봉 그놈의 본질을 모를 것 같나? 그 녀석은 이 나라 고려를 증오하는 것으로도 모자라 세상 그 자체를 증오하는 광인이야! 네 아비는 그런 광인의 꾐에 넘어가 나라를 뒤엎으려는 역적이고! 그걸 알고 있는 내게 너희 도당에 들어오라고?"

난 말없이 눈물을 흘리다가 슬픔에 잠긴 목소리로 다음 대사를 읊었다.

"이런들 어찌하고, 저런들 어쩌겠소……. 포은 선생이 우리와 함께한다면, 만수산 칡넝쿨의 뿌리가 얽혀 있듯 각자의 대의를 이 나라에 깊이 뿌리내릴 수도 있었을 텐데, 이렇게 됐으니 그저 안타까울 따름이오."

"역당의 수괴 아들놈이 말이 많구나! 네놈이 이 자리에서 날 죽이고 난도질하여, 이 몸뚱이가 흔적 하나 없이 사라진다 한들 네놈이 얻을 수 있는 건 고려 사람들의 반발뿐이로다. 결국 너희가 믿고 있는 알량한 대의는 백성들의 민란으로 사라지게 될 것이고, 내 백골이 진토되어 혼마저 사라진다 한들 나의 충심과 절개는 결코 돌릴 수 없을 것이다!"

피를 토하는 듯한 절절한 절규가 정몽주를 연기 중인 정보의 입을 통해 흘러나온다.

이 장면을 연습하다가 굉장히 점잖은 듯한 연기를 하길래 성이 차지 않아서, 계속 다시 하도록 굴렸더니 내게 원독이라도 품은 듯 대사 한마디 한마디마다 분노와 처절함이 가득한 것이 느껴진다. 하긴 이런 기회가 아니면 언제 내게 이런 말 해볼 수 있겠어? 조상의 한도 풀고 기개를 보일 기회기도 하니, 필사적인 듯하다.

"그러하신가…… 그럼 부디 고통 없이 가시길 빌겠소."

내 뒤에서 대기 중이던 조영규 역을 맡은 손자가 철퇴를 들고 등장했다.

"흥… 내가 이런 자리에 대비도 없이 혼자 왔을 거라 생각했는가?"

그러자 내가 각색한 대로 정몽주의 수하들이 등장해서 조영규와 혈전을 벌였다.

나 역시 가담해서 미리 합을 맞춰둔 대로 무술 동작을 이용해 그들을 하나씩 제압했고, 결국 정몽주는 조영규의 철퇴에 맞아 쓰러지고 말았다.

"내가 죽어도 고려는 절대 무너지지 않는다. 반드시 네놈은 천벌을 받을 것이야……."

"선생… 이럴 수밖에 없었던 날 용서하지 마시오. 이 죗값은 부디 저승에서 만나 치를 터이니……."

"그래, 먼저 가서 지켜봐 주지."

그렇게 정몽주는 완전히 숨이 끊어졌다.

"도련님, 이 시신들은 어찌할까요?"

"수하들의 시신만 전부 치우고, 포은 선생은 여기 그대로 두어라. 고려인 모두가 봐야 할 것이다. 감히 아버님에게 거스르면 어찌 되는지 말이다."

"장군께서 이 일을 아시면 가만히 계시지 않을 터인데, 어찌려고 이런 일을 저지르셨습니까? 저는 처음에 도련님의 신변을 보호하려고 나온 거였지, 이런 생각은 없었습니다."

"그게 무서우냐? 난 그런 일보다 아버님의 대의가 꺾이는 것이 더 두렵다. 난 아버님을 위해서라면 이보다 더한 짓도 할 수 있어. 이게 바로 나의 효심이자 충의로다."

그렇게 첫 장면이 끝이 났는데, 관객석의 반응이 조용한 게 용비어천가의 재래연과는 다르다. 전엔 즐겁게 본 쪽이라면 지금의 반응은 뭔가에 홀린 듯한 반응에 가깝다. 다만 황해도와 개성에서 온 이들로 추정되는 관객들은 눈물을 흘리며 탄식 중이다.

임시로 차출되어 잡무를 맡아 무대 뒤에서 공연을 돕는 궁녀들 역시 멍한 표정으로 뭔가 이야기를 나누고 있기에, 반응이 궁금해서 그들의 말을 살짝 엿들어 보았다.

"하아… 난 왜 온통 세자 저하밖에 안 보일까?"

"역시 저하께선 뭘 해도 멋진 거 같아. 마지막에 우수에 찬 듯한 표정은 정말… 내가 그 앞에 있었으면 슬퍼하지 말라며 안아드렸을 텐데……."

"난 포은 선생 맡으신 분도 멋져 보이던데, 왠지 남자 취향이 바뀔 거 같아……."

"야! 다들 딴소리하지 말고 어서 움직이기나 해! 여기 바쁜 거 안 보여?"

나와 정보가 했던 연기를 보고 넋이 나간 거였나? 역시 이 몸의 재능이란 참…….

이후 그렇게 내용이 진행되어 증조부께선 평화로이 선위받아 왕위에 오르셨다. 이 부분은 내가 집필하면서 정말 공을 들여서 묘사해 누가 봐도 고려의 체제론 더는 나라를 살릴 답이 없었기에, 이성계란 인물이 왕위에 오를 수밖에 없었다고 정당성을 설파하는 데 집중했다.

이 장면은 내가 거의 등장하지 않아서 난 무대 뒤에서 개성과 황해도에서 온 이들의 반응을 지켜보았는데, 그들의 표정은 대부분 짐짓 불편해 보이나, 어느 정도 수긍하는 듯한 이들도 간혹 보였다.

그리고 태평성대가 이어지다 갑자기 왕자의난이라고 부르

는 장면으로 전환되었다. 이 부분은 자칫 잘못하면 할아버님이 무도한 역적으로 보일 수 있기에, 나도 이 장면을 쓰면서 고심하다가 이 모든 게 오해로 비롯된 결과의 산물이라고 묘사했다.

그간 정몽주가 그저 자신을 가두어두기만 했었고 실제론 전부 죽이려고 한 사정을 몰랐던 정도전은 친우 정몽주를 죽인 할아버님을 두려워하며 동시에 증오하게 된다.

그렇게 서로 오해가 쌓여 정도전은 이방원을 냉대하고 어린 동생 의안군(宜安君) 방석을 세자로 책봉해 자신의 이상대로 교육하여 완벽한 왕재로 만들려고 노력하는 모습이 무대에 나왔다.

조부 이방원 역시 오해로 인해 신덕왕후와 정도전이 짜고 자신과 다른 형제들을 죽이려 한다는 잘못된 정보를 입수하여, 형제들을 동원해 장자 계승의 원칙을 내세워 거사를 벌이게 된다.

그리하여 정도전의 집으로 무대가 전환되었다.

"스승님, 어찌하여 그러셨습니까? 방석은 결코 왕재에 적합한 인물이 못됩니다. 어찌 학문을 등한시하고 사치스러운 아이가 이상적인 왕재라고 생각하고, 저를 죽이려 하신 겁니까?"

할아버님과 삼봉 정도전을 사승 관계로 설정한 건 나의 창작이다. 조선의 체제를 세우는 데 큰 공을 세운 이라, 할아버님의 스승이 되어도 무방하단 쪽에 가깝다. 물론 극의 재미와 갈등을 부각시키기 위한 장치이기도 하다.

"네놈같이 손에 피를 묻힌 이보단 나아! 세자 저하께선 아직은 자질이 조금 모자라지만 철이 들면 나아질 수 있다."

"스승님의 논거대로라면 아바마마께선 왕위에 오를 자격이 없는 것 아닙니까?"

"흥! 고금 어느 나라의 예를 봐도, 건국의 태조는 피차 그럴 수밖에 없다. 하지만! 대를 이어 왕위를 물려받을 이는, 무보다 문으로 신하들과 백성들을 보듬을 줄 알아야 한다. 네가 왕위에 오르면 피와 시체로 쌓은 용상에 앉아, 너의 권력을 유지하려 할 것이다."

"아니요. 스승님이 틀리셨습니다. 고려가 사라지고 조선이 건국되었다 한들, 혼란스러운 이 나라를 안정시키려면 강력한 왕권이 필요합니다. 재상 총재제를 꿈꾸는 스승님의 이상이 실현되려면 나라가 안정되고 몇백 년은 더 걸릴 겁니다."

"네가 뭘 알아! 무릇 유자란—"

"네, 아주! 잘~ 알지요! 스승님의 친우인 포은 선생도 유자셨지만, 그분의 신념과 충을 지키기 위해 칼을 들고 스승님과 우리 모두를 죽이려 했습니다. 무릇 정치란 건 붓과 칼이 모두 고르게 필요한 법입니다. 그런데 스승님은 아직도 이상만을 꿈꾸십니까?"

　물론 이 장면은 그의 후손들과 극의 개연성을 위해 각색한 부분이다. 실제론 정도전도 정치적 살인을 벌인 적이 있고, 요동 정벌을 주장하기도 했던 이다.

　"뭐? 그런… 그럴 리가 없어……. 정녕 포은이 날 죽이려 했다고?"

　"네에, 이젠 아무래도 상관없는 이야기지요. 그러니 부디 낙향해서 조용히 살아주십시오. 이게 불초 제자의 마지막 부탁입니다."

　"내가… 그간 미혹에 빠져 큰 실수를 범했구나. 덜렁대는 천품을 타고나, 그간 자세한 사정을 알아보려 하지도 않고 그저 널 증오하기만 했으니……."

　"이제 와서 그런 게, 무슨 상관이겠습니까? 이미 돌이킬 수 없는 것을요."

　"그래… 이젠 돌이킬 수 없구나. 操存省察兩加功 마음을 다 잡고 성찰하는 데 공을 기울여 살며, 不負聖賢黃卷中 책 속의 성현 교훈을 저버리지 않았었지. 三十年來勤苦業 삼십 년의 긴 세월을 쉬지 않고 고초 속에 이룬 업이, 誤解一醉竟成空 오해에 한 번 취하니 이 모든 것이 허사가 되었구나."

　정도전을 맡은 배우의 입에서 후세에 정도전의 절명시라고 알려진 자조(自嘲)가 내가 일부 개작한 대로 흘러나오고, 곧장 허리춤에서 단검을 꺼내 자신의 가슴을 찌르는 시늉을 하자 숨겨두었던 피 주머니에서 피가 흘러내린다.

이 부분은 정도전의 후손들이 차마 볼 수 없었는지 고개를 돌렸고, 다른 관중들은 안타까움에 눈물을 쏟고 있었다.

"내가 제자에게 그간 못 할 짓을 했구나……. 이 못난 스승을 용서해다오. 커흑!"

"스승님! 어찌하여… 전 그저 조용히 낙향하시길 바랐을 뿐인데……."

"그간 내가 몹쓸 짓을 했고, 네게 정말 미안하구나. 부디 내 목숨으로 다른 무고한 이들은 살려다오."

"스승님!"

그렇게 난 정도전의 시체를 붙들고 한참을 울어야 했다. 그러자 장내에서 관람하던 관중 모두가 나를 따라 울었다.

그리고 안평의 설명이 이어지던 중 무대가 다시 전환되어난 강녕전에서 증조부 이성계 역할을 맡은 이형의 앞에서 부복하여 용서를 비는 중이었다.

"네놈이 감히!"

증조부가 던진 벼루에 맞는 척하고 망건 부분에 숨겨둔 작은 피 주머니를 터뜨려 피를 흘리는 모습을 연출하자, 장내의 모든 사람이 술렁대고 있다.

"너! 네가 감히 삼봉과 여러 대신을 죽여?"

"송구하옵니다. 하지만 이는 어지럽혀진 국본을 바로 세우기 위함이니, 아바마마께서 형님을 세자로 세우셔야 합니다."

"닥쳐라! 너 따위가 감히 국본을 좌지우지할 수 있다고 생각하느냐?"

어느새 칼을 뽑아 들고 다가온 이형이 날 베려고 하지만, 그 역시 혈육을 쉽게 벨 수 없는 할아버님의 모습을 연기하며 갈등 중인 모습을 보여주었다.

그러자 내 뒤에 엎드려 있던 모든 문무백관이 따라 외쳤다.

"주상 전하! 정안군의 말이 모두 지당하옵니다. 부디 장자를 국본에 세우시옵서!"

"자네들… 그리고 지란이 너마저… 고(孤)가 잘못했다고 질책하는 건가?"

그러자 이지란을 연기 중인 이안정이 외쳤다.

"전하! 장자 계승의 법도에 따라 영안군에게 세자의 위를 내리시옵소서!"

본디 증조부의 장남은 진안군 이방우였지. 하지만 그분은 술 중독에 행실이 좋지 않아 집안에서 경원시되었고, 당시 우리 집안의 실질적인 장남은 이후 왕위에 오르신 나의 큰 할아버님 영안군 이방과였다.

"허… 허허허허헛, 으흐흐흐… 으허허허! 방원이 네가 정녕, 이 모든 것을……."

일견 실성한 듯 보이나 조금은 광기에 물든 듯한 모습으로 한참을 웃던 증조부 이성계, 아니, 이형은 칼을 버리고 싸늘한 표정으로 날 노려보며 말했다.

"네 동생들만은 반드시 손대지 않겠다고 맹세하거라. 그럼 네 뜻에 따라 영안군을 세자로 책봉하마."

"전하의 분부를 따르겠사옵니다."

하지만 이후 조부에게 과도한 충성을 보이려던 수하들의 소행으로 방번과 방석 모두가 살해당하자, 증조부인 태조 대왕께선 조부 이방원에 대한 오해와 증오만 더 깊이 쌓였고 결국 궁을 떠나고 만다.

그렇게 시간이 흐른 후 공정왕께서 정안군 이방원에게 선위하셔서 조부가 왕위에 올랐고, 그 와중에 북부에서 역적 조사의(趙思義)가 병을 앓고 계시던 태상왕 이성계를 납치하여 반란을 일으켰다.

하지만 태종께서 직접 나서서 군사들을 이끌어 태상왕을 구출하고, 명분을 잃은 조사의는 관군에 대패하여 난은 금세 진압되었다.

이후 장면이 다시 전환됐고, 궁으로 태상왕 이성계를 다시 모신 조부는 효를 다해 아버님의 마음을 돌리려 애를 쓴다. 본래 역사에서 두 분의 갈등은 조사의의 난이 일어나기 전에 극대화되었다.

조사의의 난이 진압되고 반란의 실질적 주모자인 태상왕께서 할아버님께 백기를 들고 조용히 지내셨지만, 내가 극적인 장면을 넣기 위해 갈등 부분을 각색하였다.

"아바마마. 요즘 북청군(北靑郡)에서 사과(沙果)가 제철을 맞아 올라왔기에, 소자가 아바마마께 사과를 진상하러 가져왔사옵니다. 부디 젓수어보시지요."

"일없소이다. 주상께서나 많이 드시지요."

그리고 환궁하신 증조부의 마음을 돌리려, 애를 쓰는 나의 연기가 계속 이어진다.

"아바마마… 오늘은 소자가 귀한 약재를 들여 약탕을 진상하려 가져왔사옵니다. 부디 이걸 젓수시고 아바마마의 성후를 챙기시옵소서."

"이런 약을 먹고 더 오래 산들 뭐 하겠소? 내 아이들과 안사람이 저승에서 날 기다리고 있으니, 한시라도 빨리 그들을 만나러 가고 싶은 마음이 가득할 뿐이오."

"아바마마! 그런 불길한 말씀은 부디 거두어주시옵소서!"

그렇게 한참 동안, 아버지의 마음을 돌리려는 아들과 아들을 용서하지 못하는 아버지의 대립 장면이 계속 이어졌다.

극 중에서 시간이 흘러 태조 대왕께서 훙(薨) 하시기 직전의 장면에서 병상을 지키는 아들의 연기를 하던 나는 내가 정말 할아버님이 된 것처럼, 잠시 나의 자아를 잃고 홀린 듯 본래와는 다른 대사가 내 입에서 흘러나왔다.

"아바마마, 부디 쾌차하시어 일어나소서! 이 못난 소자를 꾸짖어 주시옵소서! 소자가 전부 잘못했사옵니다. 이 못난 아들이 아바마마께 큰 죄를 지었사옵니다!"

"…주상."

"아바마마, 정신이 드시옵니까? 어의는 뭐 하는가? 당장 태상왕 전하의 옥체를 살피라!"

"아닐세, 내 몸은 내가 더 잘 알아. 죽기 전에 회광반조 하듯 정신이 잠시 돌아온 게지. 어의는 여(余)의 몸에서 손을 떼라. 내 잠시 주상께 긴히 할 이야기가 있어."

"아니옵니다! 아바마마, 부디 병을 이겨내시고 이 못난 소자를 꾸짖어주시옵소서!"

"주상, 내가 일전에 부처님께 수차례 불공을 드리면서, 주상을 어떻게든 용서하려 애를 써보았어요. 하지만… 이 늙은이의 가슴에 맺힌 한이 너무 많아 쉽게 그러지 못했었지요."

"아니옵니다. 전부 소자의 잘못이옵니다. 저는 만고에 길이 남을 죄인이니 벌을 받아 마땅하옵니다!"

"결국, 이 아비의 천수가 경각에 다다르니 우리 부자는 가슴속에 든 이야기를 털어놓을 수 있게 되었군요. 주상도 사랑하는 나의 아들이자 자랑거리인데, 어째서 그간 이리도 미워했는지… 이제야 그 미움을 털어낸 것 같아 이 아비의 마음이 홀가분해졌어요."

"아니옵니다, 아니옵니다. 전부 소자가 잘못해서 그 모든 이들을 죽게 만들어 아버님께 씻지 못할 죄를 지었사옵니다. 저를 계속 미워하셔도 좋으니 만수무강해 주시옵소서."

"주상께 마지막 부탁이 있소."

"하문하시옵소서, 소자가 반드시 아바마마의 명을 따르겠사옵니다."

"방원이 네가… 예전에 과거에 급제했을 때 벌인 잔치에서 내게 보여준 춤을 다시 한번 보여다오. 그때 이 아비가 얼마나 기뻤는지 넌 모를 거야. 변방의 촌뜨기 취급을 당하던 우리 집안에서 처음으로 과거에 급제한… 네가 정말 자랑… 허억… 허억……."

"아바마마께서 쾌차하실 수만 있다면 소자가 춤은 몇백 번, 아니, 몇 만 번이라도 아바마마께서 일어나실 때까지 출 수 있사옵니다. 부디 소자의 춤을 봐주시옵소서!"

그렇게 난 잠시 시간이 멈춘 듯한 공간 속에서 오직 둘만이 존재하는 느낌을 받았다.

할아버님이 된 나와 증조부가 된 이형의 앞에서, 한 번도 춰본 적 없는 생소한 춤을 추고 있었다.

발을 한번 내디딜 때마다 알 수 없는 감정이 내 몸을 가득 채웠고, 손짓 한 번에 쉼 없이 눈물이 흘러내렸다.

"그래, 고맙다······. 부디 이 나라의 굳건한 거목이 되어 뿌리를 깊이 내려다오."

"아바마마! 아바마마! 눈을 떠주시옵소서!"

그렇게 난 아버지의 품에 안긴 듯 증조부의 시신을 껴안고 울음을 멈추지 못하고, 그대로 실신하듯 쓰러져 버렸다.


*      *      *


"어흠··· 내가 잠시 정신을 잃었던 건가?"

정신을 차려보니 걱정스레 날 바라보는 김처선이 보인다.

"저하, 어의를 불러올까요?"

"아니다. 아무래도 잠시 감정이 격해져서 그런 듯하다. 시간이 얼마나 흘렀지?"

"찰나에 불과하옵니다. 지금은 안평대군이 빠르게 수습하여 설명 중이니, 객석에선 저하의 신변에 탈이 난 것을 모르고 있을 것이옵니다."

나도 모르게 대본에 없는 즉흥 대사가 마구 튀어나와 자칫 잘못하면 큰 사고가 벌어질 뻔했는데, 이형은 당황하지 않고 나의 대사를 적절히 받아 즉흥 연기를 펼쳐 극적인 장면을 완성했다.

그에겐 나중에 따로 상이라도 내려야겠어.

"그래? 그럼 다음 장면을 준비해야겠구나."

그렇게 다시 극은 진행되었고, 빠르게 할아버님의 치세 시절과 업적을 보여주는 장면이 지나가고 아버님이 보위에 오른 장면을 보여주었다. 그리고 아버님께 특별히 윤허받아 젊은 시절의 아버님을 연기 중인 안평대군이 병상에 누워 있는 내 앞에 부복 중이다.

"주상… 이 아비는 이제껏 수없이 많은 죄를 지었어요. 어려선 아버님과 나라를 위해서라며 사람도 여럿 죽였고, 그 후엔 외척을 경계해서 나와 뜻을 같이한 동지들을 전부 죽게 했지요. 게다가 사돈을 죽게 만들어 며늘아기에겐… 씻을 수 없는 상처마저 주었으니… 내 죄가 너무나 커요. 주상은 나중에 반드시 그 상처를 어루만져 주어야 할 것이오."

"아바마마, 사실 소자는 어릴 적 그런 아바마마를 존경하면서도 한편으론 두려워했사옵니다. 그러나… 소자가 용상에 앉아보니, 아바마마의 마음을 일부나마 이해할 수 있었사옵니다. 그래서 소자는 이제 다른 길을 찾아 모두를 포용할 수 있는 치세를 펼치려 결심했나이다."

"그래요? 주상께서 이 아비의 마음을 조금이나마 헤아렸다니… 고독했던 생을 마치기 전에 다소 위안이 되는군요. 무릇 용상에 오른 군주는 고독하고 쓸쓸한 법이며 모두에게 이해받기 어려운 처지라오."

"반드시 명심하겠나이다, 아바마마……."

"그래도 현명하시고 성군의 자질을 가진 주상을 왕위에 올린 것이, 이 아비가 피로 쌓아 올린 다른 공적을 제치고 가장 큰 위업이 될 거라 생각하니 기분이 나쁘지 않아요. 이젠 이 아비가 모든 악업과 악행을 지고 떠날 터이니… 부디 주상께선 성군이 되어주시오."

"아바마마―!"

그렇게 할아버님의 죽음으로 막이 내리고 연극은 끝이 났는데, 모두가 침묵한 듯 아무런 반응을 보이지 않는다.

뭐지?

객석을 자세히 살펴보니 모두가 눈물을 흘리다 못해, 고개 숙이고 있는데 아무래도 다들 공연에 방해되지 않으려고 소리 죽여 울고 있었나 보다.

따로 마련한 특별 좌석에 가림막과 발을 쳐두고 아버님과 함께 공연을 관람 중이시던 어머님도 아버님을 부둥켜안고 울고 계신 듯 보인다.

어마마마, 부디 슬퍼하지 마소서. 이젠 소자와 아버님이 어머님께 기쁨을 드릴 차례이옵니다.

"자! 오늘의 재래연은 여기서 끝이오!"

내가 확성기를 이용해 크게 소리 지르자, 그제야 다들 모두 자리에서 일어나 손뼉을 치기 시작했다. 사대부와 백성들, 하다못해 우릴 증오하는 개성과 황해도의 이들마저 모두 일어서 손뼉을 치는 것을 보니 이번 재래연도 성공적이었나 보다.

"주상 전하께서 이 자리를 빌려 특별히 공표할 것이 있으시니, 모두 잘 들으시게나."

그러자 문무백관들과 사대부들은 의장을 정제하고 아바마마를 향해 사배를 올렸다. 예법을 잘 모르는 다른 관중도 분위기를 보고 따라 절을 했다.

"금일 과인은 국구(國舅, 임금의 장인)의 신분이었다가 역적의 누명을 쓴 전 영의정부사 심온(沈溫)의 신원을 선대왕이신 태종대왕의 유지를 받들어 다시 회복하고, 그를 다시 영의정부사로 추증하여 종묘에 배향할 것이다."

"삼가 주상 전하의 명을 받들겠사옵니다ㅡ!"

그러자 다들 별 반발 없이 다들 아바마마의 뜻을 따랐다. 감동적인 분위기에 취한 건가? 앞으로 재래연을 정책 여론 몰이용으로 써도 나쁘지 않겠어.

내가 일전에 아버님을 설득해서 할아버님께 효를 다하는 것도 좋지만, 반드시 억울하게 돌아가신 외조부를 신원해 어머님의 한을 풀어드려야 한다고 필사적으로 설득하여 이 일이 성사되었다. 그렇게 작중에서 외조부 심온은 누명을 쓴 것으로 처리되었다. 그 대신 할아버님의 뜻대로 외척에게 높은 벼슬이나 실권을 주진 않을 것이다.

원래 이 일은 아버님 생전에 이루어지지 못했고, 내가 왕위에 올라서 어머님께 효를 다하려고 시행한 일이다. 아무리 좋은 일이라도 어머님 생전에 해야지. 돌아가신 후에 하면 대체 무슨 소용이겠어?

어머님, 아버님과 제가 준비한 선물이 부디 마음에 드셨으면 좋겠네요.

아바마마, 어마마마, 부디 백년해로하시고 만수무강하시옵소서.


*          *          *


공연이 끝나고 내 생각보다 많은 것들이 달라졌다. 조정에선 조사의의 난 덕에 공공연하게 차별하고 있던 조선 북쪽 지방에 대한 대우 개선을 논의하였다. 그리하여 아버님께선 조사의 덕에 생겼던 함길도의 반역향 해제를 명하시고, 이북 지방의 거주민을 대상으로 한 문과와 무과 시험을 내년에 치르기로 결정하셨다.

북방의 혹독한 환경에서 힘겹게 살아가는 이들을 공공연히 차별하는 정책이, 미래에 가선 각종 반란의 형태로 그들이 나라에 돌아서게 만들었으니 지금부터라도 저들의 마음을 보듬어주어야겠지.

"상호군, 고생이 많았소이다. 내 그대의 서신을 받자마자, 일 정도 모두 미루고 새로운 아이들을 보러 왔다네."

"망극하옵니다, 저하. 소신이 만든 화기를 아이들이라 부르시니, 뭔가 친숙하면서 어색하게 들리옵니다."

난 지금 장영실과 이천이 합작 개발하던 신형 화포와 저격용 천보총이 개발 완료 되었다는 소식을 듣고 성삼문과 박팽년을 데리고 장인청에 들렀다.

"아닐세, 그대와 총통위장이 합심해서 만든 화기는… 전쟁의 판도를 바꿀 만한 무기가 되었네. 진정 그대가 있어 조선의 홍복이자 경사일세."

"망극하옵니다."

"성 수찬, 박 부수찬! 지금 거기서 뭐 하고 있나?"

"예? 송구하옵니다. 저하, 소신들이 장인청엔 처음이라 기이한 광경에 눈이 홀려서 그만……."

"그대가 가져온 공문은 상호군에게 건네주게나. 상호군은 따로 사람을 시켜 저들을 견학이라도 시켜주시게."

"예, 저하. 소신이 제자를 불러 안내하겠나이다. 이봐! 최가야!"

"예, 스승님."

"저기 저하를 호종 중인 이들을 데리고, 장인청 내부를 구경시켜 주어라."

"스승님의 명을 받들겠습니다."

그렇게 불려온 장영실의 제자가 성삼문과 박팽년을 견학시
키려 데려갔다.

"저치는 일전에 잠시 보았던 영성부원군의 손자 최공손이라
고 했던가? 일전에 본 인상과 다르게 아주 진중해졌군."

"예, 소신이 전직 강계부사 최해산의 부탁을 받아 저 아이
와 정식으로 사승 관계를 맺어 지도 중이옵니다."

"일전에 소식을 듣기론 최해산은 와병 중이라던데? 아들이
아비를 돌보지 않고, 이렇게 일을 하고 있어도 되는 것인가?"

"이는 온전히 최해산의 의지이옵니다. 본인이 졸해도 관복
을 벗지 말라고 미리 유언도 남겨 두었다고 합니다."

"허… 그런가? 참으로 갸륵한 처사로군. 그래도 최해산에게
따로 약재와 하사품이라도 내려 그를 위무해야겠어."

그래, 솔직히 예전의 나라면 효를 다하겠다고 삼년상 하는
것을 좋게 봤을 텐데. 지금은 생각이 많이 달라졌다. 마치 미
래의 나처럼 신료들이 삼년상 치르다가 몸이 상하면 조정도
손해고, 당사자도 손해잖아. 언젠간 관직에 오른 이들은 이일
역월제(以日易月制)를 준수하게 할 법도를 만들 거다.

그런 면에서 불교의 사십구재식 장례가 참 간편하고 쉽단
말이야. 사대부가 남들 눈치 본다고 생전에 불교 신자였던 고
인을 유교식으로 장례하는 예도 간혹 있던데, 이 부분은 확실

히 개선이 필요하겠어.

"저하, 이것이 이번에 새로이 만든 화포와 포환이옵니다. 아직 이름은 붙이지 않아 임시로 그저 일형(一形)이라고 부르고 있사옵니다."

장영실이 새로 만든 것은 미래에 비격진천뢰라고 부르는 지연 신관식 작렬탄과 그것을 발사할 완구(碗臼)식 신형 화포였다.

"도화선 안정성 시험과 방포 실험은 몇 번이나 해보았나?"

"이미 화약을 적게 넣은 포환으로 백여 번 가까이 실험해보았사옵니다. 도화선에 문제가 생긴 한 차례를 제외하곤, 전부 온전히 작동했으니 실전에서도 큰 문제가 없을 것이옵니다."

"그럼 시험 방포를 볼 수 있겠는가?"

"아랫것들을 시켜 준비하겠사옵니다."

그렇게 장영실의 지시대로 시험 발사 준비가 완료되고, 발사 목표 지점에는 허수아비가 여럿 세워져 있었다.

"방포하라!"

― 쾅!

짧은 원형 포신의 화포에서 포탄이 발사되었다. 그러나 시험 발사를 담당한 갑사의 포술이 능숙하지 못했는지, 포탄은 목표한 지점을 8보(약 14m) 정도 지나쳐 안착했다. 일마 후 포탄은 꽝음을 일으키며 폭발했고 그 여파로 포탄 안에 들어 있던 잡철 쪼가리가 사방으로 비산하여, 살상반경에 있는 후열의 허수아비들은 지지대가 부러져 절반 이상이 쓰러졌다.

"으음… 그래도 역시, 기대한 만큼의 위력이로군."

"화포를 다루는 이가 미숙하여, 저하께 누를 끼쳤나이다."

"신형 화포를 다루는 데 익숙하지 않아서 그럴 테니, 이해할 수 있네."

이 기회에 미래 포병들이 어떻게 계산하고 쏘는지 공부해서, 나중에 총통위장 이천에게 알려주어야겠다. 그 참에 조선에서 쓰는 산학 말고 미래에 수학이라고 부르는 학문도 좀 알리고, 미래에 쓰는 숫자와 영의 개념도 자연스레 널리 알려야겠어.

수학의 전파는 이천하고 이순지나 정인지한테 작게나마 암시만 줘도, 새로운 학문과 개념에 낚여서 그들 스스로 갈아댈 것이다.

나중에 수학이 관료들 사이에서 자리 잡으면 경제와 회계 부분의 역사를 바꿨다고 하는 복식부기(複式簿記)법를 도입해 재정의 투명성을 확보해야겠지?

"신형 천보총은 어떠한가?"

"명칭은 천보총이옵니다만… 실제 유효한 사거리가 차마 천보에 전혀 미치지 못해 실패했다고 사료 중이옵니다……."

로 세종대왕의 아들이다

"정확하겐 얼마나 나오는데 그러나?"

"대략 일백에서 백오십보(약 180~270m) 사이 정도이옵니다. 멀면 멀수록 바람의 영향을 크게 받는 듯했사옵니다."

뭐? 그럼 엄청나게 성공한 건데?

"그 정도면 충분히 성공한 듯싶네만? 내가 일전에 천보총이라고 이름 붙인 건 그저 수식어에 가깝네. 그 정도면 충분히 내가 바란 성능에 부합하고도 남아. 총열의 재질은 뭘로 했는가?"

"저하께서 일전에 알려주신 선반이란 도구와 천공기를 시험적으로 도입해서, 강철로 주조한 기다란 총열에 구멍을 뚫어 제작했사옵니다."

오… 역시 조선 최고의 공학자이자 대장장이답다. 강선 도입은 아직이지만, 화승총만으로 이 정도 성능을 낸 건 무기사에 길이 남을 만한 업적이겠지.

"새로운 제조법은 앞으로 화승총 제작 공정에 도움이 될 듯한가?"

"아직까진 천보총의 시제품 세 정을 제작하는 데 사용했기에, 이 방도에 숙련된 이가 소신뿐이옵니다. 이미 관례화된 기존의 분업 공정을 여기에 맞춰 바꾸려면 좀 더 시간이 필요할 듯하옵니다. 제대로 적용하려면 연 단위의 시간이 필요하지 않을까 사료되옵니다만."

으음… 조만간 아버님을 설득해 군기감하고 장인청을 이전해서, 더 큰 건물을 짓고 규모를 늘려서 대량생산 체제의 기틀을 마련해야겠다. 사실 마음 같아선 궁으로 옮기고 싶은데, 그건 내가 왕위에 오른 몸도 아니니 불가능하겠고.

조만간 수차의 힘을 빌린 동력도 필요하겠고, 지금보다 열처리 기술이 발달하려면 지금 사용 중인 고로만으론 힘들다. 지금은 고로에 목탄과 무연탄을 사용 중이기 때문에, 조만간 코크스의 재료가 되는 유연탄이 묻혀 있다는 함길도 경원군의 탄광도 언젠간 개발해야 하겠지. 그런데 그걸 캘 만한 채광 기술이 발달하지 못한 게 문제다.

과연 내 생전에 가능하긴 할까? 채광에 필요한 발파 기술이 발전하려면 다이너마이트가 있어야 하는데…….

그렇게 궁으로 돌아간 난 아버님께 장영실과 이천이 합작한 신무기에 대해 보고했고, 아버님 역시 크게 기뻐하시며 그들에게 설탕과 쌀을 하사하셨다.

그렇게 1월이 끝나갈 무렵, 이순지가 지난번에 완성한 개량형 태양열 조리기를 새로이 활용할 방법을 찾았다며 내게 서신을 보냈다.

"부제학(副提學), 일전에 보낸 서신을 보고 자세히 논의하려 그대를 이리 불렀다네."

이순지는 일전에 칠정산역법의 대한 공을 인정받아, 아버님께서 정삼품 부제학으로 승진시켰다. 하는 업무는 변하지 않았지만, 관직만이라도 높여 그의 위상을 크게 높여주시려 한 결정이었다.

"예, 저하. 소신이 새로이 개량한 태양열 집열기를 이용해 자염을 굽는 데 쓰면, 나라의 재정에 큰 도움이 될 것이옵니다."

"그대의 발상이 정말 탁월하고 아주 실용적일세. 전보다 소금을 만드는 데 드는 시간은 좀 더 늘겠지만, 장작이 전혀 들어가지 않으니 집열기의 초기 제작 비용만 감당하면 계속 사용이 가능하니 후세에도 소금을 만드는 데 큰 도움이 될 것이야."

예전에 천일염의 원리를 보고 따라 만들어볼까 생각했었는데, 자세히 공부해 보니 노동력이 많이 필요하고 지금 기후 조건이 미래에 비하면 기온이 낮은 편이라 만들기 굉장히 어렵겠다고 판단했다.

게다가 운이 좋아 힘들게 만드는 데 성공한다 해도 생산 직후엔 쓴맛이 강해 자염보다 상품성이 떨어진다. 그 부분을 보완하려면 오랜 시간 동안 묵혀 간수를 빼는 작업을 해야 사람이 먹을 만한데, 그래도 미래처럼 완성된 천일염을 정제 가능한 염수 세척 같은 첨단기술이 없어서 문제다. 도자기를 깐다고 해도 거르지 못하는 미세한 흙과 온갖 불순물과 섞여 변

색된 소금을 사람한테 먹으라고 할 순 없잖아.

그런 이유로 천일염 제조는 내가 해보려고 하는 정책이나 시험 중에서 우선순위를 뒤로 미뤘었다.

뭐 솔직히 말하자면 지금 조선의 기술로 간신히 천일염을 만들어도, 사람보다는 말이나 소 같은 가축들이 더 많이 먹게 될 거 같은데? 차라리 당분간은 석탄이랑 태양열 조리기를 병용해서 자염 생산을 늘리는 게 더 낫다고 본다.

"그리고 조만간 명을 통해 유리가 들어오거나, 제조 가능한 기술이 들어오게 될 걸세."

"그것이 정녕 참말이시옵니까?"

"그렇네, 지금쯤이면 사신으로 간 이들이 한창 명의 신료들과 협상 중이겠군. 일전에 명국의 황제가 미당을 바치라고 성화를 부리길래, 동지사로 간 이들을 미리 교육시켜 조선에서 나지 않는 물자나 기술로 교환하라고 일러두었네."

그래, 원나라 강점기였던 고려 시절을 거쳐 조선으로 넘어오며 장인들의 수가 너무도 많이 줄어 수많은 기술이 실전되었으니, 당분간 한정된 예산을 들여 집중적으로 개발해야 할건 기밀로 해야 할 무기 쪽이다. 유리 같은 기술은 내가 마음대로 가치를 정할 수 있는 신제품을 빌미로 교환의 형식으로 타국에서 강탈하는 게 손쉽고 빠를 거다.

"유리가 대량으로 생기면, 지금 제작한 태양열 집열기를 더 효율적으로 개량할 수 있을 것이옵니다."

"그것뿐이겠는가? 화학원에서 새로운 물품을 연구하는 데도, 큰 도움이 될 걸세."

얼마 전 내의원에서 화학을 실험하던 이들 중 배상문을 제외하고 실험에 종사하던 10여 명의 인원을 떼어 안전상 이유로 도성 외곽에 화학원을 신설했다. 요즘 소식을 듣기론 인광석에서 분리한 소량의 질산과 부가 재료들을 가지고 뭔가 실험 중이라던데, 처음이라 별 진전은 없다고 한다. 그래도 시간이 몇십 년이 걸리든 좋으니, 뭔가 결과가 나오면 그 자체로 역사가 바뀔 것이다.

요즘은 보호 장구가 미비해서 자주 사고를 겪던 초기와 다르게 안전 원칙이 생기고, 그나마 적당한 보호 장구가 제대로 갖춰져 사고가 나는 일이 거의 없다고 하더라.

"소신이 일전에 저하께서 집현전 부수찬 성삼문과 나눈 논담집을 읽었기에, 소신도 그 이치를 실천하려 새로운 가설을 세워 그것을 증명하려 노력 중이온데, 연마한 수정만으로 새로운 기물을 제작하는 데 한계가 있어 고심 중이었사옵니다."

"뭘 만들려고 하는데 그러나?"

"가까이 있는 물체를 수십 수백 배로 확대해서 보는 도구를 고안 중이옵니다."

"……"

그건 미래에서 현미경이라고 부르는 거 아닌가?

"어쩌다 그런 생각을 했는가?"

"저하께서 일전 이기론을 참고하셔서 독기라는 새로운 개념을 창안하시고, 의학에 적용하신 것에 착안하여 소신의 사고를 넓혀 보았사옵니다. 사람의 안력으로 보이지 않는 기(氣)를 본래보다 수십 배에서 수백 배 확대하여 보면 보이지 않을까 하는 의문이 들어, 요즘 새로이 고안 중이옵니다."

이것 참 나도 대략 이론만 알고 아직 시도할 생각도 못 했었는데, 이순지의 발상이 정말 대단하다. 천재라는 불리는 이들은 새로운 개념만 알게 되면, 미래의 사람들 못지않게 활용할 수 있구나.

"그대가 말하는 기물의 이름을 현미경(顯微鏡)이라고 붙이면 적절하겠군."

"현미경이라… 보이지 않는 작은 것을 드러나게 하는 거울이라 하시어 현미경이라 하셨나이까? 아주 적절하신 명칭이옵니다. 앞으로 유리가 소신의 수중에 들어오면 본격적으로 제작에 착수해 봐야겠사옵니다."

조만간 안경원 장인을 더 채용하고, 근무 중인 이들에겐 제자를 늘리라고 해야겠네. 다시 한번 저들의 명복을 빌어야겠지?

＊　　　＊　　　＊

그렇게 이순지가 안경원 장인들을 갈아 넣겠다 다짐하고 있을 때, 명의 수도 북경(北京)에선 조선에서 온 동지사(冬至使)이자 사은사(謝恩使) 자격으로 전권을 받고 온 지중추원사 정인지(鄭麟趾)와 명의 황제에게 전권을 받고 나온 태감 황엄이 교섭에 한창이었다.

"양마 한 마리에 쌀 사백 두라는 게 대체 말이 되는가? 작년엔 두당 삼백 두였던 말값을 사백 두로 올리는 건 무슨 의도인가?"

사실 조선 시중에서 쓸 만한 말 한 마리에 백미 30두 정도로 거래 중이니 삼백 두로 책정한 기존의 말값 역시 10배의 폭리를 취한 셈인데 사백으로 올린 건 배짱도 모자라서 안 팔겠다는 의미지만, 정인지도 믿는 구석이 있어서 당당하게 올려 부른 것이었다.

"조선에 해마다 흉년이 든지라 말에게 먹인 콩과 사료의 비용이 늘어 그러니, 대국에서 넓은 마음으로 이해해 주셨으면 합니다."

"말이야 그저, 대충 풀이나 먹이면 되지! 그게 무슨 말 같지도 않은……"

"하아… 황태감께선 양마 한 마리를 키우는 데 얼마나 많은 노고가 들며 질 좋은 먹이가 얼마나 필요한지 전혀 모르시나 봅니다?"

"아니, 본관은 그게……."

"말이란 무릇 지극히 예민한 성정을 지녔고, 먹이를 가려 계절마다 신선한 콩과 맥아(보리)를 주어야 하며 또한 잘 말린 양질의 건초 또한……."

황엄은 정인지의 설명을 가장한 질책이 길어질 것 같자, 잽싸게 말을 끊었다.

"흠흠… 내가 조선의 사정을 잘 몰라서 한 실언일세. 그러면 삼백이십 두는 어떤가?"

"사백 두."

"거참! 이번에 조공으로 올라온 말이 한두 마리도 아니고, 무려 천여 마리나 되는데 그 가격을 어떻게 감당하란 말인가? 그러면 삼백삼십은 어떤가?"

사실 이번 조선에서 조공으로 올리는 말은 일전 여진족과 벌어진 전투에서 김종서가 전리품으로 얻은 말이었다. 정인지가 황엄에게 설명했던 말 사육법은 모두 맞는 말이기도 하지만, 조공마들은 조선에서 키웠다고 할 수 없으니 사기나 협잡과 다름없는 말장난이었을 뿐이다.

"사백 두!"

"그럼 특별히 삼백오십에 유리도 십여 관(약 37㎏) 정도 이번 사여품에 끼워 주지."

"사백 두!"

"이보게! 지중추원사(知中樞院事)! 좀 전부터 지나치게 말이 짧은데, 무례한 것 아닌가?"

"대국 말엔 숫자에 붙이는 경칭이 따로 있었습니까? 그러시는 황태감께서도 대국어가 아닌 조선 말로 협상에 임하고 계시지 않소이까? 그러니 사백 두."

"정녕 믿기지가 않는구먼. 삼백팔십 두. 더 이상은 힘들어!"

"미당은 아직 꺼내지도 않았소이다. 그러니 사백 두로 합시다."

결국 황엄은 미당을 인질로 잡아 배짱을 부리는 정인지에게 백기를 들 수밖에 없었다.

"이거 참… 도리가 없군. 알겠네! 사백 두!"

"좋소이다! 감사하오. 하오(好)! 쓰바이(四百, 사백)!"

별안간 정인지가 명나라 말로 대답하자, 황엄은 왠지 본래 욕이 아님에도 욕을 들은 것처럼 기분이 나빠졌다.

그러자 정인지가 의기양양한 표정으로 다시 말했다.

"그럼 미당의 사여품으로 무엇을 주시겠소이까?"

황엄은 결국 협상의 주목적인 미당으로 안건이 넘어가자, 다시 한번 막막함을 느끼고 말았다.

　　　　　*　　　　　　*　　　　　*


　3월의 시작과 함께 명으로 갔던 정인지가 귀환하면서 엄청
난 양의 사여품을 가지고 왔다.

　차마 세지도 못할 양의 쌀과 구리를 가져오게 되어 사신단
이 가져간 수레로는 감당이 안 될 것 같아, 명에선 이들의 귀
환을 돕기 위해 배를 여러 척 빌려주었다.

　임시로 고려 시절 무역항으로 사용하던 벽란도에 짐을 하
역한 후, 조선 측에선 조운선을 여러 척 동원해 짐을 한양으
로 나르기로 했다.

　나 역시 그 소식을 전령을 통해 듣고, 성공적으로 협상을
마친 이들을 마중하려 배를 타고 벽란도로 향했다.

　"저하, 저기 저 커다란 배가 명에서 보내온 배 같사옵니다."

　"그런 듯하군. 저리 보니 새삼 조선의 작은 선박과 크게 비
교되는구나."

　날 수행하려 따라온 김처선이 명국의 배를 보고 진심으로
감탄한 듯하다.

　정화의 함대가 대양 탐험을 마친 지 얼마 안 됐으니, 지금
명국엔 저런 배가 수없이 남아 있을 거다.

　저들 스스로 필요성을 못 느껴 대양 원정 항해를 그만두었
다고 하는데, 정말 멍청한 짓이었다고 생각한다. 언젠가 저들

의 함대는 내 것… 아니, 조선의 것이 될 거다.

"소신도 이제껏 저렇게 커다란 배는 본 적이 없사옵니다. 과연 대국의 선박답다 할 수 있사옵니다."

나와 동행한 예조판서 민의생(閔義生)이 명국의 배를 보고 입을 벌리고 있었다. 저 할배도 일전에 명국에 사신으로 몇 번 다녀온 적이 있었는데, 항구 쪽은 구경한 적이 없었나 보다.

"내가 일전에 명의 사신 수행원으로 온 이에게 이야기를 들었는데. 명의 태감 정화가 대규모 함대를 이끌고, 천축을 넘어 중원 대륙보다 커다란 대륙을 발견하곤 거기 사는 짐승들을 잡아 온 적이 있다 하더구려."

"정녕 중원보다 큰 대륙이 있단 말씀이시옵니까?"

"그렇소. 저들은 그 사실을 인정하기 싫어서 쉬쉬한다고 하더이다."

"혹여 그곳이 강리도에 기재되어 있던 천축 변방을 이르시는 말씀이신지요?"

"그렇소이다."

하지만 민의생의 표정을 보니 이런 내 이야기엔 별로 감흥이 없거나, 별로 신뢰가 가지 않는 모양이다.

하긴 뭐, 갑자기 이런 말을 한들 기존의 천하관에 익숙해진 이들에겐 잘 먹힐 리가 없겠지. 나 역시 일전에 미래의 지식으로 세계지도를 보기 전까진 민의생과 같은 세계관을 품고 있었으니.

예전에 세계라는 개념을 알았을 땐 당장에라도 빈 땅이나 신천지를 찾아 탐험대를 보내고 싶은 마음이 들었다. 하지만 지금 조선의 사정으론 미래의 서역의 나라들처럼 대항해시대를 여는 건 힘들다.

일단 대양 선박 제작 기술은커녕 첨저선 제조 기술도 없는 데다가, 그나마 고려 시절 배를 만들던 장인들 대다수가 왕조가 바뀌면서 잠적하거나 사라져서 평저선 위주로 남아 있는 선박 제조 기술을 보완해 다시 쌓아 올려야 하기 때문이다.

내가 무작정 사전을 보고 설계도를 그려준다 한들 그것만으론 제작이 힘들다. 재질이 적합한지 시험해 봐야 하고 목제 선박은 만들고 바로 결함이 발견되는 게 아니라서, 항해 도중 용골이나 배 밑바닥 부분에 수축이나 비틀어짐으로 문제가 생겨 침몰하면 배에 탄 인원들 전부가 사망하는 사고가 발생할 수 있기 때문이다.

나의 어설픈 이론만으로 사람 목숨을 담보 잡을 순 없고, 원양 항해 경험을 지닌 이도 없으니 지금은 류큐에 사람을 보내는 것만으로도 나가 죽으라고 하는 것과 같은 행위다.

그리고 가장 결정적인 이유로는 저 망할 대국이라 칭하는 명국의 해금(海禁) 정책 때문에 눈치가 보여서 먼 바다로 나가지 못한다.

세계에서 가장 먼저 대항해시대를 열 수 있는 능력을 갖추고도, 현실에 안주해서 왜구를 핑계로 자신의 문을 닫는 것만으로 모자라 우리한테까지 영향을 주다니… 웃기면서도 고달픈 현실이 아닐 수 없다.

그런 생각에 한참 잠겨 있을 때 드디어 배가 정박했고, 정인지와 사신단원들이 배에서 내려 내게 사배를 올렸다.

"저하! 미천한 소신을 이리도 친히 반겨주시니, 삼생에 길이 남을 영광이옵니다."

"아닐세. 일전에 먼저 귀환한 전령을 통해 협상이 성공적이었음을 들었으니, 어찌 내가 가만히 있을 수 있었겠나? 주상 전하께서도 그대가 공을 세웠음을 크게 기뻐하시고 계시기에, 이리 나를 보내 그댈 위무하라고 하셨다네."

"주상 전하의 성은이 망극할 따름이옵니다."

"그래, 협상이 어찌 되었기에 이리도 많은 쌀과 구리가 들어오게 된 건가?"

"저하께서 일러주신 대로, 적정가격보다 조금 높여두고 전혀 타협하지 않는 방식으로 협상에 임했나이다."

"하하하! 그게 정말 잘 먹혔나 보군. 하긴 아쉬운 건 황제이지 우리가 아니니 그럴 법도 하구먼."

"일전에 흠차 내사로 왔던 태감 황엄이 실무자로 나왔기에,

소신도 냉철하게 밀어붙일 수 있었사옵니다."

"그 늙은이가 황제에게 미당을 바치곤, 명국에서 위세가 많이 높아졌나 보군."

"최근 미당 덕에 황 태감과 왕 태감의 세력 다툼이 치열해지고 있다고 들었사옵니다."

"왕 태감이라면 사례감 소속의 왕진을 말하는 건가?"

"예, 그렇사옵니다. 본래 왕진 태감이 황상의 스승이란 위치로 조정의 실세였다지만, 최근 황 태감이 음식으로 황상의 마음을 얻어 서로 암투가 치열하게 벌어지고 있다고 하더이다."

허, 그건 차마 생각지도 못한 나비효과네? 왕진이란 놈은 본래 토목의 변이 일어나게 만든 장본인이고, 명군 패배의 원흉이기도 하다. 그래 봐야 황엄의 수명은 얼마 남지 않았으니, 조만간 다시 왕진이 권력을 쥐긴 할 거 같긴 한데… 명 조정에 분쟁이 생기면 우리야 좋지.

"흠… 그럼 사여품으로 받은 물품의 양이 얼마나 되나?"

"미당을 제외하고 말값으로 받은 것이 쌀 사만 석이옵고……"

"뭐? 그게 정말인가? 말값을 두당 쌀 사백 두나 받았나?"

"예, 그렇사옵니다."

허, 정인지에게 생각지도 못한 협상가의 자질이 있었네?

본래 이 사람은 말년에 적극적으로 수양의 난에 동조하진 않았지만, 권력의 맛을 보곤 타락해 완전히 다른 사람이 됐기에 별로 좋아하진 않았었다. 이런 자질이 있는걸 알게 되었으니, 앞으론 타락할 일말의 틈도 주지 말고 갈아야겠네.

"그럼 미당의 대가로 받은 것은 얼마나 되는가?"

"그것이, 구리 십만 근(60t)과 쌀 이십만 섬이옵니다. 거기다 유리 장인이 몇 명 동행했사옵니다."

"······."

"본래 소신이 구리 이십만 근과 쌀 오십만 섬을 제시했지만, 명에서 유리 장인과 재료인 곤포를 내어주고 협상을 했사옵니다. 소신은 해마다 미당을 적절한 값으로 바칠 명분이 생길 거라 생각하여 그 조건을 수락했나이다."

그건 물건의 값을 조금 높여서 제시한 수준이 아니잖아? 그걸 또 진지하게 받아들인 황엄이나 주기진은 대체······.

"허어··· 명의 황제가 정녕 제정신이 아니로구나······."

"저하! 누가 들으면 곤란할 수도 있사옵니다."

"예조판서, 방금 뭔가 들으셨소이까?"

"예? 저하, 소신은 가는귀가 먹어 아무것도 듣지 못했사옵니다."

이 할배도 머릿속에 퇴직할 생각만 가득한데 말년에 귀찮은 일 만들고 싶겠어? 게다가 곧 지중추원사로 물러날 이기도 하고 수명도 얼마 남지 않았다.

사정을 파악한 정인지도 웃음을 간신히 참는 표정으로 다시 내게 말했다.

"사실 소신도 자세한 사정을 알고 보니, 황상의 사재를 털어 지급한 것이라 듣고 어이가 없었사옵니다."

역시… 대륙의 규모답다. 내 상상을 아득히 초월한 사치를 부리네. 정말이지… 너무 좋아! 오늘부터 주기진 널 고려 천자 1호기라고 인정해 주마. 일전에 개새끼라고 한 거 취소다.

이 정도면 내 최초 계획을 살짝 수정해서, 정통제 주기진을 호구 잡은 후 계속 뜯어낼 수 있을 거 같은데?

"그 정도론 대국의 황제에겐 사치 축에도 못 든다는 거로 군. 곤포에 관련된 협상 이야기는 뭔가?"

"명의 황제가 중원 전역에서 곤포를 모아, 해마다 아조에 생산을 위탁할 거라고 하옵니다. 그 대신 미당값을 낮춰달라고 하더이다. 황엄이 협상 말미에 이야기하길 이번이 특별한 사례라고 했으니 앞으로 이 정도 규모의 물품은 받기 어려울 것이옵니다."

정말이지 고려 천자께선 멍청하다 못해, 해마다 미당을 조공할 최적의 명분마저 주는구나. 앞으로도 정말 좋은 핑계를 댈 수 있겠어. 혹시 처음 매입한 미당 일부를 몇 배로 비싸게 팔아 재정을 벌충하려는 속셈이려나?

"그러면, 미당은 내가 준 것에서 얼마큼 바치고 왔나?"

"총 쌀 반 말 정도의 분량을 얼마 전 새로 대량 제조에 성공했다는 명분으로 조금씩 꺼내 가면서 협상에 이용하고, 오만한 황태감의 애간장을 태운 다음에 주고 왔사옵니다."

가져간 양에서 삼 분의 이 정도를 주고 왔나 보다. 그 정도면 내 생각보다 많이 주고 왔네.

"그럼 남은 분량은?"

"저하께서 지시한 대로 현 조정의 실세들 말고 서유정과 석형이란 이에게 접촉해 음식을 대접하는 데, 조금 사용되었사옵니다. 이것이 남은 미당이오니 저하께서 거두어 가시옵소서."

"아닐세, 그건 그대가 그대로 쓰시게. 이번 협상의 성공으로 받을 포상의 일부라고 생각하시게나."

그러자 정인지도 아바마마의 총신답게 미당의 실질적 가치를 대략 눈치채고 있었는지, 별 표정 변화 없이 미당을 다시 집어넣었다.

"저하의 은혜가 망극하옵니다."

"혹여 이번에 명국에서 본 것이나 들은 것 중에 특이하거나 기이한 소식 같은 건 있던가?"

"아직 별다른 소식은 없었사옵니다. 다만 기이한 점이라면 명국에선 하인들도 마실 것에 사당을 타서 마시는 것을 보고 심하게 놀라긴 했사옵니다."

조선에선 설탕은 내가 만들기 전까지만 해도 귀금속보다 귀했었지, 그런데 저긴 설탕이 흔한 동네니까. 정인지 입장에선 문화충격이 올 법도 하겠다.

"으음… 그런가? 조만간 그대도 그런 생활을 누릴 수 있을 거라 장담하지."

물론 대가로 돈이나 쌀은 내야겠지만.

"망극하옵니다."

*　　　　*　　　　*

그렇게 정인지는 나와 같이 조정으로 귀환해서, 사정을 보고하고 난 후 모든 대신에게 영웅 취급을 받았다. 그동안 명에게 당한 부당함이나 설움이 많던 시절이라, 정인지가 미래에서 말하는 갑질이란 행위를 하고 온 것만으로 묘한 카타르시스를 느끼게 했나 보다.

아버님은 일정을 미루시곤 잔치를 열어, 친히 정인지에게 어사주(御賜酒)와 새 옷을 내리셨다. 본래 아버님과 정인지의 관계는 친구와 비슷하게 가까운 사이니, 아버님이 느낀 각별함은 누구보다 더했을 것이다.

"이보게, 백저! 과인이 오늘 아주 기분이 좋네. 다시 한번 이야기해 주게나!"

"예, 저하! 그리 오만하게 굴던 황 태감이 갖은 조건을 들이 밀며, 애원하듯 소신에게 매달렸사오나 소신은 흔들리지 않고 외쳤사옵니다. 사백 두!"

"사백 두—!"

"으하하하하하!"

조정 대신들 역시 신이 났는지, 사백 두를 따라 외치곤 박장대소하고 있었다. 이러다가 유행어가 되겠어. 졸지에 정인지는 별호로 사백두 영감이라고 불리게 생겼네.

"아하하! 그간 과인도 전쟁이나 분쟁의 빌미를 주지 않으려고, 대국이 요구하는 대로 전부 들어줄 수밖에 없었는데… 오늘에서야 그 울분이 한꺼번에 가시는구나! 과인은 본래 술이 받지 않는 체질이었는데, 오늘은 술이 너무 달구나."

아버님이 강건해지셔서, 간 건강이 좋아지셔서 그럴 거예요. 그나저나 아버님이 술 취한 모습을 보게 될 줄이야. 그동안 내색은 안 하셨지만, 명 때문에 받았던 스트레스가 엄청나셨었구나.

그렇게 밤늦게까지 이어진 술자리는 모두가 잠들어서야 간신히 끝이 났고, 술에 취해 잠든 주인들을 집으로 데려가려는 하인의 고생이 많았다.

그렇게 다음 날 아침이 되어 편전에 출석한 이들은, 간밤의 숙취가 전혀 풀리지 않았는지 전부 얼굴이 엉망이었다.

"이것 참 대신들이 이리 술이 약한 줄은 미처 몰랐소이다."

물론 난 체질 덕인지 별로 취하진 않았지만. 사실 아버님도 거의 안 드시던 약주를 지나치게 하셨기에, 여전히 숙취에 시달리시는 듯 편전에 출석하지 않으셨다.

그러자 오직 최윤덕만이 멀쩡한 얼굴로 내게 말했다.

"이게 다 대신들이 평소에 단련이 부족하기 때문이옵니다."

"으으으… 모두가 영중추원사 대감 같은지 아시오? 어젠 정말……."

아직도 술이 덜 깬 모습의 황희가 그 정신없는 와중에도 영혼의 맞수인 최윤덕에게 딴지를 걸고 있었다.

"자자! 진정들하고, 오늘은 어제 숙취로 고생하는 이들을 위해 특별히 차(茶)를 준비했소이다."

내가 신호하자 밖에서 대기하고 있던 내관들이 대신들 앞으로 각자 작은 다상(茶床)을 하나씩 차려주었고, 커다란 찻잔에 미리 볶은 찻잎을 띄워 우려낸 차를 부어주었다.

최윤덕이 먼저 찻잔을 보고 감탄했다.

"오오… 이것은 참 오랜만에 보는 차로군요."

황희 역시 찻잔을 보고 추억에 잠긴 듯했다. 찻잔을 두고 잠시 휴전 태세인가? 앞으론 분위기가 과열될 땐 차라도 내와야겠어.

"그러고 보니 요즘은 차를 본 지 오래되었습니다."

고려 말기부터 활동하던 노신들은 추억에 잠긴 얼굴로 찻잔을 바라보았고, 차를 생전 처음 보는 마흔 살 즈음의 대신들은 이게 뭔가 하고 의아해하고 있다.

"요즘은 예전보다 기후도 점점 추워지고, 흉년이 자주 들어 차나무 농사가 계속 실패하기에 키우는 이가 없다고 하오. 이것은 일전에 일부 불승들이 그 어려운 사정에도 불구하고 왕실에 바치기 위해 정성을 다해, 찻잎을 일부나마 수확하는 데 성공해서 진상한 것이오. 그러니 감사하는 마음으로 듭시다."

항상 화난 표정의 황희도 잠시나마 부드러운 표정으로 내 말을 받았다.

"그렇사옵니까? 비록 그들이 불씨를 섬기긴 하지만, 왕실을 생각하는 그 마음이 갸륵하다고 사료되옵니다."

사실 이건 최근 달라지기 시작한 사회적 분위기를 보고, 일부 사찰에서 긍정적인 이미지를 만들기 위한 전략에 가깝다고 본다. 요즘은 석학에 귀의하는 승려들도 간간이 늘고 있다고 들었거든. 석가를 유학의 성현으로 모시는 유학자와 거기에 동조하여 가르침을 청하는 승려라니… 나도 차마 예상 못한 조합이었다.

그렇게 차 한 잔의 여유를 즐길 시간이 잠시나마 주어졌고, 차를 마신 대신들은 모두가 만족한 듯한 얼굴이다.

그러자 병조판서 황보인이 감격한 표정으로 내게 고했다.

"저하, 이것은 처음 마셔보지만 참 뭐라 말할 수 없는 풍미

이옵니다. 어제의 주취가 가라앉는 느낌이 드옵니다."

"다상에 있는 작은 합(盒, 뚜껑이 달린 그릇)은 사당이 담긴 종지니, 각자 취향에 맞춰 사당을 타 마셔도 된다오."

내 말을 듣자마자, 편전에 자리한 모두가 일제히 사당이 담긴 종지의 뚜껑을 열어 찻잔에 붓기 시작했다. 거참… 다들 일전에 설탕 맛을 한 번씩 보더니 눈이 돌아간 거 같아…….

"일전에 차에 대해 공부하니 차에는 마음을 편안하게 해주고, 집중력을 높여주는 효과가 있다고 하던데 공무에 힘쓰는 대신들에게 도움이 될 거요."

그리고 카페인도 잔뜩 들었지.

그래, 오늘부터 조정의 노예들은 카페인 없인 살 수 없는 몸이 될 것이다.

제2장

**착호갑사**

최근 한성에서 공사 중이던 육조와 주요 거리를 잇는 길이 온전히 완성되었다는 소식이 들렸다. 그렇게 완성된 길과 시험적으로 만든 수레 덕에 명에서 들어온 대량의 쌀과 물자를 운반하는 게 용이하다는 보고가 여러 부서에서 올라왔다.

지난번에 첨사원 관원들과 이야기했던 수레는 미래에 리어카라고 부르는 것을 참조해 사람과 말 둘 다 끌 수 있게 설계하였고, 완전한 원형 바퀴에다 쉽게 망가지지 않도록 쇠를 둘렀다.

실제로 나도 수레를 완성 후 시험해 보니 미래 놈의 기억엔 그놈 역시 수레를 끌어본 적이 있는지, 미래의 그것보단 불편하다는 느낌을 받았다. 타이어라고 부르는 바퀴에 씌울 고무테가 있으면 좋겠지만, 역시 조선이 대양으로 진출한다고 한들 기술이 개발하기 전까진 힘들 테니 당분간 이걸로 만족해야겠다. 자세히 알아보니 초기형 생고무 타이어는 성능이 별로고 쓸 만한 건 합성고무 제조 기술 없으면 무용지물이라고 하더라고.

의외인 건 성삼문이 내가 만든 커다란 수레를 보고 인상 깊었는지, 서책이나 서류를 나를 수 있는 작은 바퀴가 달린 3단 대차를 설계해서 제작해 사용 중인데 궁의 다른 부서나 육조에서 그것을 따라 만들어 사용하는 중이라고 한다.

"이보게, 청죽(靑竹). 자네가 만든 대차(臺車)를 모두가 따라 만들어 쓰고 있는데, 그 편리함을 모두가 칭송하고 있다고 들었네."

"소신이 저하의 지혜를 응용해 본 것뿐이옵니다."

성삼문은 일전에 내가 안경에 새겨준 청죽이란 말이 마음에 들어 자신의 호로 사용하고 있었고, 나 역시 성삼문과 굉장히 친해져서 그를 편하게 호로 부를 정도로 가까운 사이가 되었다.

"앞으론 이런 것을 만들면 도면을 나라에 제출해서, 원안자가 누군지 알 수 있게 만들어서 대대로 칭송받게 만들어야겠어. 그러니 그대가 고안한 도면을 정식으로 제출하게나."

"저하의 은혜가 망극하옵니다."

그래, 아직은 미래처럼 특허법을 만들긴 힘들지만 적어도 그 토대는 만들어두어야겠지. 그러려면 나부터 여태 만든 것들을 전부 정리해야겠네⋯⋯. 내가 내 무덤을 판 건가?

그렇게 다음 날부터 내가 특허법의 토대를 세우려고 발의한 안건 덕에 나와 가까이 지내며 새로운 기물을 만든 모든 이들이 졸지에 야근에 시달리게 되었다. 대부분의 이들은 그림에 소질이 없었던 탓인지, 도화원의 화공까지 섭외해서 설계도와 각종 도면을 그려야 했다.

＊　　　　＊　　　　＊

착호갑사대의 일번위(一番衛) 조장인 장기동은 최근 저하께서 새로이 고안하신 천보총이란 화기를 지급받아서, 이를 실전에서 시험하려 삼수군와 갑산군을 합쳐 훗날 삼수갑산의 어원이 된 함길도 갑산군 인근에 가축을 물어갔다는 제보를 받아 신입 갑사 스물을 데리고 파견되었다.

다만 총의 길이가 그의 키만큼 길어 거의 창이나 다름없어 총이 상하지 않게 같이 지급된 가죽으로 만든 총집에 넣어 메고 다녀야 했다.

"조장님, 이 방향으로 가는 게 맞습니까?"

"그래, 산군의 흔적이 이쪽으로 이어지고 있다."

장기동은 작년에 처음 나선 호랑이 사냥에서 온갖 추태를 부리곤, 자신이 장담한 대로 박장현을 형님으로 모시게 되었다. 그 후 박장현은 주상 전하께 공적을 인정받아 천호직의 벼슬도 받아 착호갑사장으로 출세했다. 장기동은 그런 형님을 진심으로 존경하게 되어 그를 따라다니면서 사냥이나 추적술을 배웠고, 얼마 전엔 박장현에게 능력을 인정받았기에 단독으로 첫 임무에 나서게 된 것이었다.

"이봐! 거기 창잡이, 일전에 내가 뭐라고 했었지?"

장기동에게 지적받았던 창수는 자신이 뭘 잊었는지 몰라 일단 사과부터 했다.

"죄송합니다. 제가 머리가 나빠……."

"창날에 진흙을 바르고 짐승 가죽으로 감싸두라고 한 거 잊었나? 산군은 쇠 냄새에 민감하고 창날에 반사된 빛을 보면 우리의 위치가 노출될 수 있다."

장기동은 본디 경박한 자신의 어투를 고쳐, 존경하는 형님인 박장현의 말투를 따라 하고 있었다.

"예! 예, 당장 조치하겠습니다."

그렇게 신입 갑사들을 단속하며 며칠을 더 추적하다가 맞은편 계곡에서 식사 중이던 산군을 발견해 모두 몸을 숨기고 망원경으로 산군을 관찰했다.

장기동이 먼저 속삭이는 소리로 모두에게 말했다.

"다들 입김이 새어 나오지 않게 눈을 입에 머금고 대기해라."

장기동은 그렇게 조원들을 단속한 후 자신은 기다란 총집에서 총을 꺼내 총구 앞부분에 삼각형 받침대를 연결했고 천보총용으로 제작된 망원경을 부착했다. 그러고는 손에 침을 묻혀 바람의 방향을 파악했다.

그렇게 모두가 준비를 마친 다음 장기동은 일전에 박장현에게 배운 대로 미리 불을 붙여 작은 자기 통 안에 넣어둔 돌버섯을 화섭자 삼아 화승에 불을 붙였다.

'바람의 방향이 우측이니, 당분간 화약이나 화승 냄새가 저쪽으로 퍼지진 않겠군. 첫 발이 빗나가면 놓친 거나 진배없으니 반드시 초탄으로 끝내야겠다.'

그렇게 한참 동안 바람의 방향을 가늠하며, 사슴 포식을 즐기던 호랑이를 조준한 장기동은 찰나의 순간 바람이 멈춘 것을 느끼곤 그대로 격발했다.

— 탕!

장기동은 격발 후 화약의 연기에 가려 아무것도 볼 수 없었지만, 자신이 쏜 탄환이 산군의 머리통을 관통했을 거라 믿어 의심치 않았다.

거리를 두고 망원경으로 같이 관측하고 있던 견시수가 외쳤다.

"조장님, 관중입니다! 산군이 그대로 절명했어요!"

"그러냐?"

나름 진지하게 이런 건 아무것도 아니라는 듯이 무게를 잡는 장기동을 본 신입 갑사들은 존경심과 경외감을 느꼈다. 장기동 역시 그런 조원들의 반응에 흡족했으며 자신도 신형 천보총의 성능에 감탄하고 있었다. 물론 누군가 갑자기 분위기를 깨기 전까지 말이다.

"와! 이런 조장님이 일전에 산군과 마주쳐서 똥오줌을 쌌다는 소문이 총통위 안에서 돌던데, 그건 전부 거짓부렁이고 악의적인 헛소문이었네요!"

본의 아니게 하급자에게 자신의 잊고 싶은 기억으로, 언어… 아니, 정신적 폭행을 당한 장기동은 차마 아무 말도 할 수 없었다.

'시발… 그래도 저런 말에 괜스레 반응해서 좋을 것 없겠지. 아무것도 아닌 척 형님처럼 냉정하게 구는 거다.'

"총성에 자극받은 맹수가 있을 수 있다. 혹시 모르니 다들 주변을 경계하고, 산군의 사체를 회수할 인원들은 이동할 준비해라."

"누군지 몰라도 헛소문이나 퍼뜨리는 사람은 정말 심보가

고약하네요. 어떻게 저런 분을 두고 그런 말이 나온대?"

"그러게, 아주 악질에다 조장님을 시기하던 사람인가 봐."

사정을 모르는 신입들이 아무렇지도 않게 내뱉는 한마디마다 장기동의 마음은 부서져만 갔다.

'이젠 제발 그만해……'

이미 다른 의미로 장기동의 생명력이 모두 바닥나 보이는 평화로운 광경을 뒤로하고, 모두는 산군의 사체를 해체해서 갑산의 관아로 향했다.

"허어… 그대의 능력이 대단하군. 산군을 쫓은 지 며칠이나 됐다고 벌써 산군을……"

"산군의 고기는 갑산군사(甲山郡事)께서 고을 사람들에게 나눠 주시지요. 이정도 양이면 모두 배불리 먹을 수 있을 겁니다."

그러자 그 말에 기뻐한 갑산군사 김선지(金善知)가 반색하며 장기동의 말을 받았다.

"이럴 게 아니라, 이김에 잔치라도 벌여야겠어. 갑사 장기동이라고 했던가? 장계에 자네의 공을 반드시 적어 올리겠네."

"군수 나리, 우리 조장이 단 한 발에 산군의 머리를 쏘아 잡았습니다요."

"그래서 이 호피가 온전한 거였군. 일전에 착호갑사군에 대해 소문만 들었었는데 이리도 대단할 줄이야."

그렇게 졸지에 산군의 고기로 마을에 잔치가 벌어졌고, 약재로 비싸게 팔아도 되는 고기를 통 크게 마을 사람들에게 양보한 장기동의 결정에 고기 맛을 본 마을 사람들 모두가 즐거워하고 있었다. 얼마 없는 술마저 꺼내 마시며 잔치를 즐기던 와중에 갑작스레 적의 침입을 알리는 종소리가 울렸다.

"군사 나리! 인근의 척후병에게 전갈을 받은 전령이 고하길, 말을 탄 야인의 무리가 십여 리 밖에서 발견되었는데 이곳으로 몰려오고 있다고 하옵니다!"

"뭐라?"

일행 중 유일하게 술이 약해 거의 손대지 않았던 장기동은 그 말을 듣자마자 갑산군수에게 외쳤다.

"군사 나리! 지금 당장 고을 사람 모두를 관아 안에 들여 피신시켜야 하옵니다."

"그래, 지금 대부분 잔치를 벌이느라 모여 있으니 금세 피신은 완료될 걸세. 자네들은 어찌할 셈인가?"

"저희도 이곳에서 군사 나리를 도와야지요. 혹시 관아의 병장고나 창고에 커다란 나무판이나 방패가 있사옵니까?"

"방패는 팽배수들이 쓸 것이 있고 나무판은 글쎄… 아! 일전에 고을의 문짝과 방책을 수리하고 남은 나무판자가 여럿 있을 걸세."

"그럼 그걸 잠시 빌리겠습니다. 갑사들은 잘 들어라! 모든 창수들은 군사 나리의 명을 받아 움직이고 나머진 화승병은 나와 함께 방패와 나무판자를 이용해 적의 습격에 대비한다."

장기동은 그렇게 스물의 인원을 반으로 나누어 창수들의 지휘권을 이양했고, 자신은 화승병을 이끌고 관아의 마루 부분과 방의 출입구마다 나무판과 방패를 세워 피신한 백성들을 보호했다. 본래 갑산군의 인구가 극히 적다곤 하지만 관아의 방이나 창고만으론 모두 수용할 수 없어 일부는 마루 밑에 숨어야 했고, 싸울 수 있는 남자들은 각자 활을 들고 관아 안에서 대기하여 습격에 대비했다.

그러는 사이에 갑산군사는 착호갑사 창수와 병졸 백여 명과 지휘해 진을 치고 마을을 둘러싼 방책의 입구에서 적을 맞이할 준비를 마쳤다.

"잘 들어라! 곧 전령이 갑산만호에게 원군을 요청하러 갔으니, 딱 한 시진(두 시간)만 버티면 우린 살 수 있다! 더도 덜도 말고 한 시진이다. 반드시 그동안 여길 사수해야 한다!"

"팽배수는 전열에서 대기하라!"

장기동은 일전에 총통위장 이천에게 배운 대로 일부러 화승병 두 명을 장전 담당 임무를 맡겼다. 첫 발은 여덟 명이 일제히 사격한 후, 그다음에 미리 장전되어 있는 두 정의 총기를 이어 쏘고 장전이 완료되는 대로 사격하라고 미리 일러두었다. 그렇게 미리 갑사들의 지침을 정한 장기동은 관아 지붕 위에 올라가 몸을 숨겼다.

장기동은 지붕위에 누워 천보총에 장착된 망원경으로 사방을 관찰하다, 북서쪽 방향에서 자욱한 흙먼지가 휘날리는 것을 발견하였다.

장기동은 갑산군사에게 크게 외쳤다.

"군사 나리! 야인들 약 오백 정도가 북서 방향에서 접근 중이옵니다. 일각이면 도착할 듯합니다!"

"알겠네!"

마침내 야인들이 목책에 가까이 접근하자, 갑산군사 김선지는 크게 외쳤다.

"본관의 지시가 있기 전까지 활이나 화포를 쏘아선 안 된다. 반드시 본관의 신호에 맞춰서 쏘아야 한다!"

야인들은 50보 거리에 말을 세우고 서서 일제히 화살을 발사했다.

하지만 목책과 방패로 가로막혀 다치거나 죽은 이는 아무도 없자, 야인들은 화살을 위로 쏘아 갑산의 병력을 공격했지만 화살은 그저 애꿎은 민가에나 떨어지고 말았다.

그러자 전략을 바꾼 듯 야인들 백여 명이 말을 탄 채로 접근해 목책에 줄을 던져 걸기 시작했다.

"지금이다! 쏘아라!"

갑산관아에 특별히 단 한 정만 존재하던 화포가 불을 뿜어

가까이 온 야인 기병 한 명의 상반신을 통째로 날려 버렸고, 그에 맞춰 화승총 여덟 정이 일제히 불을 뿜자 여섯의 인원이 낙마했다.

그 뒤를 이어 방책의 틈으로 화살이 여럿 날아가 방책에 줄을 걸었던 야인들이 낙마하거나 부상을 입었다.

"저들이 결코 방책에 접근하도록 두어선 안 된다."

그렇게 갑산 관군이 목책에 의지해 사격전을 이어가고 있던 와중에 장기동은 관아 지붕에 몸을 숨긴 채로 적의 지휘관으로 추정되는 이를 찾고 있었다.

'일전에 야인의 습속을 듣기론 가장 좋은 옷을 입거나 화려한 깃 여러 개를 털벙거지에 장식한 놈이 우두머리라고 했었지? 어디냐… 분명 활이 닿지 않을 만한 거리에서 저들을 지휘하고 있을 텐데… 이런 염병할 먼지 때문에 도통 보이지가 않네.'

한참 동안 적의 우두머리를 찾았지만 흙먼지에 가려 도통 적의 수괴를 찾을 수 없던 장기동은 뭔가 이상함을 느꼈다.

'보통 약탈은 방비가 안 된 곳을 빠르게 치고 빠지는 게 상리가 아닌가? 이 정도면 약탈은 실패한 거나 다름없는데 왜 저리 필사적이지?'

그렇게 반시진가량 의미 없는 화살 공격을 이어가던 야인들은 수적 우세를 믿고 갑자기 전략을 바꿨는지 옆으로 절반가량이 우회하여 틈을 찾으려고 하는 듯 보였다.

당황한 갑산군사는 군사를 절반으로 나누어 목책의 반대편으로 이동하려고 하는데, 어느새 뒤편에 도착한 야인들이 목책에 줄을 걸기 시작했다.

"창수들은 속히 목책에 걸린 줄을 끊어라!"

하지만 급하게 나눈 병력만으론 한계가 있어서 백여 개가 넘게 걸린 줄을 한 번에 처리할 수 없었기에 목책이 일부 쓰러지는 것을 허용할 수밖에 없었다.

"목책이 넘어간다! 모두 틈을 메워라!"

상황이 이렇게 되자 갑산군사는 몸으로라도 적의 돌진을 막으려 손수 앞으로 나서 환도를 뽑았다.

그렇게 넘어간 목책의 틈을 노리고 적의 기마병 서른 정도가 돌진하기 시작하자, 김선지는 죽음을 각오하고 외쳤다.

"이놈들! 결코 여길 통과할 순 없을 것이다."

'주상 전하, 소신의 불찰로 맡겨주신 임무를 실패하고 말았사옵니다.'

하지만 그 순간 김선지가 예상치 못한 화살이 여럿 쏟아져 적의 기병들 여럿이 낙마하고 말았다. 남은 병력은 창수들과 김선지 힘을 합해 처리하여 막아내는 데 성공했다.

"대체 이게 무슨……?"

김선지가 뒤를 보니 어느새 관아 담장 위에 서서 갑산의 군민들이 활을 쏘아 이들을 엄호했던 것이었다. 이 모든 것은 지붕 위에서 상황을 지켜보고 있던 장기동이 저들을 지휘해서 벌어진 일이었다.

'이것 참… 내가 지키려고 하는 백성들의 도움으로 목숨을 구원받다니……'

어느새 군민 여럿이 관아 안에서 사용하던 판자와 방패, 그리고 흙을 채운 쌀자루를 들고 와 목책이 떨어져 나간 틈을 메우기 시작했다.

"모두에게 정녕 갚지 못할 빚을 지었구나……. 고맙다, 고마워!"

노인들과 아녀자들을 인솔해 자재를 나르던 촌로가 김선지에게 답했다.

"아닙니다요, 군사 나리. 저희도 나리에게 목숨 빚을 지었으니 당연히 해야 할 일 아니겠습니까?"

— 탕!

김선지가 다시 저들의 돌격에 대비하려는데 커다란 총성이 울렸고 시간이 조금 지나자, 야인들의 공격이 멈추고 물러나기 시작했다.

"저들이 모두 물러나는구나. 천운이로구나! 정말 천운이야."

김선지가 기쁨에 찬 목소리로 외치자, 갑산 군민 모두가 기쁨에 겨워 서로를 얼싸안고 환호했다.

"그런데… 필사적으로 덤비던 저들이 왜 갑자기 저리 쉽게 물러나는지 영문을 모르겠구나."

"그건 아마도 저들의 우두머리가 죽어서 그랬을 겁니다."

장기동이 어느새 지붕에서 내려와 김선지에게 말을 걸었다.

"음? 아까 돌격했던 이들 중에 저들의 추장이 끼어 있었던 건가?"

"아닙니다. 소인이 저들의 후방에서 적의 수괴로 추정되는 이를 찾아 머리통을 꿰뚫어주었나이다."

"뭐? 그게 참말인가?"

"예, 군사 나리."

그랬다. 장기동은 바람이 잦아들기를 참을성 있게 기다려서 화살이 닿지 않을 만한 거리라고 안심하고 있던 적의 우두머리를 결국 찾아 이백오십 미터에 가까운 장거리 저격을 성공시켜 마을을 구원하고 말았던 것이었다.

\*　　　　\*　　　　\*

북방의 갑산군에서 의외의 소식을 담은 장계가 올라왔는데, 충격적이면서도 기쁜 소식이기도 했다.

약 오백의 야인들이 갑산군을 약탈하러 쳐들어왔는데, 아무 인명 손실 없이 격퇴했고 원군으로 출동한 갑산·만호 휘하의 기병대가 잔당을 격멸하고 몇 명은 사로잡았다는 내용이다.

갑산 만호 김정수(金貞秀)가 사로잡은 이들을 심문해 보니, 본래 그들은 동북 면에서 살던 올적합(兀狄哈)의 먼 분파였지만, 건주위의 추장인 이만주가 거주지를 옮기는 과정에서 그들을 정벌하고 노예로 삼는 와중 살아남아 탈출해 유랑 중이던 이들이라고 한다.

오랜 유랑 끝에 식량이 바닥나 조선 땅에 숨어 들어와 약탈하려 했다고 하니, 북방 사군과 육진 사이의 국경 방어선이 취약함을 알려주는 사건이라 할 수 있겠다.

"장계를 보니, 자네가 훈련시킨 착호갑사대가 이번에 큰 공을 세웠다고 하더군."

"망극하옵니다."

난 지금 착호갑사장 박장현을 따로 불러 공을 치하하는 중이다.

"일전에 지급한 천보총은 다루기 어떠하던가?"

"소신은 본래 엽사 출신이기에 화기를 다룸에 있어, 그리 능하지 못한 편이옵니다. 그리하여 착호갑사 중 가장 화기를 잘 다루는 이에게 천보총을 주고, 화기의 성능 실험을 위해 갑산에 파견했었사옵니다만⋯ 그곳에서 야인과 실전을 겪을 거라곤 감히 예측하지 못했사옵니다."

"그런가? 장계를 보니 장기동이란 이가 백 보가 넘는 먼 거리에서 적 수괴의 머리를 맞춰 사살했다는데, 정말 대단한 이였나 보군."

"예, 그러하옵니다. 그는 본디 군기감 소속 시절부터 소총통을 제일 잘 다루던 이였으니, 그런 공적을 세울 법도 하옵니다."

"그렇다면 그의 공도 기리고 실력을 발휘할 수 있게, 총통위의 화기 교육관으로 임명하는 것은 어떤가?"

"아뢰옵기 송구하오나… 사정상 그건 조금 힘들 것이라 사료되옵니다."

"왜 그러지?"

"본래 갑사 장기동의 성품이 바르지 못해, 총통위의 선임병들과 사이가 좋지 못하여 경원시당하고 있사옵니다. 당분간은 외방에서 착호 임무를 맡기는 것이 좋을 듯하옵니다."

아무래도 저기엔 내가 모르는 지저분하고 복잡한 사정이 있나 보다.

"그런가? 그곳의 업무는 자네가 잘 알고 있을 테니, 자네의 판단을 존중하겠네. 그건 그렇고… 요즘 총통위장이 여러 일로 바빠 사실상 총통위의 업무는 그대가 보고 있다고 들었네만. 공무의 어려움은 없는가?"

이천은 요즘 신형 화포 여럿의 개발만으로 모자라, 신형 인쇄기와 활자 개량 업무마저 떠안아 쥐어짜이다시피 생활 중이다. 조만간 이천에겐 몸에 좋은 것들도 더 챙겨주고, 양생법과 건강 식단이라도 알려줘야겠다. 동갑내기인 이천과 4호기 최윤덕이 둘 다 십 년만 더 오래 살아도, 조선과 내겐 엄청난 도움이 된다.

이참에 조정 대신들 모두가 조회나 일과 전에 적당한 양생법이라도 하게 만들어볼까? 무관들이 단련하는 방식은 문관들이 못 따라 할 테니, 이참에 그들을 위한 운동법이라도 따로 고안해 봐야겠네.

"아뢰옵기 송구하오나… 소신의 출신이 비천해 문자에 능통하지 못하여, 공무를 수행하는 데 어려움이 따르고 있사옵니다."

역시나… 그럴 거 같았다. 이 부분은 언젠간 손대려고 했었는데, 이 기회에 안건을 올려봐야겠다.

"알겠네. 내가 집현전에서 업무를 도울 이를 하나 뽑아 보내주겠네."

그리고 다음 날 난 집현전에 공문을 보내 집현전 박사인 김담(金淡)을 차출해 총통위로 파견해 주었고, 그 후 편전에서 새로운 안건을 꺼냈다.

"앞으로 정음과 진서를 병행해서, 군의 공무에 사용하는 것은 어떻겠소이까?"

그러자 편전에 출석해 있던 나의 4호기 영중추원사 최윤덕이 나의 말을 긍정했다.

"저하의 하교가 온당하십니다. 소신도 일전에 군문에 오래 종사하며 느낀 것이 있사옵니다. 하급 군관들이나 갑사들은 진서를 많이 알지 못해 업무에 어려움을 겪고, 잘못 작성된 장계로 간혹 억울한 누명을 쓰는 것을 보았기에 저하의 안건이 적절한 조치라고 사료되옵니다."

그래, 바로 이게 문제다. 지금은 무과가 후대의 조선처럼 문턱이 높지 않았고, 일단 갑사와 무관을 많이 늘리기 위해 육체적인 능력을 주로 시험하고 뽑았기에 그런 이들이 나중에 승진하면 업무에 어려움을 느끼는 시절이다.

최윤덕이 의견을 내자, 아직도 병조판서 겸 북도제찰사인 황보인이 내게 말했다.

"소신도 영중추원사 대감의 의견을 일부나마 수긍하오나, 전례를 함부로 고치는 것은 어렵다고 사료되옵니다……."

"지금의 장계는 진서의 특성상 지나치게 축약되어 보고되고 있소. 정음으로 적으면 좀 더 소상히 작성할 수 있기도 하고 하급 무관들, 아니, 솔직히 말하면 대다수 무관이 진서를 잘 모르고 공무 능력이 떨어져서 문관 출신에게 고위 무관직을 맡기는 것이 관례가 아니오?"

"하오나……."

말하면서 아버님은 왜 슬쩍 쳐다봐? 아버님이 이 건을 반대하실 거 같아? 정음을 만드신 분이 누군지 잊은 건가?

그러자 아버님이 나서서 황보인의 말을 받았다.

"이는 과인이 보기에도 세자의 안건이 타당하다. 본래 과인이 정음을 창제할 때 왕실의 위업을 알리려는 목적도 있었지만, 글을 모르는 이들을 돕기 위함이었으니 적절한 안건이라고 판단된다."

"전하, 그럴 경우 혹여 무관들이 장계나 문서에 중요한 단어를 잘못 표기하면 어찌해야 하옵니까?"

"진서야말로 글자마다 다른 뜻이 많아, 해석하는 이에 따라 그 뜻이 천차만별로 갈리는 것을 잊었는가?"

"송구하옵니다."

"혹여나 그렇다 해도, 정음으로 작성한 문건에 진서를 아는 이에게 도움을 받아 뜻이 혼동되지 않게 같이 적으면 되는 문제가 아닌가? 세자가 정음을 만들며 과인을 도울 때, 문장부호란 형식을 추가한 것은 이런 곳에도 쓰기 위함이었다."

그러자 가만히 듣고 있던 황희가 나섰다.

"주상 전하, 소신이 추측하건대… 전하와 저하께선 정음을 창제하실 때부터 그 목적이 진서를 온전히 대체하시려 하심이었는지요?"

"그렇기도 하고, 아니기도 하네. 모든 이가 조선의 말만 사

용하면 정음만으로 온전히 대처가 가능하나… 공자와 주자의
도를 적은 경전은 진서의 원문을 정음으로 번역하면 작업을
맡은 이에 따라 그 뜻이 달라지니, 이 부분은 성리학과 유학
을 버리지 않는 이상 온전히 대체할 수 없도다."

"성상의 현명하신 심계가 그러하시다면, 소신은 군무만이
아니라 다른 공무에도 정음을 병행해서 사용해도 좋을 것이
라 사료하옵니다."

뭐? 저 꼬장꼬장한 노인네에게 무슨 바람이 불었대? 모두가
예라고 말할 때 반드시 아니오를 외치는 이가? 저 할배의 성
격은 후대에 알려진 야사와는 다르게 좋고 싫음이 명확하고,
항상 두루뭉술하게 말하는 법이 없다. 무슨 일이든 항상 칼같
이 잘라 말하고, 다수가 찬성하는 안건엔 정치적인 논리를 곁
들인 다른 시각의 의견을 내어 일단 반대하고 보는 사람이기
도 하다.

"영의정부사의 의견이 정녕 그러한가? 그렇다면 다른 대신
들의 생각은 어떤지 고해보라."

그렇게 시작된 공무에 정음을 사용하자는 안건은 찬반이
대략 오 대 오 정도로 갈렸고, 오늘 당장 결론이 날 것 같지는
않았다. 이건 단순히 일부를 바꾸는 게 아니라 사회 전체를
바꿀 수 있는 문제니, 몇 년이 걸려도 상관없다.

정음으로 공문서를 작성할 수 있게 되면 적절한 소양을 갖

춘 양인들도 여러 분야의 하급직으로 등용할 수 있게 되어, 결과적으로 인재의 폭이 넓어지게 되는 혁신적인 안건이기도 하니까.

그렇게 첫 번째 안건은 일단 시간을 두고 계속 논의하기로 정하자, 황보인이 다음 안건을 꺼냈다.

"저하, 일전에 갑산군에 쳐들어온 무도한 야인들의 예를 볼 때 일전에 갑산군 인근의 삼수기(三水岐)에 만호와 군을 주둔시킨 것만으론 부족하오니, 갑산 관아에 갑산만호와 군을 주둔시켜 방어 체재를 강화해야 하옵니다."

으음… 사실 장계를 읽어보니 결과는 좋았지만, 그곳이 정말 위험하긴 했었지. 착호갑사와 군민들의 도움이 없었으면, 목책이 파괴된 시점에 야인들에게 고을이 함락될 뻔했었으니까. 갑산의 수령인 갑산군사 김선지는 문관 출신이라 그런지, 초기 대응이 조금 허술하긴 했었다.

지금 같이 북방의 고을에 설치한 허술한 목책만으론 다수의 야인이 몰려오면 감당할 수 없기도 하니, 북방의 고을에 적용할 만한 방어 시설 건축법을 고안해 봐야겠다. 그 김에 북부에서 식량을 감당할 방안도 마련해야겠어.

"병조판서의 의견이 정녕 합당하오. 일전에 그대가 고안한 군제 개혁안과도 부합하기도 하고. 그런데… 일전에 발의했던 군제 개혁안은 완성되었소?"

"그것이 아직 주상 전하께서 보시기엔 미진하여… 관원들과 상의해서 좀 더 보완 중이옵니다."

안건이 아버님께 계속 반려당하고 있다는 소리네? 그럼 대체 몇 달째 야근 중이라는 거야? 이 아재도 슬슬 선물도 좀 주고 다독여 줘야겠어. 차기 삼정승의 한 명인데, 안쓰럽다 못해 불쌍하기까지 하네. 저렇게 업무에 치이면 가끔 나가던 북방 파견근무도 못가고 있을 거다. 사정이 저러면 업무 내팽개치고 북방으로 도망치고 싶을 것 같기도 하네.

"병조판서의 노고가 많소이다. 조만간 내가 시간을 내어 병조에 방문하도록 하지요."

내 말을 들은 황보인의 안색이 핼쑥해지기 시작했다. 난 그저 돕고 싶을 뿐인데 왜 저래? 누가 보면 오해할라.

\*         \*         \*

건주위 대족장 이만주는 부침을 겪었지만, 요즘은 그 나름대로 만족감을 느끼고 있었다. 일전에 자신에게 반기를 들고 나갔던 족장은 전부 죽었고, 그들이 남긴 병력과 부족원을 고스란히 흡수한 데다 새로 이주한 장소도 아주 마음에 들었기 때문이다.

"이리도 넓고 깨끗한 호수가 있었다니, 볼 때마다 진정 감탄이 나오는군. 일전에 보았던 대해(大海)와 비교해도 될 정도야. 게다가 밀이나 보리농사도 지을 수 있고 물고기도 잡을 수 있으니 정녕 축복받은 땅이 아닌가?"

물론 한카호수가 크긴 하나 바다에 비교하는 것은 어불성설이자, 바다에 대한 모욕이다. 그러나 이만주는 한카호수의 풍경에 취해 진심으로 그렇게 믿고 있었다.

"대족장의 말씀이 맞습니다. 이런 곳이라면 언젠간 나라를 세워도 좋을 것 같습니다."

심이적휼의 수하였다가 그가 파상풍으로 사망한 후, 이만주에게 충성을 맹세한 적삼로가 이만주의 말에 맞장구를 쳤다.

"그래, 이런 곳이라면 일국의 수도로 삼아도 부족함이 없을 거다."

이곳은 본래 옛 금나라의 영토이기도 하니, 이들의 헛된 꿈 같은 망상도 어느 정도는 근거가 있는 편이기도 하다.

'그래, 여기서 조선과 명을 자극하지 않고, 인근의 무리들을 거두어 조용히 힘을 기르면 되겠지. 그러면 언젠간⋯⋯.'

이만주는 저 멀리 바람에 흔들리는 광활한 보리밭을 보니, 요 몇 년 동안 속만 끓이던 자신의 마음이 정화되는 듯한 기분마저 들어 가만히 서서 불어오는 바람을 만끽했다.

이만주는 한참 동안 그러던 와중에 갑자기 들려온 다급한 목소리 때문에 평화롭던 심상 세계에서 강제로 나와야만 했다.

"대족장! 큰일입니다!"

"대체 무슨 일인데 그리 소란을 떠나?"

한창 좋을 때 방해받은 이만주는 기분 나쁜 표정으로 소식을 가져온 전령을 노려보았다.

"대규모의 기마병이 이곳으로 오고 있다고 합니다!"

"뭐? 조선군이라도 쳐들어온 게냐? 적의 규모는 얼마나 되고? 도착 예정은?"

"아닙니다. 척후가 말하길 깃발이 없으니 조선군은 아닐 거랍니다. 규모 역시 천 명이 넘을 거라고만 했습니다. 도착 시각은 며칠 걸릴 것 같다고만……."

"척후 놈들은 대체 정찰을 어떻게 하길래, 제대로 아는 게 하나도 없나?"

하지만 그것은 이만주의 실책이기도 하다. 본래 그는 유능한 척후병을 여럿 보유하고 있었으나 이만주가 입을 막으려 그들을 살해하면서, 그 진실을 알게 된 나머지 인원들이 모두 이만주를 떠나 동소로를 지지했고 조선 약탈에 참여했다가 대부분 죽거나 잡혔기 때문이다.

"적삼로! 뿔피리를 불어 모든 전사를 소집해라!"

"예, 대족장."

― 부우우웅우웅우우우~

독특한 뿔피리 소리가 몇 분 정도 길게 울리자, 전령들이 인근에 정착한 여러 부락을 향해 달려갔고, 이만주의 직속 수하들이 무장한 채로 말을 타고 모였다.

그렇게 이만주는 휘하의 병력을 집결해 3천의 병력은 방어를 위해 본거지에 두고, 척후가 보고한 적의 예상 경로에 나머지 5천의 기마병을 집결시켜 말들을 쉬게 하면서 적을 기다렸다.

'앞으론 조선처럼 척후병도 몇 배로 늘리고, 보고 체계도 제대로 만들어야겠어. 문서로 적어 보내면 간단한 일이지만, 저놈들 모두 글을 모르는 게 문제로구나. 하아……'

원대한 계획을 짜려다가도 바로 현실적인 문제에 부딪힌 이만주는 마음이 바로 꺾일 뻔했다. 하지만 곧바로 마음을 다잡고, 눈앞에 닥친 적들부터 해결하려 마음을 다시 다잡았다.

'놈들이 누군지는 몰라도 조선군이 아닌 이상, 감히 이 어르신에게 덤빈 것을 후회하게 해주마.'

＊　　　＊　　　＊

집현전 학사이자 첨사원의 관직을 지내던 신숙주는 최근 함길도절제사에게 교지를 전달하러 왔다가 황당한 일을 당했다.

교지를 전달 받은 도절제사 김종서가 돌아가려는 신숙주를 붙잡고 잔치를 벌여준 것은 좋았는데, 다음 날 새벽 기상해서 돌아가려고 의관을 정제 중이던 신숙주의 입장에선 도저히 받아들일 수 없는 말을 김종서에게 들은 것이다.

"오늘부터 자네의 근무지는 이곳일세. 일전에 저하께 그대가 정녕 뛰어난 인재라고 칭찬한 서신을 보고 본관이 그대가 도착하는 걸 얼마나 기대했는지 모를 걸세."

"예? 그게 대체 무슨 말씀이신지……."

"자자! 이리 오게나, 오늘부터 자네는 이 집무실에서 근무하면 된다네. 이 집무실을 새로 단장하느라 내가 직접 힘을 썼다네. 어때, 마음에 드는가?"

신숙주는 김종서가 만들었다는 집무실의 정갈한 내부를 보고 순수하게 감탄했다.

"이곳을 영감께서 직접 꾸미셨다니, 정말 대단하시군요."

"그래? 마음에 들었다는 말이로군. 그럼 저기 탁자 위에 올라간 문건부터 검토하면 된다네."

"예?"

"그럼 조금 있다가 조찬을 준비해 줄 터이니, 그때까진 일 보고 있게나!"

아직도 어제 마신 술이 덜 깬 신숙주는 자신이 꿈을 꾸고 있는 것이 아닌가 하는 생각이 들어 자신의 애꿎은 팔을 꼬집어보려고 했지만, 손이 덜덜 떨려 팔을 제대로 꼬집을 수도 없었다.

"그래, 이건 악몽이겠지. 그럴 거야, 꿈에서 깨면 분명 사가의 내 방에서 일어날……."

그러자 갑자기 낯선 이가 들어와 서류 더미를 탁자 위에 쌓았다.

"아! 새로 오셨다는 나리시로군요. 소인은 이곳의 잡일을 보는 갑사입니다. 불편하시거나 궁금하신 게 있으시면 소인에게 하문하시면 됩니다요."

"하하하! 꿈속의 인물치곤 제법 생동감이 넘치는군."

"나리께선 아직 술이 덜 깨셨나 봅니다. 조반에 속풀이할 국을 같이 올리라고 전해두지요."

"……."

그렇게 현실 부정을 하며, 탁자에 올라와 있는 서류를 훑어보던 신숙주는 다시금 이 악몽 같은 현실을 받아들일 수밖에 없었다. 자신은 알 수 없던 북방의 정세가 담긴 보고서와 시급히 처리해야 할 안건들이 수없이 있었기 때문이었다.

'일전에 저하께서 내게 현실을 모르는 용속한 선비라고 하신 건, 이 기회에 북방의 현실을 보고 오라고 하셨던 의미였나…….'

물론 세자 이향은 신숙주를 정치 쪽이 아닌 다른 용도로 부려먹으려고 한쪽에 가깝지만, 신숙주는 이 상황을 긍정적으로 받아들이기로 마음먹었다.

'저하께서 내게 거는 기대가 크기에 이런 중요한 업무를 맡기셨겠지. 저하께서 정말 나를 싫어하셨다면 그저 집현전으로 다시 돌려보내고 관심을 끊으셨을 거다. 일전에 저하께서 내게 친히 알려주신 이치는 솔직히 인정하긴 싫었지만, 모두가 사직의 발전을 위해 필요한 일이며, 국정이 뭔지 잘 모르고 있던 내게 현실을 보게 만들지 않았는가?'

그렇게 마음을 다잡은 신숙주는 능력을 발휘해 탁자에 쌓은 문건을 빠르게 읽고 분류한 후 자신의 의견을 정리해 새로 문건을 작성했다.

"이보게, 부수찬. 오늘은 나와 같이 조찬을 할……?"

어느새 아침 식사 시간이 되어 집무실에 식사를 권하러 온 김종서는 깜짝 놀랐다. 탁자에 아무렇게나 쌓여 있던 문건들이 어느새 가지런히 분류되어 있고, 신숙주는 뭔가에 집중해 뭔가를 빠르게 적고 있으니 현실감이 들지 않아 그도 모르게 감탄이 흘러나왔다.

"허어… 과연 저하께서 그리도 극찬하신 이유가 있었군."

그날부터 그렇게 신숙주는 함길도절제사 김종서의 부관으로 임명되었다.

\*　　　　　\*　　　　　\*

김종서가 내게 감사를 표하는 서신이 도착했다. 얼마 전에 보낸 신숙주가 능력을 발휘해 업무 체계도 개선하고, 여진 말도 빠르게 익혀 인근의 여진족 중 조선에 비협조적이던 부족과 교섭해서 조정에 조공을 올리기로 약조까지 했다고 한다.

이것 참… 본래 신숙주의 능력이 대단한 건 알았지만, 부임하자마자 저 정도까지 할 줄이야. 나이만 많았으면 김종서의 후임으로 손색없었겠는데.

아무튼 신숙주는 이대로 김종서한테 맡겨두어야겠다.

"일전에 지방에서 올라온 장계를 보니, 보와 저수지의 완성이 늦어지니 선공감 관원의 파견을 요청하는 청이 있는데 이를 어찌 생각하시오?"

황해도와 충청도 지방에 지시한 보와 저수지 공사가 생각처럼 잘 진행되지 않아, 고을의 수령들이 공사를 미뤄달라거나 도움을 요청한 장계가 여럿 올라와 있다. 그래서 난 편전에 출석한 대신들에게 의견을 묻고 있었다.

"저하, 선공감의 모든 관원과 장인들은 도읍 인근의 고을로 이어지는 길을 내는 일에 종사 중이오니, 사정상 그들의 요청을 바로 들어주기가 난망하옵니다."

얼마 전에 공조 판서에 제수되자마자 바로 사직을 청하던 박안신(朴安臣)의 대답이었다. 하아… 그러고 보니 이 할배도 수명이 얼마 남지 않았네.

"그 정도로 인원이 부족하오?"

"그러하옵니다."

하긴 생각해 보니 선공감의 배치된 관원 정원이 15명이다. 그러니 사람이 없다는 박안신의 말이 지당하다.

미당으로 얻는 수입으로 당분간 관원들을 더 뽑을 예산부터 짜봐야겠구나. 송사 수수료를 걷어 예산에 책정하는 방안은 아직 완벽하게 정리가 안 되어서 해당 부서의 인원들이 보완 중이니까.

"그렇다면 소신이 미력하나마 토목공사에 도움을 줄 수 있을 것 같사옵니다."

대화를 듣고 있던 최윤덕이 갑자기 나섰기에, 왜 그런지 생각하다 최윤덕의 별명이 떠올랐다.

"설마… 영중추원사 대감이 직접 공사를 지휘하려 하시오?"

"그러하옵니다. 소신이 북방에서 주로 하던 일이 축성이었으니, 보(堡)나 길을 닦는 데도 도움이 될 것이옵니다."

으음… 최윤덕은 요즘 편전에 자주 출석해 내 의견과 정책을 적극 지지해 주는 선봉장 노릇을 하는데, 이 시점에 그가 빠지면 어찌해야 하지? 아직 대신 중에서 적극적으로 내 편을 들어주는 사람은 최윤덕뿐이다. 이천은 총통위장으로서 하는 일이 많아서 편전에 출석하는 일이 드물기도 하니 말이다.

"그건 쉽게 결정할 수 없겠소. 아무래도 대감의 건강이 염려된다오."

"그렇다면, 소신의 옛 하급자들을 동원하는 것은 어떠신지요?"

"그런 이들이 있었소?"

"예, 저하. 소신이 북방에서 근무하던 시절 갑사 신분으로 소신의 공무와 축성을 돕던 이들이 많사옵니다. 다들 나이가 들어 나랏일을 그만두었지만, 그 경험은 남아 있으니 큰 도움이 될 것이옵니다."

"그렇다면 그들을 청해 나랏일을 돕게 해야겠소. 공조판서의 생각은 어떻소?"

그러자 박안신은 신이 난 표정으로 대답했다.

"그런 이들이 있다면, 공조와 선공감에서도 다들 반길 것이옵니다."

"그렇다면 영중추원사 대감과 공판이 같이 의논하여 결정하시오."

"망극하옵니다."

나라엔 잘된 일이지만, 은퇴하고 집에서 쉬던 전직 갑사들은 영문도 모르고 끌려오게 생겼네. 그래, 사실 조선의 사전에 은퇴라는 단어가 어딨어? 모두 노인… 아니, 평생직장에 온

걸 환영한다.

그렇게 일주일가량 논의된 공사 문제는 결국 그들을 다시 불러 지방에 파견하는 것으로 마무리되었다. 그러고 보니 요즘은 일주일이란 주기가 생겨 일요일에 쉬게 해주고 한 달에 한 번은 토요일에도 쉬게 해주었더니 다들 충성도가 높아진 듯 보인다. 사실 따지고 보면 신료들은 새 역법 적용 전에도 한 달에 4번은 쉬게 해주고 명절마다 쉬었다. 미래에서도 휴일 하루에 다들 일희일비한다는데 그런 부분은 시간이 아무리 흘러도 변하질 않는가 보다.

그렇게 도로공사와 지방 공사에 투입될 관리자들이 늘어 행복해할 때, 난 믿지 못할 만한 소식을 들었다. 요즘 아버님 께서 편전에 출석하지 않으시고 뭔가 연구하시나 싶더니, 신형 가마를 제작하셨다고 한다.

이게 무슨 아이러니인지 참… 기록에서 본대로라면 장영실이 이 시기쯤에 가마 사건에 말려들어 파직당하고 잠적하게 된다. 그런데 이렇게 장영실과는 상관없이 안여(安輿, 임금의 가마)가 만들어진 걸 보면 본래 가마 제작의 책임자였던 대호군 조순생이 오랜 시간 동안 고안해서 만들던 거였나 보다.

졸지에 난 신형 가마의 시험장에 아버님의 청을 받아 가게 되었는데 내 눈에 보이는 게 현실인가? 아니, 저게 어딜 봐서 가마야……

저건 아무리 봐도 좌석 부분에 조선식 가마 지붕을 씌운 마차다. 대체 저걸 어떻게 움직이려고?

"아바마마, 저 안여는 어떤 이치로 움직일 수 있게 고안된 것이옵니까?"

"그건 과인이 요즘 수레가 여럿 이용되는 것을 보고 영감을 받아 조순생과 상의하여, 그가 만들던 안여를 보완해 보았다."

"그렇사옵니까? 혹여 사람이 아니라 우마로 끌게 하려 고안하신 것이옵니까? 하오나 아바마마께서 앉으시면 지면에서 올라오는 충격이 범상치 않을 것이옵니다."

"그건 일전에 세자가 고안한 화승총의 방아쇠란 부분에서 판형 용수철이라고 부르는 부품을 보고 과인이 응용해 보았다. 안여의 아랫부분에 철판을 여러 겹 겹쳐 묶어 고정하고 철선과 솜을 넣어 푹신하게 만든 좌석을 위에 두고 시험해 보니 생각보다 크게 불편하진 않더구나."

화승총에 방아쇠 구조에 들어간 접힌 판 용수철을 보고 마차의 서스펜션 구조를 생각해 내셨다고? 정말 말이 나오질 않는다. 아버지는 역시……

"이렇게 하면 가마꾼 여럿이서 힘들게 안여를 들 수고가 줄어드니, 좋지 않겠느냐?"

그래, 아버님의 말씀대로라면 그들은 다른 업무에 종사하게 만들 수 있을 것이다.

"아바마마의 현명하신 지혜와 발상에 소자는 그저 감탄할 수밖에 없사옵니다."

"아니다. 새 안여를 만드는 덴 세자의 공도 크니, 크게 자랑할 만한 것이 못 되는구나."

"시승은 어떤 식으로 하시려나이까?"

"일단 새로이 완성된 육조 거리와 이어진 대로를 한 바퀴 돌아볼 생각이다. 세자도 과인과 같이 안여에 오르거라."

그 말을 듣고 안여를 다시 보니 1인승이 아니라 4명 정돈 앉을 수 있게 만들어져 있었다.

"주상 전하! 어찌 감히 소자가 상과 함께 안여에 오르는 불충을 저지를 수 있겠사옵니까?"

그러자 옆에서 듣고 있던 상선과 내관들이 내 말을 지지하며 따라 외쳤다.

"전하! 아니 되옵니다. 부디 통촉하여 주시옵소서."

"아들인 세자가 과인과 같이 타는 게, 진정 불충이라 할 수 있겠느냐?"

"하오나! 만에 하나, 안여에 불상사가 생길 수도 있사오니 부디 명을 거두어주시옵소서."

이건 저들이 옳은 말을 했다. 본래 만약에 사태에 대비해서 국가에 재난이 벌어지거나, 역병이 발생하면 왕과 세자는 각자 따로 움직여야 하는 게 도리다.

"그대 말대로 만에 하나 그런 일이 벌어진다 해도, 정녕 단련된 과인과 세자가 다치기라도 할 것 같으냐? 그 정돈 아무 문제가 되지 않느니라."

뭐… 이것도 맞는 말씀이시긴 하다. 여차하면 내가 아버님을 안고 뛰어내리면 그만이고, 요즘 우리 부자가 모두 운동으로 단련된지라 천천히 움직이는 마차에서 사고가 나도 다치는 일은 없겠다.

그러자 아버님을 매일 강제로 운동시키면서 그 변화를 지켜본 상선이 꺼림칙한 표정으로 고개를 숙였다.

"전하의 명을 받들겠사옵니다……."

그렇게 억지로나마 탑승한 마차의 승차감은 내가 보기엔 그다지 나쁘진 않았다. 그런데 오래간만에 깨어난 귀신 놈의 지식을 살펴보니, 이 정도론 미래의 탈것엔 한참 미치지 못하나 보다.

"전하, 어느 곳으로 행차하시겠사옵니까?"

평범한 마차와는 다르게 마부가 아닌 내금위장이 선두에 앉아 아버님께 질문했다. 경호를 위해 내금위장과 내금위 인원들이 마차 주변을 호종하고 있었다.

"일단 육조 거리에서 길이 이어진 홍인문(興仁門, 동대문) 쪽부터 가보자꾸나."

그렇게 이동이 시작되자 길을 지나가던 모든 이들이 일제히 엎드려 예를 표하기 시작했다.

"정비된 길이 일견 정갈하면서도 실용적이로구나. 아주 마음에 들어, 이러면 과인의 의도한 계획이 잘 먹혀들었어."

"어떠한 계획을 이르시는 말씀이시옵니까?"

"앞으로 이 안여는… 아니지, 이 마차는 품계별로 외관를 다르게 꾸미고 말의 수에 차이를 두어 당상관 이상의 신료들에게 팔 것이다."

"……."

아버님께서 지난번에 신료들의 안경 경쟁을 보시고, 그들의 욕망을 이용해 효율적으로 수입을 늘릴 방법을 찾으셨나 보다. 미래의 세상에서도 사람들이 자동차란 탈 것으로 자신을 과시한다는데 이건 지금도 마찬가지다. 이미 고위직의 관료들은 준마를 타고 다니거나 수행원들을 동반해 가마를 타고 오고 갈 때마다 자신을 과시하는 세상이기에 이건 반드시 먹힐 거라고 장담할 수 있다. 또한 자연스레 말의 거래 수요도 늘어나게 될 거다.

아버님께선 조선에 여러모로 혁신적인 변화의 씨앗을 뿌린 거나 다름없으시다. 이러면 조만간 내수소에 사람을 더 늘려야 할 거 같다. 일전에 새로 생긴 상미원 부서에서 제작된 사당이 상품화되어 그것을 판매할 내수소 직할 점포를 한양 시

전에 짓는 중인데 이참에 여러 가지를 더 궁리해서 팔아봐야
겠다.

이젠 조선에도 본격적인 상공업이 조금이나마 태동할 시기
가 온 거다.

제3장

왕진

왕실 내수소(內需所) 소속 직영 점포인 백화상(百貨商)의 관리자이자, 정구품 종사직의 관원 김우찬은 점포를 여는 첫날 출근하면서 믿기지 않을 광경을 보고 말았다.

"아니… 대체 왜 이리 사람이 많아?"

김우찬이 본 인파의 행렬은 백화상 점포 주변을 메우고도 모자라, 주변의 점포 앞을 가렸고, 개중엔 무분별하게 다투는 이들마저 보였다. 김우찬이 보기엔 지금 모인 사람의 수가 일전에 관람한 재래연의 관중 수에는 미치지 못하지만, 이리 사람들이 모인 것 역시 흔치 않은 일이기에 불길한 예감을 느껴야 했다.

'설마… 여기 모인 사람들이 전부 백화상을 찾아온 건가?'

"야! 끼어들지 마! 여긴 내가 먼저 왔다고!"

"이놈이 어디서 감히 내게 삿대질이야? 야! 너는 어느 집 종
놈이야?"

"난 이조판서 대감댁 청지기(廳直)다, 이놈아! 그러는 네놈은
어느 집에서 왔는데?"

"난—"

이런 다툼이 여기저기서 벌어지고 있으니, 김우찬은 일단
점포부터 열려고 사람들 사이로 파고들었다.

"밀지 마! 여긴 내가 아까부터 자리 잡고 있었는데 왜 끼어
드는 거야?"

"난 이곳을 관장하는 관원이다! 내가 들어가야 점포를 열
것 아닌가?"

하지만 흥분한 인파 속에서 일개 개인의 외침이 통할 리 없
어, 김우찬은 점포엔 접근도 못 하고 밖으로 밀려나야 했다.

김우찬이 보기엔 행렬 한편의 사람들이, 서로의 몸에 손을
대기도 하는 것이 눈에 띄었고 곧장 패싸움이라도 벌어질 것
처럼 보여 의금부 쪽으로 발을 돌려 부리나케 뛰어야 했다.

그렇게 자신의 관인을 보이고 신분을 밝혀 의금부에 사정
을 말한 후, 의금부 도사들과 병졸의 지원을 받아 다시 백화

상으로 향하자 아니나 다를까 십여 명의 인원들이 갈려 패싸움을 하고 있었다.

"네 이놈들! 감히 어디서 행패를 부리느냐? 당장 멈추지 못할까!"

금부도사의 위엄 있는 호통에 싸움을 벌이던 이들은 겁을 먹어 금세 싸움을 멈추고, 각자의 억울함을 호소하기 시작했다.

"도사 나리, 이놈들이 글쎄……."

"시끄럽다! 감히 왕실 내수소 관하의 점포 앞에서 난동을 부린 것만으로 큰 죄니, 죄인인 네놈들을 추포할 것이다."

무력이 동원된 공권력 앞에서 무력하게 진압된 이들을 제외하곤, 나머지 인원들은 휘말리기 싫은지 다른 곳을 보며 여전히 점포를 둘러싸고 있었다.

"비켜라, 이놈들아! 네놈들 때문에 점포를 열어야 할 관원이 못 들어가고 있잖느냐!"

금부도사의 말 한마디에 옛 서역의 어느 나라의 이야기처럼 바다가 갈라지듯 수많은 인원이 양쪽으로 갈라섰고, 김우찬은 그제야 점포를 열 수 있었다.

그러자 갈라졌던 바다처럼 흩어졌던 사람들이 금세 파도가 치듯 다시 모여 점포를 에워싸고 경쟁적으로 소리 지르기 시작했다.

"나리! 저는 병조판서 댁에서 온—"

"나리, 저는—"

패싸움을 벌인 죄인들을 포승줄로 묶고 있던 금부도사 추정현(秋靜炫)은 그 광경을 보곤 한숨을 쉬고 추포한 죄인들을 병졸들에게 맡기고 점포 방향으로 다시 몸을 돌렸다.

"이놈들! 모두 물렀거라!"

그렇게 금부도사 추정현은 수많은 인파의 기선을 제압하곤, 강제로 모든 이들을 갈지 자의 모습 혹은 정음의 'ㄹ' 자 형상으로 줄을 서게 했다.

"앞으로 이처럼 줄을 서지 않으면, 물건을 팔지 않는다고 엄포를 두는 게 좋을 것 같네."

"정말 감사합니다. 소관이 미력하게나마 감사를 표하고 싶은데 어느 집안으로……."

"아닐세, 본관은 그저 공무를 수행했을 뿐이니 그런 건 받을 수 없네. 그럼 이만 물러가겠네."

"살펴 들어가시지요."

그렇게 김우찬의 다사다난한 하루는 그제야 시작되었고, 상점에 들어와 여럿이 짊어지고 온 지게에서 어마어마한 양의 쌀과 면포를 내리는 이들을 보고 다시 한번 암담함을 느껴야 했다.

"이보게, 여기선 쌀이나 면포는 받지 않는다네. 통보나 저화를 가져오게나."

"예? 그게 무슨 말씀이십니까?"

"좀 전에 한 말 그대로 현물을 안 받는다는 뜻이네, 여기서 거래하고 싶으면 그것들은 환전소에 가서 통보나 저화로 교환해 오게나."

"그러면 소인 여태 힘들게 기다렸던 건……."

"그건 자네 사정이고, 이런 건 미리 알아보고 왔어야 할 거 아닌가? 그 댁 주인 나리께선 이런 건 알려주지 않으시던가?"

"그런 말은 듣지 못해 소인이 사정을 잘 몰랐습니다요. 그래도 어떻게 안 되겠습니까?"

"여긴 일반 시전의 점포와는 다르게, 왕실에서 직접 제작한 귀물을 파는 곳일세. 억지 부리다 경을 치기 전에 물러나게."

그렇게 운 좋게 앞줄을 차지했다가 관습대로 쌀이나 포를 가져온 이들은 쓸쓸히 물러나야 했고, 뒷줄에서 눈치를 보다 사정을 알게 된 이들은 일찌감치 대열에서 빠져 빠르게 환전소로 향해 환전소에서도 난데없는 전쟁을 벌여야 했다.

"나리, 소인은 영의정부사 댁의 청지기이옵니다. 이 돈이면 사당 절임을 얼마나 살 수 있겠사옵니까?"

황희의 집안 청지기 황갑동이 공손하게 말을 걸면서, 등에 지고 온 궤짝을 열어 고액의 통보 더미가 쌓인 광경을 보여주자 김우찬은 황당함을 느껴야 했다.

"이 정도면 여기 있는 물건을 전부 다 사도 부족함이 없겠군."

"그렇사옵니까? 그러면 여기 있는 사당 절임을 전부—"

하지만 김우찬이 잽싸게 그의 말을 끊었다.

"절임은 종류를 불문하고 일인당 한 병씩이네. 설마 네가 지금 매점(買占, 사재기)을 하려는 게냐? 이건 혹시 그대의 주인인 영의정부사 대감의 뜻인가?"

오랜 기간 동안 황희의 집에서 청지기 노릇을 하며, 눈치가 빠르게 발달한 황갑동은 방금 김우찬의 말에서 뭔가 위험한 느낌을 받아 본래 의도와 다르게 말을 돌렸다.

"그것은 아니옵고. 소인이 이곳에 처음 온지라, 잘 몰라서 그랬습니다요."

"여긴 왕실 직속의 백화상일세. 설마 이곳에서 영의정부사 대감을 믿고 위세나 패악을 부리려 한다면 좀 전처럼 의금부로 끌려가 경을 칠 것일세. 명심하게."

황갑동은 조금 전 이판 댁과 호판 댁에서 심부름을 온 무리가 싸움을 벌여 의금부로 잡혀간 광경을 똑똑히 보았기에, 곧바로 미소를 지으며 다시 말을 바꾸었다.

"그렇다면 여러 가지 절임 중에서 가장 귀하고 비싼 것이 어떤 것이옵니까? 그리고 사당은 절임과 상관없이 따로 살 수 있사옵니까?"

"여기 구비된 사당 절임 중에서 가장 귀한 건 이 금귤(金橘) 절임일세. 왕실에서 직접 재배한 금귤로 만든 것이니 그 귀함과 맛은 다른 과실로 만든 것과는 비교가 안 되지. 그리고 사당은 최대 한 말까지 살 수 있네."

"그렇다면 금귤 절임과 사당 한 말을 사 가겠습니다."

그렇게 황갑동이 쌀 다섯 섬 가치의 통보를 지급하고 물건값을 치렀다. 그러자 김우찬은 예전에 쓰던 종이와 재질이 다르게 보이는 기다란 종이에 뭔가를 적고 장부에 뭔가를 기재한 후, 긴 종이의 낱장을 황갑동에게 건네주었다.

"그래, 이건 그대가 이 물건을 사 갔다고 증명하는 영수증이란 것일세. 반드시 영의정부사 대감에게 보여 드리고, 나중에 올 때 다시 내게 보여주면 되네."

"명심하겠사옵니다. 혹여 소인이 내일 다시 와도 되겠사옵니까?"

"좀 전에 한 말을 뭐로 들었나? 사당이나 절임이 다 떨어지면 오게."

그렇게 김우찬은 황갑동의 다음 차례로 온 당상관 이상의 부잣집의 하인이나 청지기에게 비슷한 말을 계속 반복해서 설명하고 또 해야 했다. 개중 일부는 시세를 오판해 사당 가격에 못 미치는 돈을 들고 와서, 외상을 해달라고 애원하다가 다시 돌아가야만 했다.

그렇게 모든 이들이 필요한 물품들을 사 가고 영업시간이 끝나갈 무렵, 새로 방문한 이가 김우찬에게 물었다.

"나리, 소인은 영중추원사 대감댁에서 온 청지기이옵니다."

"자네는 무슨 절임을 사러 왔는가?"

"소인은 절임이 아니라, 다른 특별한 것을 주문하러 왔사옵니다."

사실 최윤덕의 집엔 세자 이향이 따로 내려준 사당이나 과일잼과 건강식을 만들 식재가 가득했었고, 아직 시중에서 팔지 않는 미당도 넉넉하게 있었다. 일전 세자에게 사당을 과하게 먹으면 건강에 좋지 않다는 말을 들은 최윤덕은 북방에서 고생하는 셋째 아들과 군관들을 위해 하사받은 사당과 절임을 절반 이상 보내주었고, 고생하는 하인들에게도 사당을 내려 맛볼 수 있게 해주었을 정도다.

"그래? 그럼 뭘 주문하러 온 것인가?"

"대감마님에게 듣기론 여기 오면 마차라고 부르는 탈것이 있다기에, 그것을 주문하러 왔사옵니다."

"그럼 이쪽에 앉게나. 내가 대감의 품계에 맞는 마차 그림 몇 가지를 가져올 테니, 이걸 들고 가 대감께 보여 드려라. 대감께서 결정하신 후엔 그림은 다시 여기로 가져오고."

그렇게 다사다난했던 백화상의 영업 첫날이 저물어갔다.

난 일전에 개장한 백화상이 조정 대신들과 소문을 들은 사대부들의 성화로 성공적인 영업을 하고 있다고 보고받았다. 내가 예측한 대로 많은 이들이 한 번에 사재기하려 했다는 소식도 들렸기에, 사재기 행위를 미리 금지해 두길 잘했다는 생각이 들었다.

나중에 설탕 생산이 늘어나면 제한을 풀고 쌀 포대에 담아 팔아야겠지. 그럼 초기엔 멋모르고 사재기하려고 그걸 사는 이들이 늘어날 것이다. 그때쯤이면 공급이 안정화되어 값이 폭락할 텐데.

그런데 다른 소식을 듣자 하니 명에서 보낸 사신이 오고 있다고 한다. 사월 중순쯤이면 도착할 것 같다고 하는데, 이번엔 또 무슨 일로 오고 있는지 궁금하네. 고려 천자 1호 주기진에게 뭘 또 뜯어낼 수 있을까? 이건 생각만 해도 행복한 고민이구나.

\*　　　\*　　　\*

"아바바바—"

난 지금 내 아들 홍위를 보러 와 아이를 안아 들고 있었다. 처음엔 주변에서 말리긴 했지만 그게 무슨 상관이야, 아비가 아들을 안아볼 수도 있는 거지. 유독 나만 이런 건 아니다.

아버님도 원손을 볼 때마다 나처럼 하신다고 하니, 이런 건 부전자전인가 보다.

"지금 원손이 아바마마라고 한 것 들었소?"

그러자 유모인 궁인이 내 말을 곧장 부정했다.

"저하, 이건 원손이 옹알이한 것뿐이옵고. 말문이 트이려면 좀 더 시간이 필요하옵니다."

"음, 아무리 봐도 날 보고 아바마마라고 한 것 같은데… 원손이 날 능가하는 기재로 태어났으면 가능한 일이잖나?"

그러자 옆에서 날 지켜보던 아내가 얼굴에 웃음꽃을 피웠다.

"빈궁은 뭐가 그리 즐거우시오?"

"저하께서 원손을 이리도 아끼고 정을 쏟으시니, 소첩이 꿈을 꾸는 것같이 좋사옵니다."

"아니, 사실 꿈을 꾸고 있는 것 같은 건 나라오."

그래. 본래 기록된 역사대로라면, 아내는 아이를 제대로 안아보지도 못하고 산욕열을 앓다 출산 다음 날 바로 숨을 거뒀다. 지금 나와 아내, 그리고 기록과 태어난 날은 다르지만 그래도 내 사랑하는 아들인 홍위까지. 이렇게 한데 모여 있는 광경이야말로 내가 바라던 꿈이자 이상이었다.

"저하, 갑자기 왜 안색이……."

"아닐세, 너무 기뻐서 그런 거니 괘념치 마시오."

잠시 암울한 생각에 잠겼다가 지금의 행복한 현실을 보고 살짝 눈물이 날 뻔했다.

"이리 가까이 오시게."

  그렇게 내 곁에 다가온 아내에게 홍위를 넘겨주고, 괴상한 표정을 지어 보여주자 홍위가 자지러질 것처럼 기뻐했다.

"캬카캬! 아바바바—"

"그래그래. 내가 너의 아비다."

  그러자 아내마저 내 표정이 웃겼는지 필사적으로 웃음을 참고 있는 게 보였다.

"빈궁도 웃고 싶으면 웃어도 된다오. 억지로 웃음을 참으면 건강에 좋지 않다네."

"소첩이 어찌 저하의 안전에서… 풋흐흐흑!"

  내가 재래연 때문에 미래의 배우들이 하던 표정 연습을 참고해서 따라 하던 안면 변화를 빠르게 보여주자, 결국 아내도 웃음을 참을 수 없었나 보다. 마지막엔 거의 울음 비슷한 소리가 나왔어.

  그렇게 한참을 웃던 아내는 겨우 진정하더니 내 쪽으로 몸을 숙여 귀에 대고 속삭이듯이 말했다.

"오빠께서 나인들 앞에서 소첩을 이리 망신 주셨사오니, 소첩도 오늘 밤엔 저하께 벌을 내려드려야겠사옵니다."

  뭐? 정말? 그런 벌이라면 언제든 환영이야! 이 사랑스러운 여인아. 내게 벌을 주겠다면서 그렇게 사랑스럽게 웃는 건 또 뭔데?

앞으로 항상 오늘처럼 무엇과도 바꿀 수 없는 행복한 하루가 계속되었으면 한다. 아니, 이미 내가 역사를 바꿔서 그렇게 만들었다고 봐야겠지?

*          *          *

그렇게 정사를 돌보며 지내고 있던 와중에 명에서 온 흠차 내사(欽差內史, 황제의 명을 전하는 내관)가 도착했다. 그런데 도착한 이가 정말 의외의 인물이다.

지금 태평관에 자리한 내 앞엔 미래에 벌어질 토목의 변 발단의 원흉이자 참패의 원인으로 알려진 사례감 태감(司禮監太監) 왕진(王振)이 앉아 있었다.

기록에서 보길 이놈이 조선에 온 적 없었던 걸로 아는데? 이것 역시 내가 바꾼 역사의 나비효과로 봐야 하나?

"왕 태감, 먼 길을 오느라 고생이 많으셨소."

"감사하오이다. 조선엔 처음 왔지만, 예전에 풍문으로 들었던 것보단 도로 사정이 나쁘지 않아 수월하게 올 수 있었습니다."

그건 우리가 쓰려고 개성 방면하고 한양을 잇는 도로 공사를 겨울 내내 하고도 모자라서, 선공감 휘하에 지금은 임시지만 앞으론 대대로 이어질 국영 토목 회사를 만들어서 공사 중이거든.

"그럼 흠차(欽差, 칙서 공개) 일정은 언제쯤으로 하실 예정이시오?"

"그건 일정에 맞게 할 예정입니다. 그보다 먼 길을 오며 고생을 했더니, 요기할 음식을 준비해 주실 수 있겠습니까?"

"알겠소. 이보게! 준비하고 있는 연회 순서를 병(丙) 순으로 변경하고 먼저 준비된 것부터 내오라고 이르게."

난 왕진의 요청으로 일정보다 빠르게 예조 관원에게 지시를 내려 음식을 내오라 지시했다.

"감사합니다. 본관이 요즘 미식에 대해 공부 중인데, 방금 이야기한 연회 순서와 병이 무엇인지 알 수 있겠습니까?"

허! 이놈 봐라. 조선의 세자인 내 앞에서 본관이라고 칭해? 싹수를 밥 말아 먹었네. 황엄도 오만하긴 마찬가지였지만 내게 저따위로 말한 적은 없었다.

"조선에서 정한 방식이라오. 십간(十干)에서 따와 열 가지의 방식의 각자 다른 음식 조합을 가리키는 단어라오."

"그렇습니까? 마치 우리 대국의 진선(進膳)을 방불케 하는군요. 본래 원칙상 황상께서도 같은 음식을 다시 드시면 아니되오니, 항상 모든 태감과 어선방(御膳房)의 이들은 항상 중복

되는 음식이 없도록 신경을 씁니다. 그런데 요즘은 황상께서 그런 원칙을 지키지 못하고 계셔 본관의 수심이 깊습니다."

황제가 요즘 편식이라도 한다는 소린가?

"그렇소? 무슨 사정인진 몰라도, 조정의 원칙이 지켜지지 않는다 하니 안타깝구려."

"요즘 황상의 신변엔 싯누렇게 늙어 아첨만 잘하는 간신이 자리 잡아, 진선을 마음대로 독점하고 황상의 정기를 흐리고 있습니다."

저거 아무리 봐도 황엄(黃儼)을 돌려서 언급한 거 같은데? 일전에 명에 다녀온 정인지가 말해준 대로 둘의 권력 다툼이 장난 아닌가 보다.

나야 저 두 놈이 싸워서 명이 우리에게 신경 쓸 겨를이 없으면, 그거야말로 쌍수 들고 환영할 일이지. 아무래도 이 건방진 놈이 조선에 온 건 뭔가 다른 목적이 있나 보다.

"그렇소? 일단 잠시나마 근심을 떨쳐 버리고, 준비된 음식부터 맛보시오."

드디어 완성된 전채 요리가 등장했는데 그걸 본 왕진의 눈이 휘둥그레졌다.

"이게 대체 무슨 요리입니까? 마치… 면(麵) 같은데 이런 방식은 처음 보는군요. 도삭면이라 하기엔 면이 너무 작고 사람이 일일이 손으로 빚어냈다기엔 면의 모양이 가지런한 게 마치 과두(蝌蚪, 올챙이) 같아 보입니다."

명에선 면은 밀가루 음식을 통칭하는 말이고, 조선에선 면은 길다란 국수만을 뜻한다.

"잘 보셨소. 이건 과두면(蝌蚪麵)이라고 부르는 요리요. 식전에 가볍게 들 수 있도록 삶은 면을 얼음으로 차갑게 식힌 후 양념장을 얹은 요리라오."

이건 미래에 강원도에서 만들었다는 올챙이 국수라고 하는 향토 음식을 지금 시대에 맞게 변형한 것이다. 면에 옥수수 가루 대신 도토리 가루를 넣어 반죽하고 차가운 면에 간장과 식초, 설탕, 미당 그리고 몇몇 채소와 대파를 넣어 비빔면 형식으로 만든 거다.

"일전에 소문으로 듣기엔 조선의 미식이 대단하다고 하던데, 역시나 명불허전인가 봅니다."

"이건 쾌자(筷子, 중국 젓가락) 대신 국자(勺子, 중국식 수저)로 먹는 음식이니, 옆에 준비된 국자를 이용하시오."

"배려에 감사드립니다. 그럼 어디 한번……."

그렇게 음식을 먹기 시작한 왕진은 일전에 미당이 들어간 음식을 처음 맛봤던 황엄처럼 우주유영 같은 건 하지 않았다. 아무래도 황궁에서 미당이 들어간 음식을 몇 번 맛본 적이 있었나 보다. 그 대신 순식간에 전채 음식을 동내고도 내심 아쉬운지, 입맛을 다지면서 안타까운 표정을 짓고 있었다.

"허어… 이건 겉보기만 특이한 것뿐만이 아니라, 그 맛 또한 일품이로군요. 양이 너무 적은 것이 아쉬울 따름입니다."

"이건 배를 채울 목적으로 만든 음식이 아니라오. 그저 식욕을 돋우고 배 안에 음식이 들어간다고 사람의 몸에 알리는 용도이니, 다음 음식을 기대하는 게 좋을 거요."

"그렇습니까? 단순히 음식을 하나씩 내놓는 것만이 아니라, 차례마다 심오한 이치가 있나 봅니다."

뭐 나야 미래에 요리 코스 법칙을 차용한 거니까, 그렇게 보이면 네 말이 맞겠지. 지금은 어느 문화권에도 코스란 게 없을 시절이니까. 미래의 기록을 보니 동양에선 중국 요리가, 서양엔 프랑스 요리가 각자 동서양을 대표하는 이미지로 굳어 있다고 하던데. 앞으론 나로 인해 달라질 거다.

"이것도 맛이 심오하군요. 이것의 재료는 무엇인지요?"

그렇게 왕진은 전채 요리 다음 순서로 나오는 음식마다 하나하나 재료와 조리법을 물어보며 뭔가 분석하려는 모습을 보이기에, 나도 적당히 응대해 주었다.

"하하하! 왕태감은 미식 쪽에 대단한 조예를 가지고 있나 봅니다. 식견이 범상치가 않소."

"과찬이십니다. 그저 유희 삼아 직접 요리를 하다 보니, 이리되었나 봅니다."

네가 직접 요리를 한다고? 의외의 취미네. 하긴… 남자들이 요리하는 게 이상한 일은 아니지. 지금의 사대부들도 각자 직접 장을 담그거나 곧잘 뭔가 만들어 먹기도 하고, 술도 담가 먹기에 집안마다 술 담그는 법도 다르다.

갑자기 미래 귀신 놈의 지식이 하나 깨어났는데, 그 내용이 심히 어처구니가 없다. 남자가 주방에 들어가면 뭐가 떨어진다고? 그게 옛날부터 내려온 가르침이라니 말이 되냐?

저건 아무리 생각해도 헛소리고 왜곡된 인식이다. 하다못해 궁중 숙수도 전부 남자뿐인데 대체 저런 인식은 언제부터 생긴 거야? 게다가 귀양이라도 한번 가면 집안일에 경험 없던 이들도 살림살이의 전문가가 되어서 돌아오는 게 조선의 선비거늘.

그렇게 코스 요리를 차례대로 전부 맛본 왕진이 내게 조심스럽게 말을 꺼냈다.

"혹여나 실례가 되지 않는다면, 제가 이 음식을 만든 숙수들과 따로 시간을 가질 수 있겠습니까?"

"그렇게나 음식이 마음에 들었소이까? 그러면 나중에 시간을 내어 만날 수 있게 해주겠소이다."

"배려에 감사드립니다."

그렇게 나는 왕진과 접견을 겸한 연회를 마쳤고, 이후의 일정은 예조판서 민의생과 관원들에게 맡기고 물러났다.

난 그렇게 다시 업무를 처리하며 바쁘게 지내고 있을 때,

왕진에게 서신을 받았다.

'삼가 소관 왕진이 조선국의 세자 저하께 감히 아뢰옵니다. 높이 저위(儲位, 세자의 자리)에 계시어 양국의 화의에 힘쓰시고 존귀한 지혜를 널리 알리시어 멀리 명국까지 그 저은(儲恩)이 퍼지니, 소인이 몸을 돌려 살펴 어찌할 바를 모르겠사오며, 다만 그것을 뼈에 새겨 어찌 잊을 수 있겠사옵니까. 생각건대 공자께서 말씀하신 대로 족려괄우(鏃礪括羽, 학문을 연마)하려던 소관이 외람되이 어리석은 자질로 일전에 현인을 알아보지 못했으니, 이는 소신의 안목이 한신을 곁에 두고도……'

그렇게 아주 긴 내용의 이상한 어감의 만연체로 작성된 서신의 내용을 한 줄로 요약하면 이렇다.

'일전에 몰라봐서 정말 죄송하고, 다시 한번 만나 가르침을 내려주실 수 있으십니까?'

갑자기 이놈이 왜 이래? 조선에서 뭘 잘못 먹었나? 예전에 대면했던 자리에서 일견 정중한 척 보였지만, 내내 건방졌던 태도와는 다르게 서신에선 구구절절이 자신을 낮추고 내게 가르침을 청한다고 하니 대체 무슨 영문인지 모르겠다.

"대체 무슨 일로 날 보자고 청한 게요?"

"소인이 일전엔 차마 현인이시자 성인이신 세자 저하를 뵙고도 알아보지 못해 큰 무례를 범했사옵니다. 부디 사죄의 절을 올리게 해주시지요."

갑자기 자신을 소인이라 칭한 왕진은 내 가부가 떨어지기도 전에 먼저 절을 올렸다.

"갑자기 왜 이러시오? 이게 대체 무슨 영문인지 통 알 수가 없구려."

"소인이 일전 저하께서 배려해 주신 대로 궁중 숙수들을 만났는데, 그들이 고하길 저하께서 그 수많은 요리와 약식동원의 이치를 전부 고안하셨다고 하며 자신들은 그저 저하의 지시를 따랐을 뿐이라고 하였사옵니다. 또한 저하께서 얼마나 대단하신 분인지 조선의 신료들에게 여러 이야기도 들었는데, 그중엔 저하께선 저승에서 삼 일 만에 돌아오셨다는 이야기도 있었사옵니다. 그런 존귀하신 세자 저하를 몰라뵙고 소인이 무례를 범했으니, 그 죄를 물으심이 마땅하옵니다."

뭐 그건 맞는 말이지만, 난 조리법을 건네주기만 했고 실제로 음식을 만든 건 전부 숙수들이다. 실제로 난 아바마마에게 바칠 용상 두부 만들 때 말곤 요리한 적이 없는데. 그리고 아직도 내가 죽었다 살아난 이야기가 도나? 대체 무슨 이야기를 들었길래 저러는 거지?

"음식에 관한 지식은 내가 주상 전하의 위해 의학을 공부하다가 알게 된 이치를 응용한 것뿐이오. 일전에 그대가 나를 몰라봤다 한들 딱히 사죄받을 만한 일도 아니고, 별것 아닌 잡학으로 과하게 칭송받을 만한 것이 못 되니 그만 일어나시오."

"아니옵니다. 소인은 저하께 용서를 받기 전까진 일어날 수가 없사옵니다. 그리고 부디 소인에게 식의 가르침을 내려주시옵소서!"

대체 무슨 영문인지 모르겠네. 유학자들에게 간신의 대명사인 망탁조의(莽卓操懿, 왕망, 동탁, 조조, 사마의)만큼 유명하진 않았지만, 토목의 변으로 명나라를 말아먹을 뻔한 무능한 간신이며 저들보다 무능한 왕진이 내게 가르침을 청하다니 이거원……

"알겠소. 그대의 청을 허(許)할 터이니 일어서시게."

"망극하옵니다!"

눈치로 짐작건대, 아무래도 내게 요리와 약식동원의 이치를 배워 명황제의 총애를 얻고 싶은가 본데… 정말이지 제 발로 호랑이굴에 들어왔구나.

"소인이 저하께 구배지례(九拜之禮)의 예를 올리겠나이다."

얼씨구, 대뜸 나를 스승으로 섬기겠다니, 정말 생각이 있긴 한 거냐? 아니면 황제의 마음을 다시 얻기 위해서 온갖 방법을 가리지 않을 정도로 필사적인 건가?

"아닐세, 명국에서 그대의 위치가 황상의 스승이라 들었네. 그런 그대가 나를 스승으로 섬기면, 나 또한 황상과 사승 관계가 되지 않겠소? 그러니 그대와 내가 사승 사이가 되는 것 말고 그저 사사로이 나의 조언을 듣고 가는 게 더 나을 걸세."

"저하의 세심한 배려에 감읍할 뿐이옵니다. 하나, 정식으로 사승 관계를 맺지 못한다 한들 소인이 저하를 스승처럼 극진히 모시겠나이다."

그래, 네 마음대로 해라. 이렇게 명국에서 거물로 대접받는 왕진을 포섭하면, 나중에 내 계획이 더 수월해질 거다.

"일단 오늘은 먼저 내게 식약의 새로운 개념과 약식으로 쓸 수 있는 식재의 종류를 배우고, 그다음에 절대 피해야 할 조합부터 알려주리다."

"망극하옵니다."

그렇게 왕진은 일정을 최대한 느슨하게 잡아, 틈나는 대로 요리와 영양학을 배웠고 따로 마련한 연습용 주방에서 스스로 요리를 연습하곤 했다.

나는 그 와중에 명국에게 절대 보여선 안 될 기밀이나 문건들을 첨사원에서 치우느라 정신이 없었다. 첨사원에 방문해 영양학에 관해 듣고 책으로 정리하던 왕진이 내게 갑자기 뜬금없는 질문을 던졌다.

"소인이 일전엔 사신으로 온 이들에게 듣기론, 조선에선 불꽃놀이가 그리 화려하다고 하던데 언제쯤 볼 수 있을지요?"

사실 요즘엔 명국에게 과시한답시고, 사신이 올 때마다 화약을 대량으로 동원해서 하던 불꽃놀이 행사를 안 한 지 일 년이 다 되어간다. 가뜩이나 무기에 쓸 것도 모자란데, 화약을 낭비하는 게 아까워서 내가 밀어붙인 안건이었지.

"요즘은 아국의 사정이 좋지 않아, 화약이 동나 그럴 여력이 없네. 예전에 건주위 야인들을 토벌할 때 화포를 동원했더니 금세 바닥이 나더군."

사실은 염초와 유황, 그리고 화약의 비축량이 전보다 몇 배로 늘었지만, 그걸 명에서 알면 곤란하지.

"그렇사옵니까? 대국의 조정 신료들은 그런 조선의 사정도 모르고, 일전에 초석을 주지 말라고 성화를 부려 사여품에서 초석이 제외되었사옵니다."

아아… 초석은 별로 기대하지도 않았지만, 그런 사정이 있었냐? 우리로선 안타까운 일이지만, 저들의 처지에서 보면 아직 조정에 정신머리가 제대로 박힌 놈들이 많다는 증거다.

"지난번에 내린 사여품의 파격적인 물량 때문에 말이 많았을 것 같네."

"예, 알 수 없는 향신료 같은 걸 받고, 그 많은 쌀과 구리를 주는 게 말이 되냐고 불평하는 이들이 조정에 가득합니다. 소인이 이번에 조선의 사정을 알았으니, 다음엔 사여 물목에 초석이 낄 수 있게 힘을 써보겠나이다."

뭐? 아직 미당의 소문이 제대로 퍼지지 않았나 보네? 아니면 주기진이 혼자만 먹으려고 입단속을 한 거였나? 고려 천자께선 정말 탐욕스러우시군. 일전에 미당을 비싸게 산 건, 일부를 다시 팔아 차익을 남기려는 속셈인 줄로 예측했는데 전혀 맞지 않았어.

"내가 듣기론 일전의 사여품이 전부 황상의 내탕금에서 나온 거라 들었네."

내 말을 듣기 전엔 왕진도 모르고 있었는지, 그의 표정이 조금 찌푸려졌다.

"그건 소인도 듣지 못했사옵니다만……."

하긴 원래 황제의 최측근이었다가 자신도 몰랐던 소식을 타국에서 들었으면, 나라도 기분이 나빠질 법도 하겠다.

"그랬나? 오늘은 특별히 의학이 아니라, 황상의 마음을 사로잡을 특별한 비법을 알려줄 때가 온 것 같군."

"그것이 정녕 참말이시옵니까? 소인이 아무리 연습해도 낼 수 없던 맛의 비밀을 알려주시려 하시나이까?"

그래, 드디어 본격적으로 왕진에게 미당에 대해 알려줄 때가 온 거다. 앞으로 귀국해서 황엄하고 둘이 잘 싸워봐라. 난 그 틈을 이용할 테니.

그리고 이젠 명의 고위층도 미당의 맛을 알 때가 온 거지. 명조정에서 사여품을 반대했던 놈들이야말로 그 맛을 한번 보면 단체로 우주유영하게 될 거라 장담한다.

\*　　　\*　　　\*

함길도절제사 김종서는 최근 북부에서 쏟아지는 척후들의 보고에 골이 아플 지경이었다. 이만주가 북동쪽의 커다란 호수 근방에 자리를 잡은 후 근방의 야인들을 강제로 규합하기 시작했고, 거기서 밀려난 야인들이 남하해 예전부터 살던 부족들과 충돌해 자주 분쟁을 벌였기 때문이다.

일전엔 척후가 김종서에게 보고하길 이만주가 약 5천의 병력으로 6천의 병력을 동원했던 홀라온(忽剌溫)의 분파와 대규모 회전을 벌여 승리하고 도망치지 못하고 사로잡힌 이들을 전부 노예로 삼았다고 하니, 이만주의 세가 다시금 점점 강해지고 있었다.

그래서 지금은 함길도 국경 인근에 살던 오도리(吾都里)와 올량합(兀良哈)이 북동쪽에서 내려온 우지개(亐知介)라고 싸잡아 통칭하는 여러 무리나, 니마차(尼麻車)라고 자칭하는 일파들과 분쟁을 겪고 있다. 보통은 영역이나 목초지가 겹쳐 일어난 분쟁이 다수고, 가끔은 칼부림까지 일어나서 부족 간의 전쟁이 벌어질 뻔한 적도 많아 조선에 귀순한 오도리 일파가 분쟁에 휘말린 경우엔 김종서가 나서서 이를 중재해야 했다.

"도절제사 영감, 일전에 소관에게 지시하셨던 이만주와 홀라온 일파의 분쟁 원인을 알아냈습니다."

오도리의 족장이자 조선에 귀순해 대호군(大護軍)의 벼슬을 받은 동소로가무(童所老加茂)가 유창한 조선 말로 김종서에게 말을 건넸다.

"그런가? 그간 원인을 알 수 없었기에 그대에게 알아봐 달라고 부탁했었는데, 일이 잘 풀린 모양이로군. 그들이 전쟁을 벌인 이유가 뭐라고 하던가?"

"일전에 조선을 침탈하려 했던 건주위의 후속 병력이 먹을 것이 떨어지자, 가까운 홀라온의 영역에 들어가 그들의 마을 몇 군데를 노략질하고 여인들을 잡아갔다고 합니다. 그중엔 신분이 높은 이들의 가족도 희생되었다고 들었습니다."

"그런가? 일전에 본관이 듣기론 그들 역시 예전에 이만주와 분쟁이 있었다고 하던데, 해묵은 구원(舊怨)이 겹쳐 복수하려 한 것인가?"

"아마도 그런 듯싶습니다. 본래 그들의 습속상 원한은 확실히 갚으려 드는 편이니까요. 이만주가 옛 원한으로 그들을 먼저 공격했다고 생각하고 있을 겁니다."

"으음… 근자에 이만주가 북동쪽의 거대한 호수 인근에 정착하고 나서부터, 여러 가지로 말썽이로군. 주상 전하께 윤허받아 원정에 나서고 싶어도 거리가 너무 멀어서 보급이 난망하니 이거 원……."

"차라리 최근에 내려온 이들을 이용하시는 건 어떻습니까?"

"그들 역시 이만주에게 대적할 힘이 없으니, 이리 내려와서 새로 자리를 잡으려 애를 쓰고 있지 않은가. 본관도 처음엔 그들의 도움을 받아볼까 숙고해 보았지만, 그 근방의 지형을 지도로 만드는 것 이상의 도움은 받을 수 없더군."

"벌써 그 일대의 지도를 다 만드셨습니까?"

"그곳의 원주민이던 이들의 도움을 받으니, 금세 완성되었네."

물론 그건 온전히 그들의 힘만으로 완성된 게 아니라, 김종서가 예전부터 척후들을 동원해 만들던 지리지 정보와 지형도를 참고해서 완성한 것이다.

"대단하시군요. 그런데 오늘따라 도절제사 영감께선 전보다 풍채가 더 좋아지신 듯 보입니다. 요즘 뭔가 좋은 것이라도 드시는지요?"

동소로가무가 의례상 칭찬하는 말을 들은 김종서는 금세 반색한 표정을 짓고 반문했다.

"그게 정말인가? 전과 비교하면 얼마나 커 보이는가?"

그러자 오히려 당황한 동소로가무는 뭐라고 해야 할지 몰라 난감함을 느껴야 했다.

"어… 음… 그게… 전보다 이 정도 늘어난 듯한 느낌적인 느낌이랄까요."

김종서의 생각지 못한 반응에 당황한 동소로가 손가락의 반 정도의 넓이를 손으로 표현하며 횡설수설하자, 김종서는 기쁨에 찬 표정으로 혼자 되뇌었다.

'저하께서 창안하신 양생법이 정말 효과가 있었구나. 이리되면 이 노구의 몸으로도 조만간……'

그렇게 동소로가무가 생각 없이 내뱉은 말 한마디에 김종서의 인생관이 달라지고야 말았다.

\* \* \*

요즘 북방에서 올라온 이만주의 소식과 보고서 때문에 병조판서이자 북도제찰사를 겸한 황보인은 눈코 뜰 새 없이 바쁘게 일하고 있다.

황보인은 일전에 구상만 하고 있던 군제 개혁안을 편전에서 섣불리 꺼냈다가 면박을 들어야만 했고, 그 후 주상 전하의 명으로 자신이 발의한 개혁안을 완벽하게 보완하고 정리하기 위해 반년 가까이 작업하는 중이다. 그 와중에 북방에서 야인들의 문제가 연이어 생기니 그야말로 피가 마르는 기분이었다.

'정말 요즘에 이 차와 사당 절임마저 없었으면, 버틸 수 없었겠지.'

황보인은 요즘 육조에 지급된 차를 물 마시듯 퍼마시고도 모자라, 일전에 백화상에서 사들인 금귤 절임을 듬뿍 떠서 뜨거운 물에 타서 차처럼 마시기도 했으며. 새콤달콤한 물을 전부 마시고 나서 찻잔에 남은 금귤을 씹어 먹는 것 또한 별미로 즐겼다.

그렇게 업무 도중 잠시 차를 마시며 휴식을 취하던 황보인이 말했다.

"이 차란 게 정말 기이하단 말이야. 아무리 몸이 노곤하고 수마가 찾아온다 한들, 한 잔 마시고 나면 금세 잠이 달아나니 말일세."

그러자 같이 차를 즐기던 병조소속의 관원 정육품직 좌랑(佐郎) 권자신(權自愼)이 답했다.

"소관도 근자에 차가 없는 공무란 전혀 상상할 수 없사옵니다."

"일전에 소식을 듣자 하니, 춘부장의 병세가 많이 호전되었다면서? 요즘 판한성부사(判漢城府事) 대감께선 거동은 하실 만하신가?"

"예. 가친께서 근자에 예후(豫後)가 많이 좋아지셔서, 요즘은 사가의 내원(內園) 정도는 거동하실 수 있게 쾌차하셨습니다."

"그것참 다행이로군. 이젠 원손의 외조부이기도 하시니, 공무는 놓아두시고 만수무강하셔야겠지."

"조만간 성상께서 가친의 사직을 윤허하실 거라고 하신 풍문은 들었습니다."

사직을 윤허받을 거란 말을 들은 황보인은 부러운 감정… 사실은 그의 절실한 소망을 담아 답했다.

"그런가? 그건 정말 홍복일세."

본래 역사에서 단종 이홍위를 낳고 죽은 여식 때문에 와병 중 슬픔에 잠긴 채로 작년에 사망했어야 할 판한성부사 권전이 얼마 전 병을 떨쳐냈고, 그 덕에 그의 아들 권자신은 상을 치르는 일 없이 얼마 전부터 병조의 관원이 되었다.

"가친께서 병을 이겨내신 건, 세자 저하의 크나큰 은혜 덕입니다. 저하께서 친히 어의(御醫) 내의원정(內醫院正)을 파견하셔서 각종 비방을 내리셨고, 게다가 저는 전에 알지 못하던 여러 가지 약이 될 만한 음식을 여럿 내려주셨기에 가친께서 쾌차하신 것입니다."

"내의원정이면 배상문이란 의관이 아닌가?"

"맞습니다. 병조판서께서도 아시는 이옵니까?"

"요즘 신의로 소문이 자자한 인물일세. 일전에 금성대군의 창진(瘡疹, 두창)을 치료하고 종기로 죽을 뻔한 이들을 여럿 살려냈다고 하더군. 조만간 공을 인정받아 당상관의 품계에 오를 거란 소문도 들었네."

"허어, 정말 대단한 분이로군요. 전 그런 사정은 몰랐습니다."

"일전에 소식을 듣자 하니 내의원정이 사람이 창진에 걸리지 않게 할 의술의 이치를 터득해서, 그 방도를 국책으로 온 나라에 시행하자는 안건을 상소로 올렸다 하더군. 자세한 방법은 잘 모르지만, 살아 있는 소에게 약재를 얻는 방법이라는데… 본관도 부디 안건이 통과되길 바라고 있네."

"그렇다면 병조의 관원들을 동원해 연좌 상소를 올려, 그분을 돕는 것도 나쁘지 않을 듯합니다."

"병조 소속인 우리가 나서 내의원 소속의 의관을 돕는 건, 다른 육조의 관원들이 나서 우릴 견제할 거리가 될 수 있네."

"따지고 보면 군역을 담당해야 할 정남들이 창진으로 죽으면, 그만큼 국가에 해악이 되지 않습니까? 그러니 이는 결코 병조의 일과 무관하지 않습니다. 옛말에 대도무문(大道無門) 천차유로(千差有路)라고, 대의를 행하는 데 정해진 길이 없으니 소속이 무슨 문제가 되겠습니까? 나라를 위하는 일이라는 점에서 만류귀종(萬流歸宗)의 이치와도 귀결되오니 거칠 게 없다고 봅니다."

말없이 권자신이 하던 말을 듣던 황보인이 황당한 표정으로 답했다.

"방금 자네가 이야기한 건 유학과 성리학에 없던 고사나 격언 같은데, 대체 그게 어디서 온 말인가?"

"아… 실은 그게 소관이 근래 석학에 심취해서 공부하다 보니 배운 고사성어입니다."

"뭐 그럼 그게 불씨의 말이라고?"

"아닙니다. 석가의 고언이 아니라 대국의 옛 고승들이 한 말입니다."

"허, 정말 의외로군. 동궁빈 저하의 동생이란 이가 석학에 심취하다니……."

"본래 저하께서 전조 고려 시절 왜곡된 석가의 진리를 찾아 다시 돌려주셨습니다. 그러니 성현의 말씀을 공부하는 게 흠이 될 리가 있겠습니까? 저는 꺼릴 것이 없습니다."

"그래도 어디 가서 공공연하게 그런 말은 하지 말게. 대간들 귀에 들어가면 골치 아파."

"요즘 대간들의 삼분지 일이 석학에 호의적입니다만……."

"뭐? 그걸 자네가 어찌 아나?"

"석학 독서 모임이나 교류회에 가면 현직 대간들도 종종 보입니다. 일부는 석학의 이치가 사특하다며 논박하러 왔다가 시각이 바뀐 이들도 있습니다."

"대체 석학의 시조가 누구길래 대간들을 그리 만들었나?"

"목은(牧隱) 선생의 사손(嗣孫), 존양재(存養齋) 선생입니다."

"뭐? 문정공 이색(李穡) 선생의 손자 이계전(李季甸)은 지금 집현전의 직제학이 아닌가? 옛 유종(儒宗)의 대를 이을 손자가 석학을 창시했다고?"

"예, 전조 때 혜심이 제창했던 유불일치를 반박하려 공부하다가, 저하께서 공개하신 아함경을 보고 석가의 진실된 말씀이 공자와 크게 다르지 않다는 걸 깨달았다고 합니다."

"이것 참 이제껏 살면서 들었던 이야기 중에 가장 믿을 수가 없군. 대체 세상이 어찌 되려고……."

"성리학의 가르침도 아직 불완전한 것이 많으니, 여러 학문을 두루 겪어보는 게 그리 나쁜 일은 아니라고 봅니다. 자신이 유학자라는 근본만 잃지 않으면 별로 상관없지 않겠습니까?"

"그래, 그건 자네 말이 맞군. 이제 잡담은 그만하고 보던 업무나 마저 하세. 연좌상소 문제는 관원들이 전부 모이면 상의해서 결정하세. 우린 그 전엔 저하께서 병조에 들르셨을 때 제시하셨던 새로운 병과제나 정리하자고. 이봐, 자네! 일전에 저하의 말씀을 받아 적은 문건 좀 찾아 오게나."

그러자 여태껏 가만히 업무 중이던 주사직의 문관이 대답했다.

"일전에 대중소로 나눈 군 체제와 소집형 상비군 제도의 문건을 이르신 말씀이십니까?"

"그렇네."

그렇게 한가하지 못한 병조의 일상이 다시 재개되었다.


\*　　　　　\*　　　　　\*

내가 소식을 듣기론 요즘 들어 육조뿐만 아니라 조정 대신 전부 차의 수요가 늘어나고 있다고 한다. 그 짧은 시간 동안 조정의 신료들이 모두 차 맛… 아니, 카페인에 중독됐다는 이 야기겠지.

이참에 사찰만이 아니라 사대부들이 직접 투자해서 키워보라고 해야겠어. 목마른 사람이 우물도 팔 겸 본인들이 필요하니 상업 활동을 하게 유도해야겠다.

본래 공자께서도 사농공상을 차별한 게 아니라 구분하여 통칭한 것뿐인데, 후대의 조선처럼 차별적인 용어로 자리 잡기 전에 지금부터라도 자연스럽게 상업을 진흥시켜 봐야겠다.

"그래서 원하던 맛을 완벽하게 내는 데 성공한 건가?"

첨사원에 방문한 왕진이 내게 곧 귀국한다고 인사를 전하러 왔기에 한 질문이었다.

"예, 저하. 이 정도 성취면 황엄의 하찮은 미식 따윈 감히 상대조차 안 될 거라 짐작… 아니지요, 이젠 확신할 수 있사옵니다. 이게 다 저하의 가르침 덕이니 이 은혜를 어찌 갚아야 할지 모르겠나이다."

"그런가? 부디 황실의 정기를 바로 세우길 바라네."

조선에선 대신들이 저런 거로 싸우면 보는 내 눈이 썩고 피를 토할 정도의 미친 짓이지만, 명에서 저러는 건 두 손 들고 환영할 일이니 관대한 내가 감내해야겠지.

"그건 당연한 일이옵니다. 겉핥기로 배운 황엄의 얄팍하고 천박한 미식 따윈 저하께 제대로 사사한 제겐 적수가 될 수 없사옵니다."

하아… 저런 얼간이를 매번 진지하게 상대하는 것도 피곤한 일이다. 갑자기 이상한 말이 떠오르네. 자강두천? 미래의 사자성어인가? 그게 무슨 말인지는 모르겠지만, 어감으로 볼 때 황엄과 왕진 두 내시에게 딱 맞는 소리 같군.

"아무튼, 귀국길에 조심해서 잘 살펴 가게나."

"예, 소인이 하해와 같은 저하의 은혜는 평생을 두고 보은하겠사옵니다. 부디 예체를 보중하시어 만수무강하시옵소서."

그래, 이젠 둥지 안의 새… 아니, 내시가 다시 하늘로 날아갈 때가 왔구나. 앞으로 조선을 잘 부탁한다. 내 시한부 5호기야.

제4장
내리 물림

　건주위의 대족장 이만주는 요즘 자신이 왕이라도 된 것처럼 행동하는 중이다. 부족이 자리 잡은 곳이 조선과 멀어 예전처럼 그들의 눈치를 볼 일도 없었고, 주변에 살던 이들을 복속하고 반항하는 자들은 노예로 삼고 있으며 얼마 전엔 자신에게 복수하겠답시고 쳐들어온 홀라온 부족과 전쟁에서 대승을 거뒀기 때문이다.

　얼마 전엔 키우던 보리를 수확해 식량마저 일부 해결할 수 있었으니, 연이어 좋은 일만 생기는 거 같아 항상 화가 나 있어 보이던 이만주의 표정 또한 밝아지고 있었다.

"흐흠, 흐흐흠~"

콧노래를 부르면서 귀한 동경으로 자신의 모습을 보면서 손수 작은 칼로 변발을 정리 중이던 이만주는 즐거운 상상을 하고 있었다.

'일이 이렇게만 풀리면 십 년 이내에 이곳은 커다란 마을이 될 것이고, 노예들을 부려 요새를 만들면 조선에서도 쉽게 손을 쓸 수 없을 거다. 그 후엔 새로이 교역할 장시도 만들어봐야겠지? 호수에서 잡히는 물고기를 오래 보존하려면 반드시 소금이 대량으로 필요하겠고, 밀의 수확은 아직 멀었으니 수확한 보리만으론 식량을 충당하는 건 부족해……. 앞으론 물고기를 잘 잡는 우디게(于知介, 우지개) 놈들이 노예로 더 필요하겠어.'

그날부터 그렇게 이만주에겐 먼 꿈과 같았던 건주위의 본격적인 내정 작업이 시작되었다.

건주위의 기마 부대가 원정을 나가 숨어 살고 있던 우디게 부족의 마을을 습격해 그들을 노예로 잡아서 부렸고, 규모가 어느 정도 있는 부족은 전쟁을 벌여 굴복시키고 부족장의 아들을 잡아와 볼모로 삼았다.

그 와중에 노천 철광을 이용하던 이름 모를 작은 부족을 몰살시키고 남아 있는 철광과 그들이 캐놓은 철을 독식하기도 했다. 본래 철이 귀한 이들의 입장에선 금광을 손에 넣은

134 내가 바로 세종대왕의 아들이다

거나 다름없어 이만주는 다시 한번 기뻐했다.

"이봐, 일전에 흘라온 놈들에게 명국 출신 대장장이가 있었다고 했었나?"

일전에 동소로를 따라 조선을 침략하려다가 미수에 그쳤던 후속 병력이, 조선대신 흘라온의 부족을 공격하면서 전리품으로 얻어 와 이만주의 첩이 된 여자가 답했다.

"네에… 우리 부족은 명국의 상인을 습격해서 노예로 잡아 오는 사람이 많아 여러 재주를 지닌 사람이 많습니다."

"우리? 네년이 아직도 흘라온인 줄 착각하느냐? 잊지 마라. 넌 내 소유이기도 하고, 이제 건주위의 일원이기도 하다."

"죄송합니다. 제가 말실수를 했습니다."

"그래, 관대한 이 어르신이 용서해 주지. 그럼 우리 부족이 흘라온 놈들과 교섭할 만한 여지가 있을 거라 생각하느냐?"

"아무리 생각해도 그건 힘들 것 같습니다만……."

"다만이라면, 여지가 있다는 말이구나."

"일전에 사로잡은 족장의 아들을 내세우면, 그나마 가능성이 있을 것입니다."

"아아… 그 시건방진 놈을 말하는구나."

이만주는 자신의 소중한 촌락을 침략하려 한 이들 중 운 좋게 살아남아, 노예 생활을 하는 와중에도 반항심을 버리지 못해 여럿에게 두들겨 맞는 것이 일상인 놈을 떠올렸다.

"그놈이 그렇게 대단한 놈이었던가?"

"잘은 모르지만 원국 왕실의 핏줄이 섞여, 귀하게 대접받았다고 합니다."

"홀라온 따위에 있는 원의 후손이래 봤자, 고작 먼 방계 쪽 말단의 핏줄이겠지. 아무튼 알려줘서 고맙구나. 이건 상이라고 생각해라."

이만주가 내민 장신구를 받은 여자는 조용히 고개를 숙였다.

"예… 감사합니다."


*　　　　　*　　　　　*


"요즘 북방이 이만주 때문에 소란스러운데, 이만주를 어떻게 처리해야 할지, 좋은 의견을 가진 대신이 있으시오?"

편전에서 벌어진 회의 도중 내가 질문을 하자, 우선 병조판서 황보인이 내 말에 답했다. 오늘은 아버님이 내게 군사와 국방 부분에 대해 특별히 자유로이 논하는 것을 허락했기에 나역시 이 기회에 이만주의 안건을 꺼낸 것이다.

"소신 병조판서 황보인이 저하께 아뢰옵니다. 작금의 북방을 어지럽히는 이 무도한 도적들과 그 수괴 이만주를 징계하지 않을 수 없으니, 출병할 때는 그들이 예상치 못할 때 맞춰 나아가고 토벌군의 대장을 함길도제찰사 김종서에게 위임하여 계책을 부리게 하시옵소서."

"병조판서의 의견이 그러하시오?"

"예, 그러하옵니다. 저하, 북방에서 올라온 보고를 종합하면 악적 이만주는 일전과 다르게 세를 불리며 나라를 세우려는 듯한 움직임을 보인다고 하옵니다. 고작 야인인 이만주의 세가 감히 아국에 전혀 비할 수는 없으나, 예전의 금(金)이나 원(元)의 사례를 보아 더 큰 우환이 되기 전에 삭초제근(削草除根)을 해야 하옵니다."

그래, 이건 황보인의 말이 맞지. 역사가 달라져서 이만주가 예전처럼 조선과 명 사이에서 줄타기하는 게 아니라, 지금은 독자 세력으로 크려고 준비 중이니 이대로 방치하면 나중에 조선에 재앙이 될 거다.

"신 영중추원사 최윤덕이 저하께 아뢰옵니다. 소신 역시 병조판서의 의견에 동의하오며, 이만주가 전처럼 명의 비호를 받지 못한다 해도 야인의 세력 균형이 유지되던 일전과는 사정이 달라졌사오니 이만주의 세를 누를 필요가 있다고 사료되옵니다."

"병조판서와 영중추원사 대감의 고견은 잘 들었소. 다른 견해를 가진 대신이 있으시오?"

그러자 황희가 나서서 말했다.

"신 영의정부사 황희가 감히 저하께 아뢰옵니다."

"영의정부사 대감의 고견이라면, 안 들어볼 수가 없지요. 편히 말해보세요."

"일전의 파저강 야인 토벌이나 신유년(1441)의 정난(靖難)과는 상황이 다르니, 군사를 일으키는 일은 반드시 신중하게 논해야 하옵니다. 야인의 난의 배후가 이만주임이 명백하여, 악적을 토벌하여 없애는 방도 또한 마땅하오나, 그보다 먼저 변장(邊將)을 접대하는 예를 따라 전례대로 공정한 말로써 성토하고 일전에 포로로 사로잡은 야인들을 돌려보내면서 협상을 시도하는 것이 어떻겠사옵니까?"

일전에 사로잡은 건주위 여진 포로들은 근래엔 대부분 도로 공사에 투입했고, 개중 일부는 평양의 석탄 광산에서 노역 중이다. 개중 절반가량은 전보다 잘 먹고 있어서 순종적으로 변하고 있다고 한다.

"영의정부사의 고견도 옳지만, 이만주는 우리가 먼저 예와 위엄을 보인다고 교화될 인물이 아니오. 예전부터 조선의 땅을 침탈해 사금과 귀물을 캐 간 것만 해도 큰 죄인데, 난을 일으켰으니 당연히 그를 오체 분시 하여 조선에 대항하는 이들에게 모범으로 삼는 것이 마땅하오."

동소로가 죽기 전에 심문장에서 말하길 전쟁이 벌어진 건 전부 이만주의 탓이라고 하던데, 그게 정말 진실인지는 모르겠지만 일단은 그것이 조정의 공식적인 입장이기도 하다.

"하오나 장계에서 보길 그들이 새로이 자리 잡은 곳이 멀어 전처럼 조선에 해를 끼치지 못할 테고, 군사를 보낸다 한들 병참과 보급이 난망하옵니다."

"하지만, 지금 해가 되지 않는다 하여 저들을 이대로 두면 십여 년 이내에 조선에 큰 우환 거리가 될 거요. 게다가 지금도 북방에서 이만주에게 밀려나 조선 쪽으로 온 야인들이 하루가 멀다고 문제를 일으키고 있소."

그러자 회의를 가만히 지켜보고 있으시던 아버님이 내 의견을 지지하고 나서셨다.

"영의정부사의 의견이 일견 이치에 맞기도 하나, 그것은 건주위가 아닌 다른 야인들에게나 통할 이치일세. 저 교활한 악적 이만주는 그대로 두면 반드시 해가 될 테니 다소 무리를 해서라도 발본색원할 필요가 있도다. 작금의 사정이 어렵다 하여 해악을 방치하면, 나중에 그 몇 배의 희생과 재화가 필요할지 모르니 과인 역시 이 안건에 찬동하는 바이다."

예전에 이만주가 조선에 미친 해악 때문에, 아버님 역시 이 기회에 그를 잡아 죽일 결심을 하셨나 보다.

"성상의 뜻이 그러시다면, 소신 역시 따르겠나이다."

"그래, 이 안건은 병조에서 논의해 가을이 지나기 전에 출병의 시기를 잡도록 하고, 이에 관해서 따로 영중추원사의 조언을 구할 것이다."

"신 영중추원사 최윤덕, 주상 전하의 명을 받들겠사옵니다."

일단 토벌 건은 결정됐으니, 다른 건을 논해봐야겠지.

"그럼 다음 안건으로 넘어갑시다."

"신 호조판서 김맹성이 감히 아뢰옵니다. 어제에 이어 금년부터 연분구등법을 시행할 지역에 대해 논의할 차례이옵니다."

"그랬지요. 일단 작년에 흉년이 든 충청과 황해도부터 시행하기로 한 건 결정되었고, 그 외의 지역에 대해 논할 차례가 맞소?"

"예, 저하의 말씀이 맞사옵니다."

그렇게 이어진 회의에서 일단 북방에서 적용하기엔 작황이 일정치 않아 좀 더 시간을 두고 분류하자고 결정이 났고, 전라도와 경상도에선 좀 더 시간을 두고 정하자는 의견이 다수를 이뤄 전면 실시를 주장하던 나와 일부 대신들의 의견이 힘을 잃었다.

＊　　　　＊　　　　＊

힘길도절제사 김종서의 직속 휘하 철판갑주사이자 기병대원들은 난데없이 지옥 훈련에 시달리고 있었다. 일전의 야인

의 난 때 이징옥의 휘하에서 공을 세워 활약했다는 영중추원
사 최윤덕의 셋째 아들 최광손이 이징옥에게 보낸 김종서의
요청을 받아 훈련 교관으로 왔기 때문이었다.

이들은 일전에도 김종서의 명에 따라 훈련한 적이 있기는
했지만, 극히 일부를 제외하곤 이런 괴상한 방식의 단련법이
있는 것을 모르는 이가 더 많았다.

"본 교관이 들은 것보다 훈련해야 할 인원이 늘어 놀라긴
했으나, 이 기본 단련법은 인원이 많아도 지장 없으니 수월하
게 할 수 있을 겁니다."

장인청과 군기감에서 완성된 마갑과 철판갑이 북방에 추가
로 보급되어, 약 200명으로 인원이 늘어난 김종서 휘하의 철
판갑주사들은 갑옷을 입은 채로 최광손의 지시에 따라 스쿼
트를 하고 있었다.

"자아! 오늘은 첫날이니 가볍게 백 개만 해봅시다."

그러자 일전에 최광손과 같이 세자에게 단련 받았던 김종
서 휘하의 훈련소 동기들이 멀리서 최광손을 지켜보다 자기들
끼리 수군대고 있었다.

"허어… 전에 저하에게 훈련받을 때 가장 불만이 많던 이가
무슨 바람이 들어 저리 변했대?"

"아무래도 일전의 난에서 대공을 세워서 그런 거 아니겠나.
듣자 하니 야인 추장의 아들놈을 말하고 같이 베어버렸다는

데, 도저히 믿기지가 않더군."

"난 그 이후로 치가 떨려 다시 할 생각도 안 해봤는데, 저게 그렇게 효과가 좋은 거였나?"

"그러게 말일세. 사실 말이 나와서 하는 말인데 우리 중에서 그걸 즐기는 사람은 의령(宜寧) 남(南)가의 자제밖에 없었지. 솔직히 다시 생각하기도 싫어했잖나."

"난 아직도 세자 저하의 예안(睿顔, 얼굴)이 꿈에 나올까 겁나네."

"어휴, 말도 마시게. 그때만 생각하면 소피를 지릴 것 같으니."

최광손이 지도한 대로 갑주사들이 체굴법 백 번을 끝내자, 최광손이 해맑게 웃으며 말했다.

"자아, 이제부터 본격적으로 몸을 풀기 위해 유격 체조라는 것을 실시하겠습니다! 본 교관이 하는 동작을 보고 잘 따라 하십쇼!"

그러자 훈련 과정을 지켜보고 있던 최광손의 동기들은 졸지에 기억 폭행을 당하고, 안색이 새파랗게 질렸다.

"아니, 갑주를 입은 채로 유격 체조라니, 저거 말려야 하는 거 아닌가? 저러다 큰일이라도 나면……."

그러자 나름대로 훈련 도중 쌓인 게 많았던 이가 한마디를 덧붙였다.

"난 사실 보고 싶은 마음이 드네. 무슨 영문인지는 모르겠지만, 왠지… 내 안에 뭔가가 속삭이는 듯하네."

"뭐?"

"사실 나도 그렇네만……."

"자네도?"

"이런 말 하면 안 되지만, 우리가 저하께 훈련받은 이야기하면 아무도 안 믿어주지 않았던가. 세자 저하께선 그러실 분이 아니라면서."

"그건 그랬지."

"우리 말을 제대로 듣지도 않고 비웃던 이들이 저들 중에도 많은데, 한번 겪어보라고 하고 싶네만."

"듣고 보니 자네들 말이 맞는 것 같군. 나도 갑자기 보고 싶어졌네."

그렇게 본의 아니게 성악설을 몸소 증명하는 이들의 구경거리가 된 철판갑주사들은 죽을 맛이었다. 그러다 철판갑주사 중 천호직의 벼슬을 가진 이가 도저히 버티지 못하고 일어서서 최광손에게 질문을 던졌다.

"헉헉, 본관이 최 교관에게 질문이 있다."

천호 김덕진이 숨을 고르지도 못하고 분노한 표정으로 최광손을 노려보며 말하자 최광손이 가볍게 답했다.

"뭡니까?"

"이런 알 수 없는 단련법은 정말 효과가 있는 건가? 도저히 이해가 가지 않는군."

여태 체굴법이나 유격 체조에 대해 소문으로도 들어본 적 없는 김덕진이 화가 난 얼굴로 따지자, 좀 더 가까이 와서 몰래 지켜보고 있던 동기들이 수군댔다.

"아이고, 천호 나리께서 자기 무덤을 파셨네."

"저치 성격이면 천호 나리도 분명 올빼미로 만들어 버리겠지?"

"그러고도 남을걸? 저 친구야말로 훈련 때 자다가도 갑자기 일어나서 자기 올빼미 번호를 외치던 이가 아닌가."

그러자 최광손은 그들의 예상을 깨고, 순순히 대답했다.

"그렇습니까? 아무래도 첫날이라 본 교관의 능력에 의구심이 드신 모양이군요."

"이런 방식의 단련은 사람이 할 게 못 되네. 내가… 아니, 우리가 배우고 싶은 건 단기로 야인 백여 명을 참살한 용장이신 평안도절제사의 독문 병장 기술이지. 이런 게 아니란 말이야!"

"아무래도 천호께선 제게 믿음이 부족하신 모양이군요. 그러면 오늘은 첫날이니 특별히 그 의구심을 지워 드리죠. 숨을 고르고 물 드실 시간을 드릴 테니 잠시 휴식부터 합시다."

그렇게 갑주사들이 이각 동안 휴식한 다음에 최광손이 다시 이야기를 꺼냈다.

"천호 나리, 본 교관의 능력이 의심되면, 저와 한번 겨뤄보시죠. 제가 도절제사 영감에게 훈련의 전권을 받은 건 잠시나마 잊겠습니다."

그 말을 들은 천호 김덕진이 황당한 표정으로 말했다.

"뭐라?"

"그렇게 못 믿겠으면 덤벼보시라고요. 아니면 자신이 없으신 건가?"

"허, 네놈이 가친과 집안을 믿고 감히 내게 위세를 부리려 하는가? 일전에 소문으로 듣기엔 그대가 전공을 세웠다고 하던데, 그 공이 사실임을 증명해 보겠다는 건가?"

김덕진은 새파랗게 어린 최광손의 전공을 별로 믿고 싶지 않았다. 이징옥 정도의 이름난 용장이면 모를까, 저런 어린놈이 자신이 할 수 없는 위용을 보였다고 하니 자기도 모르게 질투하는 감정이 들었기 때문이다.

"사설이 이리도 긴 걸 보니, 천호 나리께서 겁먹으셨나 봅니다."

"이놈이 정녕……."

"저도 나리와 같은 조건으로 상대해 드리지요."

"본관의 종군 경력과 무예 수련에 매진한 날이 네놈의 몇 배는 될 텐데, 새파랗게 젊은 놈이 겁도 없이 감히 내게 덤비려 들어? 오늘 내가 하늘 위에 하늘이 있음을 보여주마."

"네~ 네."

그렇게 서로 환도를 들고 시작한 대결은 처음엔 김덕진이 일방적으로 몰아붙이는 듯해 보였다.

'그러면 그렇지, 역시 입만 산 놈이었군. 이대로 몰아붙이면 내 승리다.'

"이게 전부입니까? 천호 나리 검술도 별거 없네요."

"뭐?"

김덕진은 그 말을 듣자마자, 근력을 이용해 끝없이 밀어붙이는 최광손의 검격을 방어하는 것만으로 손발이 꼬여 어지러워지기 시작했다.

"머리 조심하십쇼."

그 말과 함께 김덕진에게 가까이 붙은 최광손은 검끼리 맞붙은 상황을 만들어 김덕진의 검을 그의 가슴 쪽으로 밀어 눌러 제압한 후 곧장 오른손을 빼서 김덕진의 머리를 투구 위로 후려쳤다.

"악—!"

그대로 검을 놓치고 휘청이는 상대를 씨름의 기술로 쓰러뜨린 최광손은 무릎으로 상대의 양팔을 짓누른 채, 허리에 매고 있던 단검을 꺼내 김덕진이 쓰고 있던 면갑의 눈구멍 틈으로 들이댔다.

"천호 나리께선 근접 박투술은 전혀 염두에 두지 않으셨나 봅니다?"

김덕진은 잠시 충격을 받고 쓰러지긴 했으나 철판 갑옷을 입고 있기에 나름 안심하던 차에, 그대로 몸이 제압당한 채로 생각지도 못한 칼날이 면갑의 틈을 통해 눈앞에 닥치자 공포에 질려 패배의 결과를 승복해야만 했다.

"그… 그래, 내가 졌네."

"만약 납득이 안 가시면, 확신이 드실 때까지 다시 상대해 드리지요."

"아닐세. 앞으로 불평 없이 그대의 훈련을 따르겠네. 다른 이들 역시 내가 단속하도록 하지."

"그럼… 앞으로 본 교관의 지시에 따라 모든 훈련생은 자신을 올빼미라고 부르는 것부터 시작합시다."

"올빼미라니 대체 그게 뭔가?"

"대답은 짧게! 악으로!"

그렇게 최광손은 드디어 자신이 세자와 남빈에게 당했던 고통을 남에게 내리 물림 하여 맛보여 주는 데 성공했다.

*　　　　*　　　　*

나와 대신들이 한참 이만주를 토벌하려고 여러 준비에 한

창 바쁠 때 갑자기 홀라온 일파의 야인들이 조정에 입조하겠다는 소식이 들어왔다.

홀라온은 건국 초엔 별다른 교류가 없었고, 아버님의 치세에 이만주가 침입해서 사람들을 잡아가 일어난 파저강 토벌을 계기로 교류가 본격적으로 시작됐었다. 사절만 보내서 교류했던 예전과는 다르게, 이번엔 그들의 수장인 내요곤(乃要昆)이 직접 조정에 입조하여 공물을 바치겠단다.

"홀라온의 추장이 아조에 입조하겠다는 속내가 뭐라고 생각하시오? 혹시 아국이 이만주를 토벌하려는 계획을 눈치챈 것인가?"

최근에 나와 친해지기도 했고, 업무차 첨사원에 찾아왔던 병조판서 황보인이 내 질문에 답했다.

"소신이 추측건대 아마도 최근에 이만주와 전쟁에서 패배하여, 아조의 위세를 빌려 세를 유지하려고 그런 듯하옵니다."

"그들이 언제 전쟁을 벌였단 말이오? 난 아직 그런 소식을 듣지 못했는데, 언제 장계가 올라왔소?"

"소신도 저하를 알현하기 전에 함길도절제사에게 소식을 전해 듣고, 정보를 정리해 주상 전하께 먼저 장계를 올렸사옵니다. 일전에 이만주와 전쟁을 벌였던 정체불명의 야인들이 알고 보니 홀라온의 병력이었다고 하옵니다."

"그렇습니까? 요즘은 시시각각 북방의 정세가 변하니, 바람

잘 날이 없구려."

"절재(節齋, 김종서의 호) 영감의 보고를 정리해 보면, 일전에 조선에 침입하려던 건주위 야인의 후속 병력이 홀라온 일파의 촌락을 여럿 약탈하고 몇몇 추장들의 일족도 여럿 잡아갔다고 합니다. 그리하여 그들이 이만주에게 복수하려고 전쟁을 벌였지만 대패하였고 부족장 구한위(嘔罕衛, 명의 관직) 내요곤의 아들마저 생사 불명이라고 하옵니다. 아무래도 그 여파로 세력을 유지하기 어려워 아조의 지붕 아래서 보호를 받고 싶은 듯 보입니다."

"구한위면 명목상이지만 명에서 도독급의 벼슬이 아닌가? 그런 이가 왜 명에는 도움을 청하지 않았다고 생각하시오?"

"소신도 요즘은 공무가 바빠 북방에 올라갈 시간이 없사옵니다. 그리하여 신이 여러 정보를 보고 감히 추측하건대, 홀라온이 일전에 명의 백성들을 잡아간 적이 많아 괘씸하게 여겨 그럴 것이옵니다. 게다가 일전에 명에 다녀온 지중추원사 정인지에게 이야기를 들어보니, 황엄과 왕진의 알력 다툼 때문에 요즘 명 조정에선 예전만큼 야인들의 일에 관여하지 않는다고 하옵니다."

"그렇소이까……. 듣고 보니 병조판서의 추측이 합당하고 이치에 맞는 듯합니다."

그러게 말이야. 지금은 내가 사전으로 보고 배운 역사의 흐름이 많이 바뀌어서, 이젠 적당히 참고 정도만 하는 중이다. 앞으로 이런 정보나 예상이 더 중요해지겠지.

"그러고 보니 함길도제찰사의 노고가 크군요. 어서 북방의 정세가 안정돼야, 주상 전하께서도 절재 영감을 다시 조정으로 불러들이실 텐데."

"소신이 함길도제찰사에게 따로 받은 서신을 보니, 요즘은 나름 즐겁게 지내는 듯 보였습니다."

"뭔가 좋은 일이라도 생겼다고 합니까?"

"사실 그것이… 절재가 서신으로 소신에게 말하길, 근래에 저하께서 고안하신 양생법으로 몸을 단련하는 게 새로운 낙이 되었다고 하옵니다."

"…그게 정말이오?"

"본인이 말하길 신장을 늘릴 수는 없지만, 단련을 꾸준히 하니 굽어진 허리가 곧게 펴졌고 어깨가 넓어지면서 풍채가 좋아지는 자신의 모습을 매일 확인하는 것이 최근의 낙이라고 했사옵니다."

김종서에게 좋은 취미가 생겼네. 나중에 나랑 만나면 할 이야기가 정말 많아지겠어.

사실 요즘은 나도 업무가 바빠 취침 전 말곤 운동할 시간이 거의 없기에, 만들어놓은 몸을 간신히 유지만 하는 중이다. 김종서의 사정을 듣고 나니, 구상해 두고 잠시 잊고 있던

게 생각났다.

"내가 일전에 신료들의 건강을 위해 고안한 양생법이 있는데, 이걸 널리 알려보면 어떨 것 같소?"

그러자 내 말을 들은 황보인의 표정이 급속히 어두워졌다.

"혹시 저하께서 창안하신 유격 체조라는 단련법을 이르신 말씀이시옵니까?"

병조판서답게 신입 군관들이 내게 무슨 훈련을 받았는지 전부 알고 있었던 건가? 설마 날 할배들에게 온몸 비틀기를 시킬 사람으로 본 거야?

"아닐세, 그건 몸이 단련된 젊은 무관에게나 알맞은 방도일세. 내가 신료들에게 권할 것은 업무로 지친 몸에 긴장을 풀어 피로를 해소하고 건강하게 장수할 수 있는 방도라네."

그러자 황보인의 어두워졌던 표정이 다시금 풀렸다.

"그런 양생법이 있다면, 나쁘지 않을 것 같사옵니다."

내가 신료들에게 권할 건 간단한 스트레칭과 여러 건강 체조를 합친 쪽에 가깝다.

"그 방법은 나중에 책으로 정리해서 내줄 것이고, 그리고 앞으론 몸을 자주 씻는 관습을 만들어야 하오. 간혹 사대부들이 몸을 씻는 걸 전조의 악습으로 치부해 꺼리고 있는데, 그건 잘못된 행동일세."

"외람되오나 무슨 이치로 그런 것인지, 여쭈어도 되겠사옵니까?"

"내가 전에 의학을 공부하면서 독기라는 개념을 정립하고 난 후, 내의원에서 내 이론을 정립하는 연구 결과를 얼마 전에 내놓았네. 사람이 매일 잘 씻기만 해도 각종 병에 걸릴 확률이 낮아진다고 하더군."

"그렇사옵니까? 저하께서 아둔한 소신에게 어떤 이치인지 일깨워 주시면 감읍할 따름이옵니다."

"자세한 건 나중에 의서가 정리되어 발행되면 볼 수 있을 것이고, 간단히 결과만 정리해서 요약하자면 매일 세안하고 손을 씻는 이와 전혀 씻지 않던 이들이 각각 역병에 걸릴 확률이 눈에 띄게 비교될 정도의 차이가 난다고 하오."

"그렇다면 소신도 그 이치를 널리 알리고 다녀야겠사옵니다."

그렇게 그날의 일정을 마치고 침전에 돌아와서 새로 구상하던 일을 정리해 보기로 마음먹었다.

이제부터라도 본격적으로 인구를 늘리기 위해 공공위생개념을 알리고 역병을 예방할 환경을 조성하려면, 그 기반으로 하수처리시설부터 개선해야겠지. 그리고 개인의 위생을 위한 미래식 비누는… 아무리 고민해 봐도 지금 기술론 대량생산하기가 어렵다. 제작비는 둘째 치고 재료 수급이 어렵기 때문이다. 게다가 하수시설 정비도 없이 무턱대고 비누부터 만들면 그 결과가 눈에 보일 듯 뻔하기도 하고.

일전에 사전으로 비누제조법을 찾아보다가 양잿물에 지방이나 기름을 섞으면 된다길래 그게 단순히 재를 섞은 물인 줄 알고 착각했었는데, 알고 보니 수산화나트륨의 다른 명칭이었고 먼 미래인 개화기 때나 생긴 말이라는 걸 알고 허탈했던 기억이 난다.

일단은 지금의 화학 기술론 수산화나트륨을 대량으로 만들기 어려우니 다른 방법을 찾아봐야지. 청나라 때 태어난 대진(戴震)이란 학자가 저술한 고공기(考工記)라는 책에 나오길, 몇 가지 식물의 재와 조개껍데기를 태운 재를 섞어 물에 섞으면 석감(비누)의 재료가 될 잿물이 나온다는데 앞으로 천천히 재료가 될 조개껍데기부터 모아두어야겠다. 그리고 기름은 비누에만 쓰일 게 아니라서 나중에 대량생산할 방도를 찾아봐야 할 것 같다.

아무튼 지금은 천연 소재로 만든 비누 대용품을 먼저 권장해야 할 시대고 그 전에 쉽게 물을 끌어와서 편하게 씻을 수 있는 환경을 조금씩 갖춰야 하겠다. 지금은 수도꼭지에서 물이 나오는 미래와 다르게 백성들이 목욕하려면 냇가에 가야하는 시대니 이 부분도 시간을 들여서 조금씩이나마 개선을 해봐야겠어.

일단 지난번에 명에서 구리가 대량으로 들어왔으니 지하수에 연결해 물을 끌어올 수 있는 수동 물 펌프부터 설계해 봐야겠다. 그리고 비누 대용품으로 쓰일 비조과수(肥皂果树)를 대량으로 키워봐야겠다. 비조과는 그 열매를 물에 담가 비비면 거품이 일어나고 계면 활성 성분이 포함되어 비누처럼 사용할 수 있다. 이건 조선에서 불승들이 염주의 재료로 많이 키우고 있으니 일전에 왕실에 차를 바친 사찰을 통해서 타진해 봐야겠어.

*        *        *

"그놈이 죽었다고?"

"예, 그렇다고 합니다. 대족장."

이만주는 홀라온과 교섭 재료로 쓰려고 마음먹었던 내요곤의 아들놈이 죽었단 소식을 적삼로에게 들어야만 했다.

"누가 그놈을 때려죽이기라도 한 거냐?"

"아닙니다. 일전에 대족장께서 지시하신 대로, 요즘은 잡일도 시키지 않고, 잘 대우해 줬습니다."

"그러면 무슨 일이 벌어진 거냐?"

"그놈이 요즘 잘 대해주니 엉뚱한 생각을 품고, 여자를 꼬드겨 말을 훔쳐 탈출하려다가 발각되어서 그만……."

"그깟 놈 하나 사로잡는 게 그리 어려웠나?"

"사로잡는 과정에서 말에서 떨어져 목이 부러졌다고 합니다."

"흠, 그럼 어쩔 수 없지. 그게 그놈의 운명이었나."

"죄송합니다."

"아니다. 네가 직접 나선 일도 아닌데, 내게 사과할 필요 없다."

적삼로가 보고를 마치고 나간 후 이만주는 아깝지만, 홀라온과 교섭을 포기하기로 마음먹었다.

'그놈의 아비인 내요곤이 그년 말대로 원의 핏줄과 관계있다고 하면, 그들의 개입을 조심해야겠어. 뭐 그렇다 해도 지금의 분열돼서 자기들끼리 다투는 원의 사정으론 여기까진 오기 힘들 거다. 지금 오이라트의 수령인 에센 타이시(也先太師) 그놈이 위협적이긴 하지만, 그놈은 황금 씨족도 아니니 칸의 자리에 오르긴 요원하고……'

일전에 오이라트와 전쟁을 벌였던 적이 있는 이만주는 에센 타이시의 능력을 인정하지만, 몽골의 순혈주의 때문에 그가 오를 수 있는 한계가 있음을 잘 알고 있었다.

'그놈들은 황금 씨족이란 고루한 혈통에 구애되니, 예전의 영광을 찾는 건 힘들 거다. 그래, 옛말에 왕후장상(王侯將相) 영유종호(寧有種乎)라고 했었지. 그 말대로 어찌 왕후장상에 따로 씨가 있다더냐. 능력만 있으면 그만 아닌가? 명의 태조 주원장 역

시 천한 신분의 농민이 아니었던가! 나 정도면 언젠가 금(金)을 다시 세울 태조가 될 수 있지 않겠느냐'

하지만 이만주의 예측과는 다르게 홀라온의 부족장인 내요곤은 그때 조선으로 입조하여 공물을 바치기 위해 개경을 통과해 이동 중이었다.

"여기가 옛 고려의 수도라고 하던데 정말 화려하구나. 이 정도면 명국의 도시와도 견줄 수 있겠어."

그러자 내요곤의 셋째 아들인 내로올(乃魯兀)이 아버지에게 답했다.

"여긴 길이 신기하게 생겼네요. 돌을 쪼개서 빈틈없이 맞춰 깔아둔 것 같습니다."

"그러고 보니 그렇구나. 길의 폭도 일정하고 반듯한 게 신기하기도 하고 편하기도 하구나."

그러자 이들을 한양까지 호위할 겸 감시 역으로 붙은 강계 만호 정상현이 여진 말로 말했다.

"그런가? 이런 길은 한양에도 널리 깔려 있다네."

정상현 역시 북방에 오래 있어서 일전에 소문으로만 들었던 새로 만든 길을 보고 감탄했지만, 야인들 앞에서 전혀 티를 내지 않고 아무렇지도 않은 듯 답했다.

그러던 일행 앞에 변발한 무리 여럿이 잰걸음로 지나가자 내요곤이 놀라 물었다.

"저들은 여진 사람들이 아닙니까? 저희 말고도 조선에 입조하러 온 이들이 있습니까?"

"아아… 저들은 지난번의 난을 일으켰다가 잡혀 온 건주위일 걸세. 지금은 아조의 일꾼이 되어 노역 중이라고 들었네."

"혹시 실례가 되지 않으면 저들이 얼마나 조선에 잡혀 왔는지 알 수 있습니까?"

본래 명의 도독 품계의 벼슬을 받은 내요곤이 만호인 정상현보다 높다고 할 수도 있지만, 내요곤은 최대한 자신을 낮추면서 정상현을 존중하는 태도를 보였다. 정상현을 따라 이들을 호위하는 기병대의 엄정한 군기에 압도되기도 하였고, 조선에서 오만하게 굴어봐야 자신에게 득이 될 게 없다고 판단했기 때문이었다.

"정확하게는 모르겠지만 삼천 정돈 될 걸세."

"허어… 대단하군요."

자신은 이만주에게 전쟁을 걸었다가 대패하여 간신히 살아남았는데 조선은 오히려 저들을 잡아 노예로 부리고 있다 하니, 내요곤은 새삼 조선의 힘이 범상치 않음을 깨달았다.

그렇게 내요곤 일행은 일부러 길이 깔린 곳으로만 이동하면서 한양에 도착했고 북평관(北平館)에 짐을 풀었다.

"그럼 내 일은 여기까지로군. 부디 잘 지내다 가길 바라네."

"그간 감사했습니다. 만호 나리, 이건 제가 드리는 우호의 표시입니다."

내요곤의 아들 내로올이 담비 가죽으로 만든 털목도리를 건네자, 조선식으로 선물을 사양하면 저들에게 모욕이 되는 걸 아는 정상현은 사양하지 않고 바로 선물을 받았다.

"고맙네. 잘 쓰도록 하지."

"그럼, 만호 나리도 살펴 가시지요."

내요곤의 일행이 북평관에 짐을 풀자 북평관의 책임자인 감호관(監護官) 송서익(宋徐翊)이 이들을 안내하며 궁에서 미리 주의할 점을 교육했다.

"궁에 입조가 허락된 건 내요곤 그대뿐이니, 다른 이들은 이곳 북평관에서 대기하면 되오."

"그렇습니까? 지시에 따르지요."

그렇게 송서익은 내요곤이 지켜야 할 예법을 최대한 알기 쉽게 설명해 주었다. 예법 교육이 끝나자 다시 한번 주의할 점을 강조하듯 말했다

"궁에선 반드시 옆에 있는 이들의 지시대로 움직이고, 주상 전하와 세자 저하를 알현하게 되면 좀 전에 가르쳐 준 법도대로 네 번의 절을 올리면 되오. 입조는 내일로 정해졌으니 그 전까진 편히 쉬면 되오."

"네 알겠습니다. 그럼 내일 다시 뵙지요."

그렇게 내요곤은 하룻밤을 쉰 후 좋은 옷으로 갈아입고, 궁

에 들어가 조선의 왕으로 추정되는 인물 앞에 도착했다. 그러자 허락받기 전까진 절대 왕을 쳐다보면 안 된다는 당부도 잊을 만큼, 대전의 분위기에 압도되어 잠시 몸이 굳었다. 그러자 옆에서 내요곤을 수행하던 이들이 속삭이듯 말했다.

"어서 고개를 숙이시오!"

그러자 내요곤은 자신이 한 행동을 깨닫고 잽싸게 고개를 숙인 후 지시에 따라 사배를 올렸다. 그러자 조선의 왕이 내요곤에게 뭐라고 말을 건넸고 통변이 이를 통역하여 말을 건넸다.

"전하께서 고개를 드시랍니다."

"전하의 은혜에 감사드립니다."

그러자 다시 한번 통변을 통한 대화가 오갔고, 그 후 제대로 고개를 들어 주변을 살필 수 있었다.

내요곤이 자세히 보니 조선의 왕으로 추정되는 분은 높은 자리에 앉아 얼굴에 처음 보는 형태의 둥근 알이 두 개 달린 장신구를 코에 걸치고 있었고, 그 아랫단의 자리엔 잘생긴 젊은이가 앉아 있었다.

'허… 세자란 이는 수염이 없는 걸 보니 아직 스물이 넘지 않은 것 같은데, 저리도 덩치가 크다니… 북방에서 태어났으면 무용으로 한 명성 떨쳤겠군. 말로만 전해 듣던 이성계 어르신의 핏줄이라 그런가?'

그 후로 통변을 통해 조공의 물목이나 신변잡기 같은 형식적인 대화가 오고 가는 와중에 세자란 이가 내요곤에게 질문하자 통변이 그 말을 통역해 주었다.

"저하께서 그대는 아조의 힘을 빌려 이만주에게 복수를 하고 싶던 게냐고 물으셨소."

그러자 내요곤은 생각보다 직설적인 세자의 질문에 잠시 말문이 막히고 말았다.


*　　　　　*　　　　　*


난 지금 조정에 입조한 홀라온의 추장 내요곤을 아바마마와 조정 대신들과 함께 접견 중이다.

상투적인 인사말이 오고 간 후, 굳이 이 시점에 직접 조정에 입조해서 조공을 바치려는 이유가 궁금해 속내를 들어보려 기습적인 직설적 질문을 던졌다.

"그대가 아조에 입조한 것은 조선국의 힘을 빌려, 이만주에게 복수를 하려는 목적인가?"

그러자 통변이 내요곤의 말을 받아 내게 통역해 주었다. 내요곤 역시 내 말을 듣고 당황했는지, 머뭇거리면서 천천히 말을 했다.

"홀라온의 구한위 내요곤이 삼가 말하길, 감히 타국의 힘을 빌려 복수하고 싶은 생각은 없사옵고, 그저 주상 전하의 위엄에 감복해 신종하려 찾아왔다고 합니다."

지금 나 보고 그걸 믿으라고? 차라리 여진족이 당장 말을 버리고 산다는 말을 믿으라고 해라.

"그런가? 그렇다면 이만주와 직접 싸워본 경험담을 말해달라고 전해라."

그러자 한참 동안 내요곤의 말을 들은 통변이 내게 다시 말했다.

"송구하옵니다. 구한위의 언변이 좋지 못해, 내용을 파악하기가 어렵습니다. 다시 한번 듣고 소신이 정리하여 다시 통변하겠사옵니다."

한참 후 다시 내요곤의 말을 정리한 통변이 말했는데, 알아듣기가 힘들었다. 통변 역시 군사적 지식에 문외한이라 그런지, 많은 부분이 축약된 듯 보였기 때문이다.

"그래서 내요곤이 말하는 바를 내가 이해한 대로 다시 정리하자면. 먼저 이만주의 궁기병에게 유인당해 홀라온의 병력이 적의 본진으로 돌진했더니, 앞에 나무창이 박힌 커다란 함정이 여럿 파여 있는 데다 거기에 말려든 기병의 돌진이 멈췄고, 함정을 우회하려는 사이에 중갑으로 무장한 이만주의 친위병에게 역공을 받아 패주했다는 이야기가 맞는지 다시 물어보아라."

"구한위가 저하께서 내리신 하문이 가히 올바르시다고 하옵니다."

그 후엔 홀라온에서 전쟁에 동원된 병력 규모나 이만주의 병력 추정치 등 여러 가지 정보를 전해 들었다.

"귀중한 이야기 잘 들었다고 전하라."

저놈에겐 패배한 경험담을 다시 말하는 것이니 속이 쓰릴 수도 있지만, 우리에겐 반드시 필요한 정보니 별로 미안한 마음이 들진 않는다. 그리고 정말 이놈이 조선에 복종하려 할 의도라면 아버님과 내가 상의해서 결정한 제안을 받아들일 수 있는지 먼저 물어봐야겠다.

"그대들이 이만주 때문에 세력이 약해진 것을 아국이 익히 알고 있으니, 그 사정을 딱하게 여기고 있도다. 이참에 근거지를 버리고 건주위의 옛 터전인 파저강 인근에 새로 정착하는 것이 어떤가?"

"구한위가 고하길 저하의 은혜로운 제안은 정말 망극하오나, 자신 혼자 결정할 수 있는 문제가 아니고 그 전에 부족 연합 회의에서 뜻을 모아야 한다고 합니다."

"그런가? 그러면 반드시 전부 다 올 필요는 없고, 오고 싶은 이들만 와도 된다고 전하게."

일전에 이징옥이 파저강 인근의 올라산성을 점령한 후, 우리 군사들이 일부 주둔하여 전진기지 역할을 하는 중이기도 하다. 명나라에서 북방에 잠시 신경을 쓰지 않는 사이에 우리에게 복속된 여진족을 주변에 살게 하면서 장기적으론 조선의 실질적 강역을 넓히려는 계획의 일환이기도 하다.

그렇게 계속 진행된 접견은 일단, 저들이 바친 각종 가죽과 모피 공물에 적당한 사은품을 내리는 것으로 마무리가 되었고 그 후 난 아버님과 독대의 시간을 가졌다.

"그래, 좀 전엔 세자가 적절하게 대처한 것 같아 보기 좋았다. 세자가 판단하기에 내요곤의 속셈이 무엇이라 판단하느냐?"

"소자가 선불리 확신할 수는 없지만, 이주 제안을 내밀었을 때 비친 내요곤의 표정으로 볼 때 저들은 자신만이라도 아국의 지붕 아래서 세력을 보존하고 싶어 하는 듯 보였사옵니다. 나중에 저들이 일부라도 파저강으로 이주한다고 결정한다면, 소자의 추측이 확실할 듯 보입니다."

"그래, 이 아비도 세자와 같은 생각을 했다. 홀라온의 일파 역시 야인 중에선 약한 세력이 아닌데도 이만주에게 대패했으니, 필시 전쟁을 결정한 추장의 권위가 약해졌을 테고 분열이 일어났을 것이다. 그러하니 아국의 위세라도 빌려 세를 유지하고 싶겠지."

"하오면, 저들을 토벌에 이용하는 것은 힘들겠지요?"

"아니다. 이 아비가 나름대로 생각해 둔 것이 있다. 저들 역시 아조의 보호를 받는 대가를 나름대로 치르게 될 것이니, 그것은 염려할 필요가 없도다. 이 기회에 신료 말고 야인을 부리는 법을 몇 가지 알려주마."

하긴… 지금 성저야인이 된 오도리의 족장 동소로가무도 처음엔 조선에 나름 말썽을 끼쳤지만, 긴 시간 동안 아버님에게 길들여졌고, 이후 아바마마께서 그를 불러 잔치를 베풀고 관직을 제수하면서 받았던 하사품에 감격해 지금은 조선의 충신이 되었다.

"요즘 소식을 듣자 하니 함길도제찰사가 휘하들을 부려, 오도리족을 교화하는 데 힘쓰고 있다고 합니다. 얼마 전에 김종서의 부관인 부수찬 신숙주란 이가 용비어천가 서적을 여러 권 보내달라고 요청했사옵니다."

"그래, 아비도 그 소식을 듣긴 했다. 근자에 야인들에게도 태조 대왕의 이야기가 널리 퍼지고 있는 모양이더구나."

"소자가 풍문을 듣자 하니 북방의 야인들 대부분이 태조 대왕마마의 무용담을 어릴 적부터 듣고 자란지라, 태조 대왕마마의 위엄과 권위가 잘 통한다고 하옵니다."

"그것 역시 아비도 풍문을 들어 알고 있다. 다만… 책을 요청할 정도면 그들에게 구전으로 전해지던 것보단, 온전히 정리된 이야기가 더 큰 인기를 끄는 듯 보이는구나."

"소자가 사료하건대, 이 기회에 재래연단을 북방으로 보내

재래연으로 야인들에게 태조 대왕마마의 위엄을 보이는 것이 좋을 것 같사옵니다. 게다가 이형의 외모가 태조 대왕마마와 무척이나 닮았으니 야인들에게 더 잘 와닿을 것입니다."

"이 아비도 이형을 처음 봤을 땐 그 모습을 보고 대경했도다. 그것참, 어찌 그리도 태조 대왕과 똑같이 닮았는지 원……. 한데 야인들이 조선 말에 능통한 이들도 많기도 하지만, 전혀 모르는 이들도 일부 있을 텐데, 그건 어찌 해결하려 하느냐?"

"그건 단장인 안평의 능력이라면, 스스로 알아서 해결할 수 있으리라 사료되옵니다. 게다가 행동으로 보여주는 재래연이라면 내용 이해에 지장은 없을 것입니다."

"그건 그렇기도 하겠어. 재래연은 사람이 직접 보여주는 형식이니, 아무래도 그쪽의 효과가 더 크겠지. 여진 말을 아는 이가 막이 끝날 때마다 내용을 알려주면 되기도 하니, 크게 지장을 받지는 않겠어."

"오도리족 일부는 정음을 배우고 있다고 하옵니다. 아무래도 저들의 문자가 사용하기 어려워 아는 사람이 별로 없으니 편리한 정음을 배우는 이가 조금씩 늘어나고 있는 듯하옵니다."

"아무래도 여진의 문자는 원(元)나라의 문자를 받아들여 사용하고 있으니, 그럴 법하구나. 여진의 말을 몽어(蒙語, 몽골어)에 기반을 둔 몽 자(蒙字)로 전부 표현할 수 없으니, 저들의 문자와 말이 달라 항상 불편을 겪는 것을 이미 알고 있었다."

정음을 창조하기 위해 주변국의 문자와 언어를 모두 모아 연구하신 아버님답게, 이런 언어학적 지식에 능통하시다. 후대에 청이 발호하고 만주어가 제대로 정립되기 전까진 여진족들은 몽골의 글자와 한문을 섞어 사용했기에, 그 어려움 때문에 문맹률이 높았고 만주어가 완성되고도 오히려 한족의 문화에 역으로 흡수당해 미래엔 만주어가 사어(死語)화되었다고 들었다.

"그렇다면 이 기회에 지난번에 결정한 대로 북방의 인원을 대상으로 한 과거를 열어야겠다. 예산은 최근 명의 사은품과 백화상의 수입이 늘고 있으니, 정원을 더 늘려도 지장이 없겠어."

"새로 뽑으려는 관원들을 이용해서 야인들을 교화하실 생각이신지요?"

"그래, 이김에 야인들을 태조 대왕의 성덕으로 왕화(王化)시켜 보려 한다. 그러면서 그들에게 필요한 물품들도 같이 내려주면 시간이 걸리겠지만, 점점 야인의 정체성이 흐려지고 조선의 사람이란 인식이 들게 될 거다."

"소자는 아바마마의 현명하신 결단을 따르겠사옵니다."

그래, 이게 바로 진정한 북방 개척의 다음 단계가 될 것이다. 아버님이 싹을 틔운 사군과 육진은 훗날 오랜 시간이 걸려 비로소 우리의 영토가 되었다.

문화와 경제로 여진족을 동화시켜 스스로 조선인으로 만들면 백성들을 사민하는 것보다 인구가 빨리 늘어나게 될 것이다. 물론 조선의 문화를 일방적으로만 강요하는 것은 부작용이 크니, 그들의 방식도 일부 존중해 줘야겠지.

생각보단 시간이 걸리겠지만, 동소로가무가 이끄는 오도리의 영역엔 여진 말을 익힌 하급 관원부터 파견해 그들의 일을 도우면서 진행해야겠다. 최종적인 목표는 그들의 족장을 명목상의 관직을 내려 인정해 주고 조선에서 파견한 실무자와 수령이 그들을 통치하게 만드는 것이다.

나중에 내 계획이 성공해서 명목상으로나마 명에게 북방일대의 통치권을 넘게 받게 되면 몇백 년이 걸리더라도 온전히 조선의 강역으로 만들 것이다. 그 와중에 끝까지 복종하지 않는 놈들은 몽골 쪽으로 쫓아내야겠고.

이 부분은 내가 죽더라도 반드시 국시로 이어지게 해 후대의 왕들에게 강제할 계획이다. 태조 대왕과 여러 가지 이유를 만들어서라도 반드시 지키게 해야겠지.

\*　　　　\*　　　　\*

함길도제찰사 김종서의 부관이자 집현전의 부수찬이기도 한 신숙주는 요즘 시간이 날 때마다 성저야인들을 모아 술자리를 가지고 용비어천가 이야기를 해주고 있다. 본래 이 일은 신숙주가 의도한 것이 아니라 여러 사건이 얽히고설켜 이리된 것에 가깝다.

신숙주는 어릴 적부터 여진 말뿐만이 아니라 여러 가지 언어를 배운 적이 있어서 부임 초기에 빠르게 여진의 회화를 익힌 것까진 좋았지만, 저들이 나이 어린 신숙주를 얕잡아보고 상대하지 않으려는 것이 문제가 되었다.

부임하자마자 비협조적이던 야인의 무리를 협상장에 끌어내 그들이 조공을 바치게 만든 것은 좋았지만, 이는 알고 보니 온전히 자신의 공이 아니라 뒤에서 그들을 협박하기도 하고 달래기도 한 오도리의 족장이자 조선의 대호군인 동소로가무의 공이 더 컸기에 신숙주는 그것을 알고 나선 자존심이 상해 호승심이 생겼다.

그래서 그때부터 신숙주는 억지로나마 족장들을 불러 술도 같이 마셔보고, 공통된 관심사를 이끌어내 보려고 했으나 평생을 공부만 하며 자란 자신과 저들의 공감대를 끌어내는 것이 쉽지 않았다. 야인들과 공감대보다 신숙주의 주량만 점점 커지고 있으니, 어떻게든 성과를 내려는 신숙주의 마음만 다급해져 갔다.

그러다가 어느 날 술자리에서 궁여지책으로 말을 꺼냈던 것이 태조 대왕 이성계의 이야기였다.

일전에 용비어천가의 재래연에서 보았던 왜구 토벌 이야기를 꺼내자, 무관심하던 이들이 어느새 신숙주의 말솜씨에 빠져 다들 귀를 기울여 들었다. 그렇게 신숙주가 이야기를 마치자 다음 이야기를 재촉하기에, 신숙주는 그들의 반응을 보고 이건 통한다고 확신을 가졌다.

그래서 다음 이야기가 더 듣고 싶으면 다음 술자리에 아는 이들을 몇 명이라도 데려오라는 약조를 받은 후, 이야기를 조금 더 하고 끊었다. 본래 이는 신숙주가 재래연을 처음 봤을 때 느낀 뒷이야기에 대한 궁금증을 그대로 이용한 것이기도 하다.

그렇게 점점 시간이 흐르자, 어느새 신숙주의 절묘한 계략과 언변에 낚인 여진족의 족장들은 정기적으로 신숙주의 초대에 응해 술 모임을 가지게 되었다.

"부관 나리, 오늘은 지난번에 약조한 대로 제 친우들과 형제를 데려왔습니다."

"그렇습니까? 오늘은 우을가의 어르신께서 사람들을 제일 많이 데려오셨으니 상석에 앉으시지요."

"감사합니다."

본래 저들은 처음에 자신들이 조선에서 받은 관직도 있고 나이도 많기에, 나이도 어리고 관직이 한미한 신숙주를 하대하기도 했었다. 그러나 언젠가부터 신숙주의 교묘한 언변과 태조 이성계 어르신의 권위에 홀려, 자신들도 모르는 사이에 언젠가부터 신숙주를 나리라고 부르고 있었다.

"다들 앉으셨으니 제가 먼저 술부터 한 잔 돌리겠습니다. 오늘은 제 사가에서 보내온 가양주(家釀酒)가 특별히 준비되었으니, 모쪼록 여러분의 마음에 드셨으면 좋겠습니다."

그러자 상석에 앉은 우을가의가 놀란 표정으로 신숙주에게 답했다.

"나리네 집안에서 직접 빚은 술을 가져오셨습니까? 오늘은 저희가 너무나 과분한 대접을 받는군요."

"아닙니다. 여러 영웅호걸을 대접하는 데 있어, 아무리 귀한 술이라 한들 어찌 아깝다는 생각이 들겠습니까? 제가 먼저 잔을 채워 드릴 테니 한 잔 받으시지요."

"이거 참… 감사하게 받겠습니다."

"자자! 오늘은 상석에 앉으신 우을가의 어르신께서 먼저 잔을 비우면, 따라서 잔을 비우시지요."

상석에 앉은 우을가의가 기쁜 표정으로 먼저 잔을 비우자, 술자리에 모인 수십 명의 인원이 다들 따라서 잔을 비웠다. 그러자 오늘은 혼자 와서 가장자리에 앉은 노가적만이 홀로 잔을 비우지 않은 채로 불퉁한 표정을 지은 채로 불만을 내뱉었다.

"쳇! 저런 늙다리가 자기네 일족 놈을 많이 데려왔다고 위세를 부리네."

그러자 노가적의 옆자리에 앉은 오도리 천호 부자태가 그의 말을 받았다.

"저게 부러우면, 네놈도 자식 놈들부터 형제들 다 끌고 왔으면 되는 것 아니냐?"

"그러고 싶어도 다들 담비 사냥을 나가서, 데려올 놈이 하나도 없으니 그러지."

"이런 귀한 술을 맛보는 것만 해도 분에 넘칠 일인데, 왜 그딴 불평을 하고 지랄이야. 분위기 깨지 말고 곱게 술이나 마셔라."

그러자 부자태의 협박에 굴복한 노가적이 찌푸린 표정으로 술을 한잔 들이켜곤, 곧바로 황홀한 표정을 지었다.

"허어… 이거 술맛이 참……."

"어떠냐? 맛 죽이지?"

"그래! 여태 살면서 맛본 술 중에서 으뜸이야."

"그렇습니까? 노가적 어르신께서 저희 집안의 가양주를 이리도 극찬하시니, 이 술을 담근 집안사람들도 기뻐하겠군요."

어느새 노가적에게 다가온 신숙주가 웃는 얼굴로 말을 건네자, 노가적 역시 놀라 반사적으로 고개를 숙이며 말했다.

"부관 나리께서 제 이름을 다 기억해 주시다니, 영광입니다요!"

"어르신께선 지난번에도 오셨었는데, 당연히 기억해야지요. 그리고 제 연치가 한참 아래니 말을 편하게 하세요."

"아닙니다. 제가 어찌 감히……."

"그럼, 제가 잔을 다시 채워 드리지요."

그렇게 이어진 술자리가 무르익자, 신숙주는 용비어천가의 이야기를 꺼내 이성계가 홍건적을 토벌하는 부분의 이야기를 해주었고 다들 그 이야기에 집중했다.

"그렇게 태조 대왕께서 홍건적을 퇴치하고 난 후 고려의 공민왕에게 상을 받아……."

그렇게 홍건적 토벌 이야기가 끝나자 술자리에 모인 이들이 자기들끼리 이야기꽃을 피웠다.

"인마! 니들이 태조 대왕마마의 용안을 본 적이나 있긴 하냐! 이 어르신께선 어릴 적에 먼발치에서나마 그분을 알현한 적이 있단 말이야!"

"하이고 또 그 소리요? 그 이야기 한 번만 더 들으면, 백번을 채우겠소."

"내 돌아가신 아버지는 태조 시절에 천호직을 받으셨다."

누군가 선대의 공을 자랑하자, 다들 질 수 없다는 듯이 자신의 집안을 자랑하려 애를 썼다.

"우리 증조부는 홍건적 토벌에 종군해 공적을 세워 준마를 포상으로 받으셨다."

"어쭈? 지난번엔 황산의 왜구 토벌이라며? 이번엔 홍건적이냐?"

언제부턴가 족장들은 술만 취하면 확인할 수 없는 조상들의 공적을 과장하거나, 날조한 말싸움을 벌였고 분위기가 과열되자 신숙주가 끼어들어 한마디 했다.

"하하하! 오늘도 영웅들께서 기운이 넘치시는군요. 자자! 다들 오늘 밤도 호탕하게 놀아봅시다!"

그러자 바로 싸움을 멈추고, 다들 합창하듯 신숙주의 말에 대답했다.

"암요―! 그래야지요!"

그렇게 북방의 밤이 저물어갔다.

*       *       *

나는 여름이 시작되면서 이순지가 개량된 태양열 집열기를 이용해 한 번에 여러 가마솥으로 자염을 끓일 수 있는 대형 아궁이를 개발했다는 소식을 들었다. 게다가 최근에는 연천현(漣川縣)에서 석탄 노천광산이 발견되어 석탄의 공급이 늘어났다고 한다.

앞으론 석탄과 집열기를 병행해서 자염 생산이 늘어나게 됐으니, 시전에 소금이 더 유통될 수 있도록 여러 가지를 신경 써야겠다.

게다가 요즘 백화상에서 파는 물품도 작게나마 유리 거울과 유리그릇 종류가 추가됐다고 하니, 일전에 명국에서 온 유리장인들이 조선의 장인들을 잘 지도해서 기술 이전이 성공적으로 이루어지고 있는 듯하다.

"청죽, 자넨 뭐가 그리 즐거워서 종일 웃고 있는가?"

그러자 오늘 내내 웃음을 띤 표정으로 업무에 임하던 성삼문이 내 말을 듣고 웃으면서 답했다.

"어제 희현당(신숙주)이 보낸 서신을 읽었는데 이 친구가 많이 달라진 듯하여, 그것이 즐거워서 그렇사옵니다."

"북방에서 무슨 좋은 일이라도 있었다고 하던가?"

"처음 희현당과 서신을 주고받을 때만 해도 무도하고 예를 모르는 야인들을 성토하며 불평을 늘어놓더니, 요즘은 업무가 즐겁고 주도의 낙을 알았다면서 다음에 만나면 소신에게 술을 대접하겠다고 하더이다. 예전 같으면 상상할 수 없던 친우의 달라진 모습이 즐거워 웃음이 나왔습니다."

"그런가? 일전엔 강직하기만 한 성격이 많이 유해진 듯싶군"

북방에서 고생하는 와중에 긍정적으로 성격이 바뀌다니 정말 의외네. 신숙주가 거기서 일 잘하고 잘 지내고 있다면야 더 바랄 게 없기도 하다. 더 쓸 만한 노예가 되어주면 나야 고맙지.

그렇게 이만주 토벌 준비를 하면서 지내고 있을 때, 배상문이 올린 창진(천연두) 예방접종법의 안건이 편전에서 통과됐다. 의외였던 게 병조의 관원들과 나의 장인어른 권전이 우두 접종을 적극적으로 지지해서 연좌 상소를 올렸다는 점이었다.

안건 토의 중에 일부 신료 중 소의 고름을 몸에 넣는 것을 꺼리는 이들도 있었지만, 귀한 약재로 쓰이는 우황 역시 고름과 다를 바 없이 소의 쓸개에 병이 생겨서 생기는 거라는 배상문의 이야기를 듣고 별다른 반박을 하지 못하고 무난히 안건이 통과되었다.

그래서 나도 종두법을 시행하는 문제를 상의하기 위해 배상문을 첨사원으로 불러들였다.

"저하. 소신이 일전에 저하께서 지시하셨던 우두의 모체를 상시 유지하여, 시간 나는 대로 고름을 채취해서 가루로 만들어놓았사오니 당분간 시술에 필요한 양은 충분할 것이옵니다."

"그런가? 그간 그대가 해놓은 일이 많은데, 요즘 내가 바빠 격조해서 미안하게 생각하네."

"아니옵니다. 나랏일을 함에 있어서, 어찌 소신이 그런 불측

한 마음을 품을 수 있겠나이까?"

"전부터 생각한 건데 아무래도 시술 과정에서 사정을 잘 모르는 일부 백성들은 고름이란 것에 거부감을 느낄 수 있으니, 우두가 우황처럼 진귀한 약재이고 창진의 특효약이라고 알리는 방도를 어찌 생각하는가? 그런 귀한 약재를 무상으로 베풀어서 역병인 창진을 예방한다고 알리면 아무래도 찾아오는 이들도 많을 테고."

"소신이 사료컨대, 저하의 분부가 극히 지당하신 것 같습니다."

"이참에 조보로 이 소식을 널리 알려봐야겠군."

미래 개화기의 조선에선 서양에 대한 반감으로 초창기 우두법이 퍼지는 데 난항을 겪었다고 하는데, 지금의 조선과는 사정이 아주 다르다. 만약 반감을 품는 이가 일부 생긴다고 해도, 그 전에 선전을 그럴듯하게 잘하면 그만이다. 이제부터 조선에서 우두는 우황에 버금가는 귀한 약재로 취급될 거니까.

난 그렇게 그동안 고생한 배상문을 치하하고자 미당과 상의원에서 만든 비단옷을 내려주었다.

그 후 조보를 통해 창진 예방법에 대한 소식이 전국에 퍼졌다. 조정에서 무상으로 우황처럼 귀중한 약재를 백성들에게 나눠 줄 거라고 하니 그 반응이 대단히 뜨거운가 보다.

아직 접종 시작도 안 했는데, 혜민국(惠民局)을 찾은 여러 백성이 줄을 서고 있단다. 그 전에 일단 왕족들과 대신들부터 차례대로 시술을 받기로 했다.

아버님이 아무 거리낌 없이 먼저 나서시어, 어의들에게 접종을 받으시곤 한 주가량 쉬시고 편전에 돌아오시자 그다음부턴 일사천리로 일이 진행되었다.

예전에 천연두를 앓았던 신료들을 제외하고 나머지 면역이 없는 신료들이 정해진 차례대로 시술을 받고 나서 본의 아니게 사가에서 요양 겸 깜짝 휴가를 즐기게 되었다. 의학이 발달한 미래 같았으면 하루 정도 쉬고 바로 복귀하라고 했겠지만, 대신들의 평균 나이가 많고 자칫 무리하면 큰일 날 수 있기에, 어쩔 수 없이 내린 결정이다.

예전에 천연두를 앓았다가 살아난 신료들은 그들의 업무를 그만큼 떠안아야 하니 많이 억울한 듯 보이기도 한다. 나와 같이 일하는 성삼문마저 네 명이 나눠서 하던 첨사원 업무를 전부 혼자 떠맡게 되니, 서류 더미 앞에서 한숨을 쉬는 모습이 자주 보였다.

나 역시 차례가 와서 접종을 받아 잠시 쉬었고, 그 틈을 이용해 여러 가지 공부를 했다. 일주일이 못 되어 발진이 가라앉아 딱지가 떨어져 업무에 복귀하여 편전에 출석하니, 적게는 일 주에서 길게는 이 주 가까이 집에서 쉬고 왔던 대신들의 얼굴이 반질반질 광이 나는 듯해 보였다.

천연두에 걸린 적 없던 대신들이 차례대로 요양하는 동안 조정을 지키면서 다른 부서의 일을 겸직해 가며, 공무를 처리한 천연두 면역을 가진 대신들은 얼굴에 피로가 가득하다 못해 안색이 어둡다. 나름대로 인원 공백 기간을 최소화하려 일정한 기간을 두고 차례대로 접종하게 했는데 사람마다 발진이 가라앉는 데 차이가 있어서 그런 것인지, 생각보다 공백이 길어지게 되었기 때문이다.

"그동안 다들 고생이 많으셨소이다. 복귀한 대신들은 전처럼 업무에 종사하면 되고, 그리고 그동안 자리를 지켜 국정에 힘쓴 대신들은 주상 전하께서 사흘 동안 사가에서 휴양해도 좋다고 하셨소. 나도 따로 하사품을 내릴 터이니, 고생한 대신들의 노고에 조금이나마 보답이 되었으면 하오."

"성은이 망극하옵니다―!"

그러자 시커멓게 죽은 표정으로 날 바라보던 이들의 표정이 환하게 밝아졌다.

그래, 지금은 접종 초기니까 어쩔 수 없지. 나중엔 예방법이 정착되어 모두가 어릴 때 우두를 접종받게 될 테니, 이런 행정 공백기는 다시 생기지 않게 될 거다.

"그럼 오늘은 조만간 민간에 우두(牛痘)를 보급하기 위해, 민간 의원들을 동원하는 방법에 대해 논해봅시다."

본래 우두는 牛痘라고 써야 하지만, 일부러 내가 부정적인 어감을 주지 않으려고, 발음만 같고 뜻이 다른 한자로 바꿔서 사용했다. 散에는 털어낸다는 뜻이 있으니, 마마라는 뜻을 가진 痘와는 발음이 같아도 속뜻이 완전히 달라졌다.

"아무래도 이 문제는 호조에서 따로 관할 기구를 두고 진행하는 것이 낫지 않겠소?"

"신 호조판서 김맹성이 저하께 감히 아뢰옵니다."

저 할배도 역사가 달라진 탓인지, 여전히 정정해 보인다. 그 탓에 지속적인 사직 요청도 여전히 반려되어, 기록에 적힌 역사처럼 명예직으로 물러나지 않은 채로 호조판서를 계속 역임 중이다.

"편히 말해보시오."

"일단 작금의 사정상 방책을 시행하려면 혜민국과 제생원의 의원들부터 전부 동원해야 하옵고. 이들을 수월히 부리기 위해선 명령권을 한곳으로 통합할 필요가 있사옵니다. 그러하오니, 두 부서를 통합하는 방안을 윤허해 주시옵소서."

본래 혜민국과 제생원은 수양 그놈이 나중에 돈 아끼려고 혜민서로 통합해 버리고 정원을 줄이긴 했었다. 제생원은 지금까지 의녀들 양성하고 백성들을 치료하는 데 큰 도움이 된 곳인데, 함부로 없애긴 뭐하지.

"아닐세, 혜민국과 제생원은 일견 관할 업무가 비슷해 보이긴 하나 엄연히 업무 성격이 다른 곳이네. 혜민국은 각종 약재 조달이 우선이면서 백성들을 치료하는 곳이고, 제생원은 의녀의 교육을 담당하면서 의학서적을 편찬하고 각자 남는 시간에 백성들을 치료하는 곳이니 주 업무 성격이 아주 다르다네."

"저하의 뜻이 그러하시다면, 임시 기구를 창설해서 의원들을 모아 부리는 것이 어떨지요?"

"아무래도 그 방법이 좀 더 낫구려. 지금이야 한 번에 최대한 많은 백성이 시술을 받아야 하니 많은 인원이 필요하겠지만, 먼 훗날엔 적은 수의 의원만으로 시술이 가능해질 테니 말이오."

"그렇다면 소신이 이조와 협의하여 나라의 녹을 받는 의원들을 차출하고, 민간의 의원들도 모아 임시 기구를 창설해서 운영해 보겠사옵니다."

"호조판서의 뜻대로 하시오. 장차 이 일이 잘 성사되면 호조판서는 이 땅에서 창진을 박멸하고, 서문표(西門豹)처럼 마마신을 섬기는 삿된 민간의 미신을 없앨 국가사업을 지휘한 이로 청사에 길이 이름을 남기게 될 것이니 내가 그대에게 거는 기대가 크다오."

"마… 망극하옵니다."

김맹성의 표정을 살펴보니, 감격한 듯 보이는데? 서문표를 언급한 부분이 가슴에 깊이 와닿았나 보다. 서문표는 옛 전국

시대의 명재상이자 공자의 직계 제자인 자하(子夏, 복상의 호) 밑에서 수학했으며, 괴력난신 타파에 앞장서서 손수 인신 공양을 하는 무당들을 강으로 던져 버리고 악습을 끊어버린 이기도 하다.

"그럼 잘 부탁하오. 내 호조판서만 믿겠소."

"소신이 신명을 바쳐 맡겨주신 일을 완수하겠나이다."

"그럼 오늘은 쉬어야 할 이들이 많으니, 다들 퇴청하시오."

*       *       *

호조판서 김맹성은 요즘 들어 일흔이 넘은 나이에도 다시 젊어진 듯 열정과 의욕이 넘쳤다. 일전에 무서운 병인 창진을 확실히 예방할 국책을 담당하게 되었고, 그동안 관에 소속된 여러 하급 관원을 합법적으로 부릴 수 있게 되어 막강한 권한을 얻었기 때문이다.

"지금 호조에서 파견 나갈 만한 인원이 있던가?"

그러자 호조정랑 이재성이 김맹성에게 답했다.

"요즘 호조의 관원 모두가 새로운 조세법의 시행 때문에 바쁩니다. 호조에 사람이 부족한 건 대감께서도 잘 아시지 않습니까?"

"으음… 그건 그렇지. 내가 실언을 했군."

"차라리 호조에 임시로 파견을 부탁할 만한 곳이 없는지 요?"

"일전에 저하께 하급관원들을 일부나마 부릴 권한을 받긴 했으나, 그들을 호조의 업무에 동원하는 것은 월권행위가 되겠지. 미안하네, 공무로 내가 자리를 비우면 그동안 그대들이 더 힘들어지겠군."

"그건 괜찮습니다. 일전에 대감께서 자리를 비우는 사이, 업무를 대행해 주실 분이 오실 거란 공문을 받았거든요."

"뭐라? 나도 모르는 공문이 대체 언제 온 건가?"

"어제 왔었는데, 대감께서 아직 확인해 보지 않으셨나 봅니다."

김맹성이 탁자 위에 쌓인 공문을 뒤져 해당 문서를 찾아 읽어보니, 공조판서 박안신이 김맹성이 자리를 비운 사이에 호조의 장을 겸임한다는 내용의 공문이었다.

"허, 그렇게 사직하게 해달라고 시를 지을 정도로 간절하던 정숙(貞肅, 박안신의 호)이 대체 무슨 까닭으로 이걸 승낙한 거지?"

"위에서 뭔가 여러 이야기가 오고 가지 않았겠습니까?"

'설마 사직하는 조건으로 겸직을 수락한 건가? 이러다 저 노괴가 나보다 먼저 사직에 성공하면 어쩌지?'

둘 다 일흔이 넘어간 마당에 자기가 다섯 살 어리다고 박안신을 노괴라고 부르는 꼴이 우습긴 하지만, 둘은 절친한 친구 사이기도 하다. 일전에 먼저 사직에 성공하는 이가 잔치를 열어주기로 내기를 한 적이 있기에 김맹성에겐 민감한 문제기도 하다.

"아무튼 본관이 없는 동안 수고 좀 해주게. 여기 사정도 잘 모르는 그 늙은이가 이상한 소리 하면 면박을 줘도 되네. 산학도 잘 못하는 이가 무슨 호조의 업무를 본다고 주책인지 원……."

"아무리 그래도 제가 감히 그럴 수 있겠습니까?"

"그러면 내가 미리 정숙에게 단단히 일러두지. 업무에 방해나 말라고 해놓음세."

그렇게 호조를 나선 김맹성은 얼마 전에 새로 구매한 마차에 타고 마부인 청지기에게 말을 건넸다.

"혜민국으로 가세나."

얼마전부터 당상관 이상의 대신들에게 허락된 마차는 전부 백화상을 통해 주문 제작을 받고 있기에 아직 타고 다니는 이들이 많지 않았다.

김맹성 역시 마차에 대한 소식을 빠르게 입수하여 영중추원사 최윤덕 다음으로 마차를 주문하는 데 성공해서 얼마 전부터 마차를 타고 다닐 수 있게 되었고, 그걸 본 여러 대신의 부러움을 샀다. 게다가 마차를 타고 오갈 때마다 지나가는 이들에게 선망의 눈길을 받는 것 역시 김맹성의 마음을 흡족하게 만들었다.

그러나 그것도 잠시였고, 김맹성은 자신의 일두마차와 비교되는 최윤덕의 화려한 이두마차를 떠올리곤 뭔가 허전함을 느꼈다.

'흐음. 이두마차는 정승을 지낸 적 있는 신료 이상에게만 허락된다고 하니, 조금 아쉽긴 하군. 아니지, 어쩌면 이 일을 잘 마치면 공적을 인정받아 정승 자리 정돈 넘볼 수 있는 거 아닌가? 좌의정 자리가 비어 있는데 이 기회에 한번… 헛! 한시라도 빨리 사직해야 하는데 대체 내가 무슨 생각을……'

좌의정이었던 허조가 작년에 죽은 후 좌의정 자리가 계속 공석이었기에, 잠시나마 그 자리에 욕심을 내본 김맹성은 다시금 헛된 생각을 머릿속에서 털어내려고 노력했다.

그러나 한번 솟아오른 욕망은 쉽게 가라앉지 않았고, 다시금 계속 떠올라 김맹성을 괴롭혔다. 그렇게 김맹성이 한참 동안 사직과 출세의 갈림길에서 자신과 싸움을 벌이는 사이 마차는 어느새 혜민국에 도착했다.

"대감마님, 도착했습니다요."

"어, 어흠… 그래."

김맹성이 마차에서 내려 혜민국 안에 들어서자, 마침 민간 의원들을 지도 중이던 배상문이 김맹성에게 인사를 건넸다.

"호조판서 대감 오셨습니까?"

"그래, 내의원정이 교육한 의원들이 삼 일 전부터 도성 외곽 쪽에서 시술에 들어갔다지? 어려움은 없던가?"

"아무래도 모인 인원이 너무 많아 백성들을 통제하는데, 어려움을 겪고 있습니다. 게다가 시술을 하고 나서 바로 움직이면 안 된다는 말을 이해하지 못하는 이들도 많다고 합니다."

"아무래도 몸에 좋은 약을 준다는 명목으로 모이게 했으니, 백성들이 바로 이해하기가 어렵겠군."

"그래서 당분간은 약효가 잘 받기 위해 몸을 움직이지 말라고 하고, 시술 후 열이 오르는 증상은 삼(參)을 먹은 것과 같이 양기가 치솟는 거라고 설명하고 있습니다."

"그 정도면 적절한 대처가 아닌가? 그 외엔 다른 불편한 점은 없는가?"

"간혹 창진에 걸렸던 적이 있는 이들도 와서 시술해 달라고 조르긴 합니다."

"그건, 의술을 모르는 이들에게 설명하기가 난처하겠군."

"아무래도 사대부들처럼 이해시키기가 어렵긴 합니다."

"일단은 몰려든 백성들을 통제할 병졸들을 먼저 보내주면 되겠는가?"

"예, 그리고 병졸들도 필요하지만, 깨끗한 천과 물을 끓일 장작도 많이 필요합니다. 아무래도 예상을 뛰어넘는 인원들이 몰리다 보니 소독에 필요한 물품이 부족합니다. 그리고 실은……."

"그 정돈 전부 들어줄 수 있다네. 그리고 또 뭔가?"

"사실 어제부터 무당들이 일부 몰려와 방해 중이라고 합니다."

"뭐? 그게 정말인가?"

"예, 첫날엔 별문제가 없었는데 둘째 날부터 소문을 듣고 온 무당이 한둘 몰려와서 의원들에게 따지더니, 오늘은 더 많은 인원이 몰려와서 훼방 중이라고 합니다."

"음, 그 일은 본관이 알아서 처리하겠네. 감히 무당 따위가 나랏일에 끼어들어 훼방을 놓다니……."

김맹성은 무당이란 말을 듣고 사직하려는 계획은 까맣게 잊은 채로 서문표처럼 괴력난신을 타파하고, 그 공으로 좌의정에 오른 자신의 모습을 상상하고 말았다.

　　　　*　　　　　*　　　　　*

호조판서 김맹성의 요청으로 한강의 삼게 나루(마포) 근방의 정자를 중심으로 여러 천막으로 꾸며진 우두 시술소에, 치안 유지 목적으로 병졸들을 이끌고 출동한 금부도사 추정현은 도착하자마자 눈앞의 광경을 보곤 한숨을 내쉬어야 했다.

타고난 성품상, 통제되지 못한 무질서를 용납 못 하는 성격을 가진 추정현은 눈앞에 난장판 같은 광경을 도저히 참아낼 수 없었다.

추정현이 일전에 겪었던 백화상의 개점 날 몰려들었던 사람의 수와는 비교할 수 없을 정도로 수많은 인파가 이곳에 몰려들어 있었고, 개중엔 몇 명은 알아들을 수 없는 괴상한 울음 같은 비명을 지르고 있었다.

"이봐! 너희들은 저쪽 천막에 몰려든 이들을 통제해라."

그렇게 데려온 병졸들을 나눠서 담당 구역을 정한 추정현은 가장 사람이 많이 몰린 곳으로 직접 나서서 소리를 질렀다.

"여봐라! 당장 모두 뒤로 물러나거라!"

추정현의 복장을 본 백성들은 대부분 겁을 먹고 물러나기도 했으나, 그나마 앞쪽에 가까이 위치한 이들은 딴청을 피우며 추정현의 말을 못 들은 척했다.

"이봐, 거기! 본관의 지시가 들리지 않는가?"

"도사 나리, 저희는 새벽부터 기다려 이제야 차례가 가까워졌는데, 갑자기 물러나시라고 하시면⋯⋯."

"그건 내가 알 바 아니다. 당장 본관의 지시에 따르지 않으면 추포하겠다."

"예? 예! 알겠습니다요."

그렇게 모인 사람들을 강제로 줄을 서게 만들던 추정현은 곧바로 다른 문제에 직면했다.

"오오으으으우우우! 마마신이 노하셨다! 마마신이 노하셨어. 이 땅에 곧 재앙이 내릴 것이다. 우으어어어!"

그곳엔 웬 박수무당 패거리가 그를 추종하는 이들을 모아 굿판을 벌이고 있었다.

"거기 너! 당장 입 다물고 여기 벌여놓은 굿판을 거두어라."

추정현이 무당에게 가까이 다가가 경고하자 호기심으로 굿판을 구경 중이던 백성들이 전부 물러났다. 그러나 개중엔 진심으로 이들을 추종하는 이들도 있는지 추정현을 무시하고 굿판에 치성을 올리고 있었다.

"몸주시여! 이 여리고 눈먼 이들을 구제할 하회를 내려주시옵소서! 비나이다~ 비나이다!"

"이봐! 사이한 행동을 그만두고 당장 물러나지 못할까!"

화려한 색동옷을 입고 자신만의 세계에 빠져든 박수무당과 옆에서 주문을 읊는 법사들. 그리고 꽹과리를 치던 새끼무당들과 치성을 올리는 일부 백성들마저 이어지는 추정현의 권고를 재차 무시하자, 그는 망설이지 않고 이들을 강제로 현실로 불러낼 주문과도 같은 한마디를 내뱉었다.

"감히 천한 박수 따위가 나랏일에 끼어들어 사특한 소리를 지껄이며 훼방을 놓으려 하느냐? 혹세무민의 죄로 네놈들을 전부 추포하겠다."

공권력의 힘으로 자신들만의 세상에서 곧장 현실로 끌려 나온 무당 패거리들은 바로 추정현에게 사정을 말하려 했다.

"도사 나리, 그게 아니오라… 단지 저희는—"

"그 입 닥쳐라. 네놈들의 의도가 무엇이든 간에, 공무를 방해하고 백성들을 현혹한 정황이 명백하니 당장 오라를 받아라."

"나리! 소인이 잘못했사옵니다. 부디 한 번만 자비를 베풀어주시지요. 이건 소인이 바치는 성의이옵니다."

무당이 굿판에 바쳐진 면포를 내밀자, 추정현은 그 말을 무시하고 장졸들에게 지시했다.

"이봐! 이놈과 같이 온 놈들을 전부 묶어 의금부로 압송하라."

그렇게 접종을 받기 위해 몰려든 백성들을 현혹하여 일부나마 시술소에서 발을 돌리게 만든 박수무당 패거리는 추정현에게 체포되어 의금부의 옥에 갇혔다.

본래 나루터 근방은 절기마다 여러 명목으로 각종 굿을 치르는 것이 관례였기에 이들의 영역이기도 하고, 언제나 무당들이 활발히 오가는 곳이었으니 이런 충돌은 예정된 거나 마찬가지라고 할 수 있었다.

그렇게 파견 첫날 인원들을 통제하여 강제로 줄을 서게 만든 추정현은 둘째 날엔 천막마다 말뚝 여럿에 줄을 각각 연결해서 갈지자로 이어지는 통제선을 제작해 백성들이 줄을 서게 했다.

그렇게 편집증적이면서도 엄격한 성격의 금부도사 한 명 때문에 백화상에 몰려들었던 하인들과 지금 이곳에 모인 백성들에게 줄 서기 문화가 조금씩이나마 자리 잡기 시작했다.

*　　　　*　　　　*

총통위장 이천은 출정에 앞서 총통위 부대를 한창 훈련하는 중이다. 작년에 야인과 실전을 치렀을 땐 결과가 좋았긴 했지만, 과정을 되짚어보니 그가 일전에 구상한 것보단 효율이 높지 못함을 절감했다.

이천이 생각하기엔 작년의 전투에선 적의 기병은 곧잘 후퇴해 버리고, 이른 시간에 아군의 기병이 적진으로 돌입해 진형을 흩뜨리고 돌격하던 야인 보병 선두의 발을 잡아두었기에 별다른 피해 없이 전투할 수 있었다고 판단했다.

'기병 없이 총통위 단독으로 여러 상황에 대처하려면 병종의 조화를 이뤄야 한다. 하지만 여러 병종이 많아서 좋을 건 없지. 최대한 단순하면서 효율적으로 재편을 해야겠어……. 그런데 요즘은 신병이 늘어 그들을 통제하는 것이 힘들단 말이야.'

그래서 이천은 착호갑사를 총괄하는 박장현을 불러 의견을 나누어보았다.

"총통위장 영감께서 고민하고 계신 부분은 하루아침에 해결될 문제가 아니옵니다. 소관도 신병을 최대한 착호 임무에 적절히 분배하여 투입해 실전을 겪게 만드는 중이지만, 한 번의 임무만으론 바로 사람이 변하긴 어려우니 긴 시간이 필요합니다. 또한 소관의 창법은 특별한 것이 없고 그저 맹수가 돌진할 때 맞춰 창을 세우는 방법일 뿐이니, 총통위장 영감께서 생각하신 것처럼 도움이 되진 않을 것입니다."

"아닐세, 다른 건 본래 창술이나 화포술에 숙달된 무관들이 가르치면 되지만, 기병의 돌진에 주눅 들지 않고 대열을 유지하는 게 핵심이니 그 부분에서 자네의 조언이 절실하게 필요하다네."

"아무래도 이건 타고난 천품의 문제라서 쉬이 가르쳐 줄 수 있는 게 아닌 듯하옵니다. 본래 엽사들은 목숨을 걸고 맹수와 눈을 마주친 채로 창을 세운 이들만 사냥에서 살아남기에, 결국 담력이 강한 이들만 남습니다."

"아무래도 그렇겠지? 그렇다면 기병들을 병졸들 앞에서 달리게 하다 안전한 거리에서 멈추게 해서 숙달시키는 방도는 어떻게 생각하는가?"

"아무래도 처음 몇 번은 효과가 좋겠지만, 병졸들이 훈련에

익숙해지면서 자신이 다치지 않는다는 걸 깨닫는 순간 효과
가 반감될 겁니다."

"으음… 역시 오랜 시간 동안 산에서 맹수들과 실전을 겪으
면서 담을 키워야 해결될 문제로군. 그래도 기병 적응 훈련을
아예 안 하는 것보단 하는 편이 좀 더 도움 될 테니 아예 안
할 수는 없겠지."

박장현을 보내고 혼자 여러 방법을 고민하던 이천은 단시간
에 신입 병졸들을 정예로 만드는 것은 엄정한 군기를 세워 단
련시키는 방법밖에 없다고 결론을 내렸다.

"그렇다고 다른 장수들처럼 장졸들을 무작정 때려서 말을
듣게 하는 것은 곤란하고……."

이천은 오랜 군문 경험으로 단시간에 마구 때려서 군기를
잡는 것은 잠시나마 효과를 볼 순 있지만, 장기간의 사기에 유
지에 도움이 되지 않는다는 걸 알고 있기에 한참을 고민하다
가 세자의 지혜를 구하기로 마음먹었다.

＊ ＊ ＊

우두 접종의 소식을 듣자 하니, 호조판서 김맹성이 잘 지휘
해서 한 달이란 시간 사이에 생각보다 많은 백성이 접종을 받
고 있다고 한다.

그 와중에 마마 굿으로 먹고살던 무당들이 소문을 듣고 몰려와서 방해하기도 했다는데, 전부 잡아들여 태형을 받고 도성 밖으로 쫓겨났다고 한다. 게다가 한번은 천연두가 퍼지지도 않았는데 백성들을 선동해 나루터에서 마마신을 달래는 거대한 굿판을 벌이던 현장에 김맹성이 의금부 관원들과 병졸을 이끌고 직접 행차해서 혹세무민의 죄로 그들을 추포하곤 직접 강물에다가 차려놓은 상을 집어 던졌단다.

이 할배… 지난번에 지나가듯이 내가 말한 서문표 이야기에 심취한 듯한데? 말년에 너무 무리하는 거 아닌가?

요즘은 내가 일전에 한 이야기 때문에 사후 세상을 믿지 않는 사람도 점점 늘고 있다고 하니, 김맹성도 내 영향을 크게 받았나 보다. 조만간 이러다가 소격서(昭格署, 하늘에 제사 지내는 기관) 폐지 여론도 나오려나? 요즘 기라는 개념을 다른 시각에서 보고 연구하는 이들도 늘었다고 하던데.

게다가 내가 전혀 생각하지 못했던 부분인데, 일전에 한성부윤을 지내고 은퇴한 추익한(秋益漢)의 장손 의금부 도사 추정현이 몰려든 인파에 강제로 줄서기를 시켰다고 한다. 그 덕에 인원 통제가 쉬워지고, 의원들의 고충이 줄었다고 하니 이건 앞으로 조선에서 정착시켜 보도록 해야겠다. 추익한도 강직한 성격에 내 아들에게 끝까지 충심을 지켰는데, 그 아들 역시 독특한 면이 있네, 추정현이란 이름을 기억해 두어야겠어.

"저하, 지난번에 명에 갔던 사신단이 도성에 도착했다고 하옵니다."

첨사원에서 업무 중이던 내게 김처선이 소식을 들고 왔다.

"그래? 좋은 소식을 가져왔으면 좋겠구나."

그렇게 그들이 도착한 후 소식을 들어보니, 이만주 건은 일전에 토벌을 허락했는데 다시 허락받을 필요 없다는 맥 빠진 대답을 들어야 했다. 게다가 사신단의 장으로 갔던 효령대군은 내 시한부 5호기 왕진에게 극진하게 대접도 받았단다.

아버님의 형님이지만 본래 불교에 심취해서 국사에 관심조차 없던 효령대군이 사신단의 책임자가 된 이유는 별기 없었다. 효령대군께서 요즘 유행하기 시작한 석학에도 관심을 가지기 시작해서 불경이나 고서적을 직접 구하러 가겠다고 자진해서 사신으로 가게 된 거였다. 처음엔 아버님에게 얼토당토않게 명에 가는 김에 천축국에도 사신으로 다녀오면 안 되겠냐고도 조르다가 결국 허락받지 못했다고 한다.

거기까지 가는 현실적인 교통 문제는 둘째 치고 만약 도착한다 한들 지금 인도 쪽엔 이슬람 왕조가 들어서 있을 텐데, 자칫 잘못되면 불교 신자인 큰아버님 효령대군은 이국에서 생을 마감할 수도 있는 문제니 아버님이 옳은 결정을 내리셨던 거다.

"총통위장, 오늘은 내게 군무 관련으로 조언을 얻고 싶다고 하셨소?"

난 지금 총통위장 이천이 내가 근무 중인 첨사원에 기별을 넣고 찾아왔기에 대면 중이다.

"예, 그렇사옵니다, 저하."

"본래 군문에 몸담은 경력이 긴 총통위장이 내게 얻을 게 있겠소? 나야말로 그대에게 배워야 할 게 많은데……."

"아니옵니다. 이 노구야말로 요즘 구습에 젖어 새로운 것을 떠올리기 난망하고, 역량이 부족함을 절실하게 느끼고 있사옵니다. 부디 현명하신 저하의 고언을 내려주시옵소서."

그건 아니지. 그런 사람이 얼마 전 내가 손봤던 인쇄술도 다시 개선하고, 장영실하고 둘이 협력해서 위아래로 각도 조절이 가능한 바퀴 달린 이동식 포가도 개발했어? 내가 일전에 미래의 수학을 조금 가르쳐 주긴 했지만, 그걸 바로 포술에 응용해서 성과를 낼 거라곤 생각도 못 해봤다.

"어떤 부분에서 도움이 필요한 건가?"

"출정 전에 총통위에 늘어난 신입 장졸들을 빠르게 정예화하는 데 애를 먹고 있사옵니다."

저건 내가 계획만 해두고 대리청정을 맡게 되면서, 미처 신경 쓰지 못한 부분이었군.

"본래 군졸의 진법을 훈련하는 것은 경험도 없는 내가 함부로 조언해 줄 수 있는 게 아니라고 보네."

"소신이 일전에 영중추원사 대감에게 전해 듣기론… 신입 군관들에게 내리신 저하의 가르침으로 경험이 일천하던 셋째 아들 광손이 실전에서 겁먹지 않고 대공을 세울 수 있었다고 들었사옵니다. 하여 그 비결을 조금이나마 배우고자 하옵니다."

아… 배우고 싶은 게 그쪽이었나? 그러면 요즘은 내가 바빠 직접 가르쳐 주기 어려우니 적임자가 따로 있다.

"그건 내가 조만간 믿을 만한 교관을 파견해 주도록 하겠네."

얼마 전에 종2품 겸사복장으로 승진한 내 전담 호위였던 김경손이 적임이다. 오랫동안 내 곁에서 날 보필하면서 내가 신임 군관들을 가르치던 걸 전부 눈으로 보고 배우기도 했고, 본인이 직접 몸으로도 겪어보면서 작년부터 시위들을 교육했거든.

김경손이라면 금군의 훈련 경험으로 체득한 제식훈련 법부터 내게 영향받아 알게 된 소속감으로 자부심을 가지게 만드는 중요성 등으로 효과적인 신병들의 체질 개선이 가능할 것이다.

신병들이 김경손에게 출정 전까지 구르면서 배우면 군기가 바싹 들게 될 거다.

그 문제 말고도 병종 개편이나 여러 문제로 이야기했는데,

일단 총통위에서 시험 중인 총장 진법을 실전에서 먼저 선보이는 것으로 결론지었다. 일단은 이들에게 일전에 보병용으로 따로 제작한 전용 철판 흉갑과 면갑을 지급하기로 했었으니, 팽배수 없이 창병과 총병만으로 진을 구성할 수 있게 되었다.

북방에서 새로운 전법이 효과가 있음을 증명하게 되면 황보인에게 이야기해 각 지방군에도 화승총을 조금씩 보급하면서 지방 군영마다 염초밭을 만들게 할 작정이다. 그다음엔 대마도를 통해 왜에서 유황을 대량으로 수입하는 방안도 마련해야겠다.

그리고 내년에 드디어 미래의 군제에 영향받은 군제개혁이 시행될 거다. 고을의 관아마다 소대가 모인 중대가 주둔하고 그들이 모여 대대를 이루고 그다음은 연대와 사단으로 이어지는 체재다. 그 외엔 내금위와 수문장청이나 호위청 같은 이들이 모여 수도를 방위하는 여단을 두게 될 것이다.

군 총원은 그대로 두고 기존의 비효율적인 명령체계와 병력 구성 단위를 재편하는 것이니, 예산이 지금보다 더 들어가지 않고 조금은 줄게 될 것이다. 또한 군무 부분은 정음을 사용하게 해서 무관들의 공무 문제를 개선하고 문관들의 무분별한 겸직을 통한 지휘권 문제마저 개선하도록 정리되었다.

이 부분은 전적으로 황보인과 병조 인원들의 눈물겨운 야근이 뒷받침된 결과니 나중에 따로 상을 내려야겠다.

그리고 이만주 따위를 정벌하는 데 특별히 근심 같은 건 들지 않는다. 운 좋게 그놈이 도망간다 해도 다시 조선에 해를 끼칠 수 없게 그놈의 세력을 완전히 와해시키는 게 목적이기도 하고.

　그래, 이젠 북방의 야인들을 정리하고 나면 그다음 단계의 계획에 대해 슬슬 고민해 봐야 할 때가 온 거다.

제5장
견주위 토벌전

건주위 원정군의 대장을 맡은 김종서는 도성에서 내려온 차사에게 교지와 보검을 내려 받은 후 제사를 지내고 출정했다.

원정군은 김종서 휘하의 기병 오천과 총통위병 소속 화승총병과 창수 이천여 명과 소수의 화포병, 그리고 팽배수와 살수, 그리고 궁수로 구성된 혼성 병력 천여 명이 동행했다. 본래 최초 계획대로라면 원정 병력을 이만 이상으로 잡았지만, 보급선 문제와 군에 지급될 보온 장비 문제로 보급부대를 포함해 일만 정도로 병력이 동원되는 것으로 협의를 봤다.

그렇게 가을 수확이 끝나고 출발한 원정군은 그들이 처음 생각한 것보단 크게 고생하지 않았다. 총통위를 제외하곤 다들 북방의 추위에 단련된 정예군이기도 했고, 보병들은 무작정 해가 질 때까지 걷는 게 아니라 중간에 척후병들이 이용하는 경유지에 모여 습기 찬 발을 말리면서 쉬고 다시 걸었기 때문이었다.

김종서가 미리 파악해 둔 지형과 빈틈없이 정비해 둔 척후병의 이동로 덕에 행군 방향을 잘못 잡을 일도 없었고, 숙영역시 눈에 띄지 않는 숲에서 할 수 있었다.

"절제사 영감, 장졸 백여 명 정도가 동상으로 척후병 숙영지에 남았다고 합니다."

군관의 보고에 김종서는 안타까운 표정을 지었다.

"그런가? 어느새 출정한 지 한 달이 넘었으니, 어쩔 수 없지. 증상이 심한 이들은 보급대가 귀환할 때 같이 돌아가도록 조치하게나."

그렇게 추워진 날에도 아랑곳하지 않고 진군을 거듭하던 조선군은 마침내 차마 한눈에 다 들어오지도 않는 거대한 호수가 보이는 언덕에 도착했다.

김종서는 지도를 확인하면서 주변 지리를 살펴보고 말했다.

"목적한 곳으로 도착한 게 맞는다면, 이곳이 미타호(眉沱湖)의

동남쪽이로군."

 김종서는 처음 이곳의 지리를 정리하면서 명칭을 어찌 정할까 고심했는데, 나중에 세자가 보낸 서신에서 이곳이 본래 옛 발해에서 동평부라고 불리던 지방의 일대라는 것을 알게 되어 옛 지명을 그대로 활용했다.

 "아직까진 저들이 우리의 이동을 눈치챈 것 같지는 않구나. 일단 인근의 숲에서 쉬면서 군을 정비하세."

 그렇게 군을 정비한 김종서는 미타호 인근에 정착한 건주위의 마을을 지도에서 재차 확인하면서 진군 계획을 짰다. 야인들의 주거지가 따로 멀리 떨어져 있던 파저강 토벌과는 사정이 다르니, 그때처럼 병력을 여럿으로 나눠서 동시에 치는 건 도움이 되지 않는다고 생각한 후 병력을 둘로만 나누기로 했다.

 김종서는 병졸과 말들이 충분히 체력을 회복했다고 확신하는 순간 기병 천여 명을 별동대로 분리해 작은 마을을 빠르게 습격하도록 지시하곤, 군량과 보급품이 있는 숙영지를 지킬 수비 병력을 일부 남기곤 나머지 병력을 전부 이끌고 이만주의 본거지로 진격했다.

*      *      *

그 시각 이만주의 본거지에선 뒤늦게 조선군을 발견하곤 급하게 병력을 소집하느라 난리가 났다. 이들로선 전혀 예상하지 못한 시기에 조선군이 진군하기도 했고, 건주위의 척후들이 관성화된 습관으로 항상 가던 장소만 정찰했기 때문이었다. 미리 그들의 정찰 동선을 파악하고 철저하게 우회하여 진군한 조선군이 그들의 눈을 속이는 건 아주 쉬운 일이기도 했다.

"조선군이 이십 리 가까이 접근할 때까지 아무도 그걸 알아채지 못한 게 말이 되나? 우리 척후들은 대체 뭐 한 거야!"

그러자 이만주의 측근인 적삼로가 이만주를 달래려고 했다.

"죄송합니다. 그래도 아무것도 모르고 자던 중에 기습을 당한 것은 아니니, 지금이라도 늦은 건 아닙니다."

"적의 병력은 얼마나 된다고 하더냐."

"발견한 척후들이 말하길 육천가량 된다고 합니다. 그중에서 기병은 삼천 정도 된다고 하더군요."

이만주는 그렇게 자신이 좋아하던 호수에 가로막혀 북쪽으로 도망갈 수 없음을 깨닫고 결사 항전을 결심했다. 게다가 자신이 그동안 일구어놓은 것을 쉬이 버리기 싫은 집착이 그 결정을 내리는 데 한몫했다.

"그래? 이젠 결국 싸우는 수밖에 없겠구나."

"대족장, 아무리 조선군이라 한들 그들 역시 많이 지쳐 있을 겁니다. 게다가 싸울 수 있는 남자들을 모두 소집하면 삼만에 가까운 이들을 모을 수 있으니 결코 우리가 불리하지 않을 겁니다."

"그래, 그렇게라도 생각하는 게 마음 편하겠지."

실제로 전력이 될 만한 건주위의 전사는 일만 명에 불과하다. 이만주가 주변의 부족을 정벌하면서 자신에게 충성을 맹세한 전사들이 늘어서 이 정도를 유지했을 뿐이고, 나머지 이만의 숫자는 노예나 나이 든 노인을 모두 포함한 숫자일 뿐이다. 예전에 동소로와 심이적휼의 반란으로 수많은 전사를 잃어야 했던 이만주는 다시 한번 그놈들을 마음속으로 저주했다.

게다가 이만주가 일전에 심이적휼이 죽기 전에 건네 들었던 조선의 전투력이라면, 잘 무장된 전사 삼만 정돈 있어야 지금 쳐들어온 조선군에게 승리를 거둘 수 있을 거라 생각이 들었다.

"여인들과 아이들, 그리고 명국 출신 노예들을 동쪽의 정착지로 피신시켜라. 노예들이 이 기회에 반항할 수도 있으니 그 지휘는 네가 맡아라."

"대족장! 그러면 조선군은 어찌하시렵니까?"

"내가 조선군을 상대하는 게 이번이 처음도 아니고, 적당히 상대하다가 퇴각할 거다. 내 걱정은 말아라."

"그럼 속하가 명을 따르겠습니다."

그렇게 적삼로를 보낸 이만주는 조선군에게 최대한 손해를 강제해 그들을 퇴각하게 만들 방법을 머릿속으로 궁리하기 시작했다.

그렇게 전법을 구상한 이만주는 싸울 수 있는 나이의 부족원과 남자 노예들마저 모두 소집했지만, 무기가 턱없이 부족해 노예들에겐 몽둥이를 지급하곤 절반가량은 무기를 아예 들려주지 않았다. 그 대신 부족의 전사들을 독전관으로 일부 동원해 도망치는 이들을 베어버리라고 지시했다.

'그래, 저들의 화기가 아무리 강하다 한들… 저놈들은 전부 방패 삼아 내세우고 그 틈을 보아 거리를 좁히면 된다. 거리만 좁히면 화기를 다루는 저들의 병력의 특성상 근접전에 취약할 수밖에 없지. 그 틈을 노리자, 나머지 기병들은 아군의 기마 전사로 활을 쏘면서 견제해 발을 묶어두면 된다.'

그렇게 이만주가 인간방패 전술을 구상하고 포진을 완성하자 조선군이 이만주의 병력과 마주쳤다. 여기까지 오면서 늙은 몸으로 추위에 떨며 고생한 총통위장 이천은 이번 원정만 끝나면 반드시 그만두겠다는 각오를 굳히고 총통위 병사들을 여러 사각형의 방진으로 배치했다.

창병들이 사각형을 이룬 방진의 가장자리엔 화승총 갑사들이 길게 배치되었고, 후열엔 발사 준비를 마친 새로이 개발한 화포들이 배치 중이다. 또한 화포 주변엔 팽배수들과 궁수들이 배치되어 화포병을 지키고 있다.

"총통위장 영감, 병력 배치를 모두 마쳤습니다. 어찌할까요?"

착호갑사장 박장현이 묻자 이천이 답했다.

"앞 열의 세 개 중대를 천천히 전진시키게."

총통위에서 시범적으로 먼저 운영 중인 군제 개편안으로 소대와 중대 개념이 생겼고, 그 편제에 따라 삼십 명이 한 개 소대, 그리고 여러 하급 지휘관을 포함한 백여 명이 한 개 중대로 편성되었다.

그렇게 조선군이 선두의 중대를 움직여 천천히 접근하자 이 만주 측에서도 천 명가량의 보병과 오백의 기병을 움직여 서서히 접근했다.

야인들의 보병이 화승총의 사정거리 안에 들어오자, 중대별로 방진의 앞줄에서 대기하던 화승총병들의 손에 들려 있던 총들이 일제히 화려한 불꽃을 피웠다.

우레와 같은 소리가 울리고 나서 영문도 모른 채로 조선군에게 접근하던 야인들의 선두 일부가 피를 뿌리며 쓰러지자, 그들 중 일부는 겁을 먹고 도망치려고 했지만, 뒤에서 곡도를 빼 들고 그들을 위협하는 독전관들 덕분에 성공하지 못했다.

그렇게 건주위 보병은 노예들을 제물로 바쳐가면서 광기 어린 전진을 했고, 전열에 위치한 노예들은 어느새 조선군의 얼굴이 구분될 정도로 가까워졌다. 마침내 조선군에 가까이 접근한 건주위 선봉 부대의 지휘관들은 기다란 창으로 무장된 수많은 조선군의 방진의 실체를 그들의 눈으로 확인할 수 있었다.

마치 가시를 세운 고슴도치와도 같은 밀도의 장창진으로 보호되는 화승총병들은 적들의 접근을 아랑곳하지 않고 계속 재장전해 가면서 사격했다. 노예들을 앞에 내세워 접근해 난전을 펼치려던 야인들의 보병은 앞세운 노예들이 전부 궤멸한 후 돌진하다가 그대로 장창진에 가로막혀 주춤했다. 그렇게 야인들이 발을 멈추자, 화승총병의 일제사격으로 전열의 보병들이 피를 뿌리며 쓰러졌다.

그사이 어느새 조선군의 측면으로 돌진을 시작한 오백여 명의 야인 기병들이 일제히 활을 쏘면서 세 개의 방진으로 나누어진 조선군의 진형을 흩뜨려 보려고 주변을 선회했지만, 그들의 화살은 별다른 피해를 주지 못했다. 급하게 선회하면서 화살을 쏘아 명중률이 높지 못했고, 일부 화살들은 조선군의 창대에 가로막힌 데다가, 화승총병과 창병들은 신형 철갑을 머리와 가슴 부분에 착용하고 있었기에 일부 운이 나쁜 병사들이 팔다리에 화살을 가끔 맞은 것을 제외하곤 야인들이 발사한 화살은 전부 갑옷에 가로막혀 튕겨 나갔다.

약 백 명의 야인 기병들은 지휘관의 무모한 판단으로 조선 군의 방진을 향해 거창 돌격해 보기도 했지만, 정사각형의 장창진에는 사각이 없었기에 도저히 뚫고 들어갈 틈이 없어 그대로 선두의 말과 기수 수십 명이 창으로 꿰뚫려 사망했고 그것을 본 나머지 기병들은 급하게 선회해야 했다. 게다가 그사이에 조선군의 화승총 공격이 이어져 나머지 병력도 다수 잃고 말았다. 그 와중에 화승총 소리에 놀란 말들이 기수들의 통제를 잃고 멋대로 날뛰어 추가적인 사상자가 나오기도 했다.

멀리서 이 광경을 지켜보던 이만주는 무표정한 얼굴로 말했다.

"뿔피리를 불어 남은 병력을 본진으로 퇴각시키고 재정비를 명해라."

이만주는 지금이라도 도망치고 싶은 마음이 가득했지만, 조선의 기병은 보병의 후방에서 아직 움직이지도 않고 있기에 함부로 병력의 후퇴를 결정할 수도 없었다. 그렇다고 이대로 무작정 적의 접근을 허용할 수 없기에 총공세를 펼치려고 마음먹고 남아 있는 전 병력을 넓게 포진했다.

멀리서 그 광경을 망원경으로 바라보던 김종서가 말했다.

"이만주가 서전에서 참패하고 조급해졌구나. 우리도 기병을 전진시켜 아군의 양익에 배치하거라."

"명을 받들겠습니다."

김종서의 명대로 본진에 대기하던 천여 명을 제외하고 천 명씩 나뉜 기병이 조선군의 양익에 배치되었다. 그사이에 전열에서 보병을 지휘하던 총통위장 이천은 선두에 내보냈던 3개 중대를 뒤로 물리고 나머지 중대를 앞으로 내세웠다.

"지금 후퇴한 중대에 화약과 탄환을 재보급하게나. 그리고 대기 중인 화포는 본관의 신호에 맞춰서 방포하라 이르거라."

그렇게 다시 전열을 갖춘 건주위의 기마 병력이 두꺼운 일자진의 형태로 서서히 속도를 올리면서 조선군에게 접근하자 이천의 신호에 맞춰 조선군의 신형 화포가 불을 뿜었다.

조선군이 발사한 철환이 곡사로 날아가 건주위 기병들 사이에 떨어졌지만, 그 철환에 맞고 사망한 야인은 거의 없었다. 하지만 철환을 무시하고 천천히 속도를 올리던 건주위의 기병들은 곧바로 새로운 종류의 천재지변과도 같은 상황을 맞이하게 되었다.

— 쾅! 쾅! 쾅!

엄청난 굉음이 울리면서 땅바닥에 떨어진 철환들이 폭발하기 시작했고 철환 안에 든 쇳조각 파편들이 사방으로 비산하면서 반경 안에 있던 수십의 기마 병력이 쓰러졌다. 운 좋게 살아남은 이들도 굉음에 놀란 말을 진정시키느라 애를 써야 했고, 그로 인해 폭발 반경 안에 있던 기마 진이 원형으로 흩어져 공백이 생기게 되었다.

자신이 상호군 장영실과 합작해서 만든 신형 화포가 위력을 발휘하는 것을 망원경으로 지켜본 이천은 약간은 들뜬 어조로 다시 한번 명령을 내렸다.

"아주 좋구나. 기병이 아군에게 완전히 접근하기 전에 한 번씩 더 쏘아라."

그렇게 다시 발사된 열다섯 발의 비격진천뢰는 건주위의 기병이 접근하기도 전에 일 할에 가까운 병력을 재차 전투 불능으로 만드는 데 성공했다.

"이제부터 착호갑사들이 활동할 시간일세. 천보총수들은 모두 준비됐는가?"

"예, 갑사 장기동에게 지시해 그들을 적당한 자리에 배치하게 지시해 두었으니, 지금쯤 자리를 잡았을 겁니다."

"장 갑사 말곤 아직 제대로 천보총을 쓸 줄 아는 이가 별로 없다는 게 조금 아쉽군."

"시간이 지나면 차차 나아질 겁니다. 지금은 마음 놓고 연습 사격 할 만한 화약도 부족하니까요."

"그래, 조만간 저하께서 시험 중인 염초전에서 결과가 나올 테니, 그게 성공하면 화약 사정이 지금보단 나아질 걸세."

살아남은 건주위의 기병들은 조선군에게 돌진해서 머릿수

에서 나오는 충격력으로 압도하려 했지만, 그들의 바람은 쉽게 이루어지지 않았다.

이천이 배치해 놓은 여러 사각형의 방진은 사정거리에 맞춰 아군을 보조할 수 있는 절묘한 간격을 유지하며 화승총의 사선과 화망을 구성했기에, 돌격하던 건주위 전열의 기병들은 화승총 일제사격에 쓰러지면서 힘을 잃었다. 운이 좋아 총에 맞지 않고, 어떻게든 진을 뚫고 들어가려 하던 소수의 기병은 창에 찔려 낙마하거나 그대로 생을 마감했다.

그렇게 돌파력을 잃은 건주위의 기병들이 사각형 총창진 주변을 선회하면서 활을 쏘는 전법으로 선회하자, 그때 김종서가 지휘하는 조선군 기병이 움직였다.

그러자 일전에 김종서의 요청으로 갑주사 훈련 교관으로 파견 나왔다가 졸지에 전쟁터로 끌려와 철판갑주 기병의 지휘를 맡게 된 최공손이 외쳤다.

"기병이란!"

그러자 선두에 위치한 철판갑주 기병들이 일제히 따라 외쳤다.

"첫 창에 모든 것을 건다!"

대답을 들은 최공손이 만족한 표정으로 면갑의 가리개를 내리면서 외쳤다.

"돌격!"

그렇게 철판갑주 기병을 선두에 세운 조선 기병대가 우회하여 건주위 기병들의 양 측면으로 파고들었다.

"거창하라!"

지휘관들의 지시에 맞춰 추행진의 형태로 변경해 전장의 양쪽으로 동시에 돌입한 조선 기병대가 전장에 남아 있는 야인들의 기병을 분쇄했다.

최공손은 신형 기마 창으로 처음 마주친 야인의 가슴을 찌르곤 바로 놓아버린 후 애용하는 무기인 쌍수 장검을 뽑아 자신의 길을 가로막는 기병들을 죄다 베어 넘겼다. 나머지 기병대원들은 주로 편곤을 이용해 적들을 낙마시켰고, 야인 기병의 일부는 조선 기병대에게 화살을 쏘아가며 반격했다.

하지만 선두의 철판갑주 기병 말고도 모두 마갑과 경번갑, 그리고 일부는 두정갑으로도 무장한 조선의 기병대에겐 화살이 전혀 통하지 않는 일방적인 전투가 계속 이어지자, 건주위의 기병 절반 이상이 전투 능력과 통제를 상실했고, 그중 전의를 잃은 야인이 무기를 버리고 항복하기 시작했다.

전력을 보존한 채 살아남은 야인의 일부는 그들의 지휘관의 지시에 따라 본진으로 질서 정연하게 퇴각하려 했으나, 저 멀리 어디선가 날아온 탄환에 지휘관이 사망하자 그대로 사기를 잃고 사방으로 흩어지고 말았다. 그렇게 선두에 선 건주위 기병들이 먼저 전투력을 상실하자 그 뒤를 따르면서 진군

하던 일반 부족민과 노예들로 구성된 보병들도 조선군이 곡
사로 쏘아대는 비격진천뢰의 위력에 병력과 사기를 잃은 채로
지휘관의 통제를 따르지 않고 멋대로 패주하고 있었다.

그리고 건주위의 본진에서 이 광경을 모두 목격한 이만주
는 자신의 품었던 웅대한 야망의 종말이 오고 있음을 느꼈다.
그 와중에 조선군의 일부 기마부대가 전장을 우회 돌파하여
자신이 위치한 건주위의 본진에 접근 중인 걸 발견하자, 이만
주는 퇴각하려던 애초의 결심과는 다르게 자신의 본위병을
직접 이끌고 접근 중인 조선군을 향해 돌진했다.

*  *  *

반쯤 자포자기하는 심정으로 조선군의 기병에게 돌진한 이
만주는 그들의 선두에서 생전 처음 보는 형태의 갑옷을 입은
이들을 발견했다. 온몸에 철판을 둘러 만든 듯한 갑옷을 입
은 이들이 100여 명 정도 보였기에 그들이 조선의 정예 기병
임을 직감하곤, 그들의 기선을 제압하려 바로 수하들에게 화
살을 쏠 것을 지시한 후 자신도 활을 꺼내 쏘았다.

이만주가 이끌던 기병 수백이 조선군의 선두 기병을 노리
고 화살을 쏘았지만, 그 어떤 화살도 조선군을 상하게 할 순
없었다. 그 악몽과도 같은 광경을 목도한 이만주는 자신의 상

식이 통하는 세상이 전부 무너지는 것만 같았다.

'동소로 이 개같은 놈. 네놈만 아니었어도, 이런 말도 안 되는 군대와 맞붙을 일은 없었을 거다……'

사실 이만주는 원 역사나 달라진 역사 양쪽 다 조선군에게 잡혀 죽을 운명이었으니, 이것이 그의 숙명이라고도 할 수 있었다.

이만주는 기병창을 일전의 싸움에서 미리 소모한 조선군과 맞붙으면 기병창을 가지고 있는 건주위 기병이 조금 유리하지 않을까 하는 마지막 희망을 품어봤지만, 막상 격돌해 보니 그의 예측과는 전혀 다른 결과가 나왔다.

상대적으로 그리 길지 않은 기병창을 지닌 이만주의 병력은 조선군의 선두에서 철판갑주를 입은 기병들의 숙련된 기술과 갑옷의 경면에 공격이 대부분 미끄러져, 단 십여 명도 낙마시키지 못했다. 게다가 이만주가 믿고 있던 직속 본위병의 마상 무예마저 저들에게 거의 통하지 않았다.

선두에서 추가 달린 몽둥이 같은 무기에 맞아 낙마한 후 일방적으로 짓밟히는 부하들을 본 이만주는 자기도 모르게 기수를 돌렸다.

본래 최후의 저력을 저들에게 보인 후 한 명이라도 많은 조선군을 길동무로 삼아, 전장에서 최후를 맞이하려고 했던 비장하면서도 충동적이던 최초의 계획은 그의 머릿속에서 전부

사라졌다. 이만주는 눈앞에 보이는 일방적인 학살의 광경을 본 후 이해할 수 없는 미지의 공포에 질려, 곧바로 자신도 모르게 필사적으로 도망쳐야 했다.

정신이 반쯤 날아간 채로 자신을 따르는 본위병 오십여 명을 이끌고 이만주가 전장을 이탈하자, 하급 지휘관도 대부분 죽고 대족장마저 사라진 건주위의 병사들이 전의를 잃고 전부 항복하면서 토벌전이 종료되었다.

\*　　　　　\*　　　　　\*

"이만주의 행방이 묘연하다고?"

"예, 그렇다고 합니다, 도절제사 영감."

조선군은 건주위 토벌전이 종료된 후 곧장 건주위의 본거지를 점령하고 나서 병졸들과 건주위의 투항자들을 부려 전장의 정리를 했다.

이만주의 얼굴을 아는 척후병들이나 투항한 야인들이 모아둔 수급이나 시체의 얼굴을 빠짐없이 확인했는데, 그중에서 이만주의 수급이나 시체를 찾을 수 없었다고 한다.

"악적 놈이 그 와중에 결국 도망쳤다는 건가……."

"회전 당시 모습을 숨기고 전장을 살피던 척후 여럿이 말하길, 전투 막바지까진 후방에서 야인들을 지휘하던 악적의 모습을 확인할 수 있었다고 합니다."

"그런데 갑자기 행방이 묘연했다는 거로군."

"소관이 추측건대 화기에 당해 흔적도 찾을 수 없이 시체가
상한 것은 아닌지 짐작됩니다만……."

"으흠… 아무래도 그런 것인가? 자네 고생이 많았네. 이만
물러가게나."

김종서가 척후 대장의 보고를 듣고 고심하고 있을 때, 그의
상념을 깨는 목소리가 들렸다.

"도절제사 영감, 소관은 총통위 직속 착호갑사장 천호, 박가
의 장현이라고 합니다."

"아, 그대가 착호갑사장인가? 반갑네. 무슨 일로 본관을 찾
아왔나?"

"소관의 휘하 갑사가 악적 이만주의 행방을 발견하고 추적
중이란 소식을 전해왔습니다. 하여 소관도 추적대에 합류하기
전에 영감께 보고드리러 왔습니다."

"그게 정말인가? 자네의 수하가 악적 놈의 행방을 찾았다
고?"

"예, 이만주가 남서 방향의 숲을 통해 도망쳤다고 합니다.
지금 소수의 착호갑사 부대가 그들의 흔적을 쫓고 있으니, 조
만간 그놈을 찾을 수 있을 겁니다."

"정말 희소식이로군. 내 착호갑사에 대한 지원은 뭐든 아끼

지 않겠네. 이만주는 되도록 생포하는 게 좋겠지만, 여의치 않으면 시체만 가져와도 무관하네. 무리하게 그놈을 생포하려다 아군의 군졸들이 죽거나 상하는 건 안 될 일이니."

"예, 감사합니다. 또한, 영감의 당부를 잊지 않겠습니다."

그렇게 김종서의 지원으로 새로이 결성된 이만주의 추적대가 출발했고, 김종서는 그사이에 이만주가 일궈놓은 본거지의 성세를 확인할 수 있었다.

"허, 이놈이 정말 걸물이로구나……. 장인을 어디서 데려왔는지는 몰라도, 그사이에 이리 큰 건물도 여럿 지어두었다니."

"영감, 지금 보고 계신 건물들은 전부 곡물창고라 합니다. 사로잡은 지휘관급 포로들을 심문해 보니, 이들이 이곳에서 노예들을 부려 보리와 밀을 대규모로 경작했다고 하더군요."

김종서를 따라 종군한 부관 신숙주가 김종서에게 알아낸 정보들을 말하자, 김종서는 내심 황당함을 느껴야 했다. 이곳에 정착한 지 일 년 만에 이만주가 이뤄낸 성과가 실로 범상치 않았기 때문이었다.

"안이하게 생각하고 악적 놈이 이곳에서 정착하게 내버려 두었으면, 그놈이 이곳에서 야인들의 나라를 세우려고 했겠구나. 성상과 세자 저하의 판단이 실로 정확하셨어."

신숙주가 알아낸 정보를 종합해 보니 이만주는 이곳에 정착한 지 반년 만에 주변의 세력이 약한 야인들을 정복해서 끌고 와 인구를 세 배 가까이 불렸으며, 일 년 사이에 밀과 보리 농사도 짓고 노천 철광을 발견해 철도 소량이나마 모은 데다 복속한 부족들이 비밀리에 암염을 채취하던 장소도 알아내 미타호에서 잡은 잉어와 물고기들을 염장해서 보관해 두었다고 한다.

"도절제사 영감께서 보내신 별동대가 점령한 마을들도, 적게는 천에서 많게는 삼천에 가까운 이들이 남아 있었다고 하는군요."

"그럼 호수 부근에 거주하는 야인들의 수가 총합 육만에 가깝다는 소리로구나. 이 정도면 아국에서도 규모가 있는 성읍 수준인데……."

"영감께선 이곳을 어찌하실 요량이시옵니까?"

"이런 문제는 본관이 쉬이 결정할 수 없네. 일단 조정에 장계를 올려 전과를 보고하고, 전하의 하교를 기다리세."

그렇게 일차적으로 승전을 알리는 장계가 한양으로 향했을 때, 신숙주의 능력이 빛을 발했다.

본래 동평부 근방에서 살다가 이만주에게 도망쳐야 했던 족장을 몇 명 불러들여 헤어졌던 가족들을 재회하게 해주고 그 빚으로 조선에 충성을 맹세하게 만들어 성저야인으로 만들었다.

게다가 건주위에서 실무를 맡아보던 이들을 포섭한 후, 명에서 잡아 온 포로들을 전부 구분해서 격리해 두었다.

그러자 장수 중 사정을 잘 모르던 이가 신숙주에게 물었다.

"저들은 저렇게 격리할 게 아니라, 조정에 보고하고 명으로 돌려보내야 하지 않겠나?"

"아닙니다. 일전에 첨사원에서 일하는 친우에게 소식을 듣기론, 세자 저하께서 아국의 화약 재고가 바닥났다는 명분으로 명국에서 사여품으로 초석을 받을 예정이라고 합니다. 저들도 멀리서나마 아군이 사용한 화포 소리를 들었을 텐데, 그 비밀을 명에 알리게 둘 수는 없지요."

"으음… 그런 사정이 있던 건가. 그러면 저들의 입을 영원히 막아두는 게 낫지 않겠는가?"

사정을 알게 된 만호 박민성이 은근히 살인멸구의 암시를 담아 말하자, 신숙주는 웃으면서 그 말을 받았다.

"그보다 더 좋은 방법이 있지요. 그들을 아국으로 받아드리는 겁니다."

"저들이 그리할 만한 가치가 있는가?"

"저들의 신상을 알아보니 일부 몇 명을 빼곤 다들 나름대로 재주가 있기에, 야인들도 그들을 나름 대우해 주면서 부렸더군요. 몇 명은 벽돌이란 것을 만들 기술도 있고, 토목에 재주가 있어 변변한 재료도 없이 커다란 저장고를 완성했다고 합니다. 일부는 광맥이나 수맥을 찾는 재주가 있으며, 나머진 상인 출신이라 산학에 밝아 이만주의 수하들에게 글을 가르치며 장부를 관리하는 일을 했다고 합니다."

"그래? 그럼 그들의 입을 막기보단, 적당히 회유하는 게 낫겠군. 그건 자네가 잘하는 부분이니 부탁하겠네."

어느새 김종서 휘하의 제장 역시 신숙주의 입놀림, 혹은 설득력이라고 부르는 재주를 인정해 언젠가부터 이런 일을 전부 신숙주에게 맡겼다.

그렇게 명국의 포로들을 위무한다는 명목으로 김종서에게 허락받아 잔치가 벌어졌고, 오랜 시간 동안 노예 생활을 하던 명국 사람들은 명나라말도 유창하게 구사하고 학식도 높은 신숙주의 환대에 감격해 눈물을 흘렸다. 그렇게 명국인들은 조선군을 경계하던 일말의 의심을 지우고 신숙주를 은인처럼 여겼다.

*　　　*　　　*

이만주가 제정신이 아닌 상태로 무작정 도망치다가 정신을 차렸을 땐, 숲 한가운데 자리한 작은 마을 근처였다. 정신이 돌아온 김에 자신의 몸을 마저 살펴보니 며칠간 먹은 게 없어 배고픔으로 온몸이 아우성치고 있었고, 똥오줌도 말 위에서 그대로 해결했는지 바지와 안장이 온통 더럽혀져 있었다.

자신을 따라온 부하들 역시 비슷한 몰골이었는데, 일행을 자세히 살펴보니 이만주의 기억에 없던 갈아탈 예비마들이 여럿 있었다.

"그 말들은 어디서 데려왔느냐?"

그러자 본위병의 수장인 하지리가 이만주에게 답했다.

"아무래도 전장에서 주인을 잃고 숲속에 흘러들어 떠도는 것 같기에, 속하가 보이는 대로 전부 거두어 왔습니다."

"잘했다. 네가 아주 좋은 판단을 내렸어."

"감사합니다, 대족장."

"저 마을을 발견한 게 언제냐?"

"한 시진 정도 되었습니다. 정확하진 않지만 속하들이 발견한 인원수와 가옥의 수를 고려할 때, 거주 중인 이들의 수는 백 명이 넘지 않을 것 같습니다."

"그런가? 그럼 속전속결로 처리하자. 위협이 될 만한 나이의 남자는 몇이나 되던가?"

"십여 명이 채 안 돼 보입니다. 무장 수준은 활과 골검이 전부입니다."

이만주는 혹시 모를 조선군의 추적도 피하고, 흔적을 남기지 않고 숨기 위해 그들을 이용하려 마음먹었다.

"그럼 일단, 저들을 죽이지 말고 제압하라."

그러자 본위병 중에 한 명이 이만주에게 반문했다.

"꼭 그래야만 합니까?"

"네놈이 감히 내 말에 토를 달아?"

이만주의 살기 어린 표정에 질린 본위병은 공포에 질려 땅바닥에 엎드려 용서를 빌었고, 이만주는 그런 그를 죽이지 않고 몇 번 걷어차는 것으로 벌을 대신했다.

"대족장의 자비에 감사드립니다."

그 후 마을에 곧장 들이닥친 이만주의 패거리는 그들을 제압하곤 무장을 해제했다. 수은갑으로 무장한 이만주와 본위병에겐 그들의 원시적인 무기는 전혀 위협이 되지 않았기에, 이만주의 패거리는 손쉬운 승리를 거뒀다.

"네놈들은 뭐 하는 놈들이기에, 여기에 마을을 꾸렸냐?"

"나리, 저흰 그저 사냥으로 먹고사는 무지렁이들입니다. 부디 저흴 살려주십시오."

"너흴 죽일 생각은 없다. 단지 겨울이 지날 때까지만, 여기서 신세를 질 생각이지. 물론 맨입으로 넘어갈 건 아니고, 우리가 데려온 말 두 마리와 이걸 주지."

이만주는 명국에서 통용되는 은자를 몇 개 꺼내서 촌로에게 내밀었다.

"이것이 무엇입니까?"

"그건 은자다. 은이 뭔지 모르나?"

"그게 먹을 수 있는 겁니까?"

그러자 옆에서 듣고 있던 서른쯤의 남자가 대신 말을 받았다.

"그 정도면 대가로 충분히 차고도 넘칠 겁니다. 나리! 저희 노야(老爺)가 바깥 물정에 어두워 모르는 게 많으니 무지를 용서해 주십시오."

"우린 여기서 조용히 머무르기만 할 거다. 그 어느 것도 약탈하지 않고, 겨울이 끝나면 조용히 나가주겠다. 대신 너희들 역시 외부에서 누굴 만나든 우리가 이곳에 머무르는 걸 발설하면 안 되는 조건이다. 만약 그 약조가 파기되면 그 대가는 네놈들의 피가 될 테니, 준수하는 게 좋을 거다."

사실상 이만주에게 모든 부족원들이 인질로 잡힌 셈이기에, 촌로의 아들은 그 조건을 받아들일 수밖에 없었다.

"예······."

그렇게 우디게 일족의 작은 마을에 숨어든 이만주의 패거리들은 옷을 그들처럼 차려입고, 그들의 외양간을 여럿 개축해 말들을 숨긴 후 휴식하며 지친 몸을 달랬다.

그렇게 시간이 한 주일가량 흐르자, 눈이 내려 세상을 하얗게 물들었다. 눈을 본 이만주는 자신들의 흔적이 눈으로 지워졌으니, 혹시 모를 추적자의 위협에서 벗어났다고 생각해 나름 안도하며 마음의 평정을 찾았다.

"아재! 아재! 이거 드실래요?"

이제 일곱 살이 될까 말까 한 여자아이가 이만주에게 스스럼없이 접근해서 말린 열매 같은 것을 몇 개 내밀었다. 그 아이를 무표정하게 쳐다보던 이만주는 자신도 모르게 웃는 얼굴로 아이에게 답했다.

"그래, 고맙구나."

"당장 이리 와! 나리, 죄송합니다. 제 딸이 아직 철이 없어서……."

이만주는 귀여우면서 해맑은 어린아이를 보고 예전에 시집간 딸의 어린 시절이 떠올랐기에, 아무 사심 없이 아이에 관해 물었다.

"네 여식이었나? 아이가 귀엽더군. 이름이 뭔가?"

그러자 물정 모르는 우디게 촌로의 아들이자 딸을 가진 아버지는 경기를 일으킬 듯이 놀랐다. 정체는 모르지만, 자신들을 몰살할 만한 힘도 있고 귀한 신분을 가진 듯한 이가 난데없이 자신의 딸에 관심을 가지니 엉뚱한 상상을 한 것이다.

'설마? 아니겠지? 혹시 저놈이 이 아이를……'

"아… 아비타이지입니다."

"그건 여자아이 이름이라기엔 너무 생각 없이 지은 거 아닌가? 내가 아이에게 새 이름을 지어주어도 되겠느냐?"

"예, 예. 그래 주시면 그저 영광입니다."

주변에서 적당한 나무판을 찾아온 이만주가 단검을 꺼내 즉석에서 떠오른 아이의 이름을 새겼다.

"아약란(亞約蘭)이라고 적었다. 너희들은 몽 자도 모르는 것 같으니, 특별히 진서로 적어준 거다."

"가… 감사합니다요."

"아빠, 아빠! 그게 뭐예요?"

"여기 이 높으신 어르신께서 네 이름을 새로 지어주었다. 앞으로 네 이름은 아약란이다."

"에에엥~ 왜요? 아아—? 아비타이지는… 아비타이지인데?"

이만주의 심기를 거스르지 않으려, 아이의 아버지는 본심과는 다르게 딸을 다그치듯 말했다.

"그냥 그렇다면 그런 줄 알아!"

이만주는 해맑은 아이의 모습을 보곤 자기도 모르게 흐뭇하게 웃었고, 그런 이만주의 표정을 본 아버지 아위태는 그가 자신의 딸을 노리고 있다는 의심을 확신으로 굳혔다. 그날 저녁 아위태는 아내에게 딸이 바깥출입을 삼가도록 신신당부해 두었다.

그렇게 다시금 한 주가량 시간이 흐른 후, 먹을 것을 구하러 이만주의 패거리와 같이 사냥을 나갔던 아위태는 눈처럼 하얀 옷을 입고 등에 기다란 창 같은 것을 흰 천에 말아 메고 있는 남자와 그를 따르는 무리와 마주쳤다.

*　　　　　*　　　　　*

　북방에서 드디어 기다리던 소식이 들어왔다. 김종서가 이끈
건주위 토벌군이 대승을 거뒀고, 그들의 본거지를 점령했다고
한다. 장계를 보니 야인의 삼만 병력을 상대로 총 삼십여 명의
사상자를 내고 대승을 거두었다고 한다. 야인의 병력을 삼천
정도 사살하고 나머진 전부 포로로 잡았다고 하니, 정말 대단
한 전과가 아닐 수 없다. 다만 조금 아쉬운 소식도 있었는데,
이만주가 도주 중이며 착호갑사들이 그놈을 추적 중이지만
아직 행방을 알 수 없단다.

　지금 난 여러 대신과 전후 처리 안건과 점령 중인 건주위의
거주지, 미타호(한카호수)를 어찌해야 할지 상의 중이다.

　"저하, 그곳을 금지로 지정하여 야인의 출입을 막고, 투항한
건주위의 야인을 모두 사진과 육진 근교로 이주시킨 후, 성저
야인으로 받아들여 그들로 하여 아국의 국경을 지키는 방패
로 삼는 것이 현실적인 방안이라 사료되옵니다."

　이건 곧 전 호조판서가 될 김맹성의 의견이었다. 이 할배는
조만간 공석이었던 좌의정에 오를 예정이다. 얼마 전 아버님이
그의 공적을 인정해 좌의정의 자리를 권유하자, 싫은 내색 없
이 제안에 수락했다고 한다. 그렇게나 사직하고 싶어 하던 김

맹성에게 무슨 심경의 변화가 있었던 거지?

"신, 병조판서 황보인이 저하께 감히 아뢰옵니다. 소신이 사료컨대 그곳에 살던 야인들은 그대로 두고, 아조의 군대를 주둔케 하고 관리를 파견해 그들을 다스리는 것이 올바른 이치임이 명백하옵니다. 미타호의 거리가 멀다 하나, 그곳은 아국의 군대가 야인과 피 흘리며 싸워서 점령한 영토이옵니다. 함길도절제사가 장계에 적은 내용을 보면 그곳이 비옥한 토지임이 분명하오니, 사정이 어렵다 하여 그런 옥토를 방치하고 버려둔다면 분명 후세에 회한이 될 것이 명백하옵니다."

"병조판서, 지금은 아국이 개척한 사군과 육진을 현상 유지하는 것만으로도 벅찬 실정인데, 새로운 영토를 관리할 여력도 없고 파견할 관원이 턱없이 부족하오. 부디 먼저 예산과 국정의 현실을 보고 이야기하시게."

김맹성이 황보인의 의견을 정면으로 반박하고 나서자, 대신들이 패가 둘로 갈려 각자 김맹성과 황보인의 의견을 지지하면서 논쟁을 시작했다. 그 와중에 내 예상과 다르게 황희가 황보인을 지지했고, 의외로 최윤덕이 김맹성의 의견을 지지하고 나서 내 머리를 아프게 했다.

그 와중에 험한 고성이 오가고, 서로에 대한 비방과 깎아내리기가 계속되어 토론 내용이 산으로 가는 것 같아서 결국 내가 나서야 했다.

"분위기가 과열된 거 같으니, 잠시 차 한 잔씩 들면서 머릿속으로 의견을 다시 정리하시오. 이런 식의 토론은 그저 서로의 감정만 상하게 할 뿐이오."

"송구하옵니다, 저하."

그렇게 내가 나서 과열된 편전의 분위기를 식히면서, 마침 오늘이 십이월의 첫째 수요일이기에 내관들을 시켜 이번에 새로 만든 신제품을 내오라고 일렀다.

"저하, 오늘 준비하신 것이 무엇이시옵니까?"

최윤덕이 좀 전까지 험악한 소리를 내뱉던 것과는 달리, 설렘을 띤 표정을 띄우고 내게 물었다. 그러고 보니 요즘 내 4호 기께선 매달 첫째 주 수요일만큼은 꼭 등청하는 게, 마치 국정이 목적이 아니라 신제품을 시식하러 오는 것처럼 보인다.

오늘의 수요시식회에 내가 내놓은 것은 밀가루로 만든 새로운 약과… 아니, 사실 서역에서 쿠키라고 부르는 과자다. 한과 같은 건 대신들도 마음만 먹으면 집에서 만들어 먹을 수 있기에, 저들이 경험해 보지 못한 새롭고 귀한 걸 새로이 소비하게 하려고 만들게 했다.

"오늘은 국정에 매진하는 대신들의 노고를 치하할 겸, 특별히 타락(駝酪, 우유)과 수유(酥油, 버터)가 들어간 것을 준비해 보았소."

그러자 내 말을 들은 최윤덕과 대신들의 표정이 갑자기 환해졌다. 누가 보면 자식이 장원급제라도 한 줄 알겠어?

"저하의 은혜가 망극하옵니다—"

하지만 저들이 이리 반색하는 것도 이해가 간다. 미래와는 다르게 지금은 우유는 오직 왕만이 먹을 수 있는 귀한 음식이기 때문이다. 품종이 개량된 젖소가 없는 조선의 사정상 우유의 공급이 적고 안정적이지 못해 그만큼 유제품 전반이 희귀하고 만드는 법이 널리 알려지지 않았다.

그래서 난 몇 달 전부터 사복시(司僕寺)에서 우유를 담당하는 부서 타락색(駝酪色)에 명을 내려 미래의 송아지 육성법을 참고해 생후 한 달 되는 송아지의 젖을 떼게 한 후, 송아지용 식사를 따로 만들어 먹이게 하고, 그렇게 모은 여분의 우유로 버터를 만들게 하였다. 뭐… 지금 시대가 시대인 만큼 핸드블렌더 같은 게 있을 리 없으니, 사복시에 소속된 공노비들이 자기 팔을 모터처럼 갈아서 버터를 만들었겠지?

"오늘은 내가 준비한 차에 타락과 사당을 타서 들게나. 그리고 새로 만들게 한 밀락과(蜜駱菓)를 같이 곁들이면 좋을 걸세. 밀락과라는 것은 귀한 수유를 넣어 만든 과줄(약과)일세."

오늘 내가 준비한 건 영국식 티타임이라고도 할 수 있겠다. 대신들은 조금 전까지 격렬하게 싸우던 것은 잠시 잊었는지, 행복한 표정으로 찻잔에 우유를 부어 마시고 있었다.

몇몇 노신들은 차와 쿠키 맛에 감격했는지, 살짝 눈물을 보이기도 했다.

"예조판서는 타락차가 그리도 좋으시오?"

그러자 예조판서 민의생이 웃는 얼굴로 답했다.

"소신이 이 맛을 본 지가 너무 오래되어 그저 어렴풋한 기억으로만 남아 있었사온데, 이리 다시 맛보게 됐으니 여한이 없사옵니다. 혹여 소신이 죽을 때가 다 된 게 아닌가 하는 생각마저 드옵니다!"

기록상 수명이 일 년 조금 넘게 남은 할배가 저런 농담을 하니 섬뜩한데…….

"그대들의 쇠한 몸을 지키고 보하기 위해 만들게 한 것이니, 그런 농은 그만두시오. 난 대신들이 모두 장수하길 바라네."

아직 일흔도 못 넘겼는데, 최대한 장수하셔야지. 민의생을 비롯해 수명이 얼마 남지 않은 몇몇 대신들은 조만간 맞춤형 건강관리 대상으로 분류해서 돌봐줘야겠다.

"송구하옵니다. 소신이 너무 들뜬 나머지, 주책을 부렸사옵니다."

그러면서도 차를 마시면서 내내 행복한 표정을 짓는 것이, 우유 차와 쿠키가 정말 마음에 들었나 보다. 다들 쿠키를 먹고 나서 차를 한 모금씩 번갈아 마시면서, 그 맛을 즐기는 거 보니 이것도 백화상에서 잘 팔릴 것 같다는 예감이 들었다.

요즘 조정의 대신들은 버터나 우유를 웬만해선 맛볼 일이 없다. 그 원인은 아버님께서 예전에 버터를 조정에 공납처럼 올리게 하던 수유치(酥油赤)란 제도를 폐지했기 때문이었다.

예전엔 조선에 정착한 타타르계 유민들이 사는 마을에서 우유나 산양 젖으로 버터를 만들어 조정에 바치면, 그 노고를 인정해 병역을 면제해 주었었다. 하지만 시대를 막론하고 병역을 회피하려는 놈들이 여럿 있게 마련이라, 그런 놈들이 제도를 악용해 자신의 거주지를 달단인 마을에 허위로 등록해 두고 병역을 회피하는 데 악용하다가 적발되자, 그 행태를 본 아버님이 진노하시어 없애 버렸기 때문이었다. 아무리 그래도 작은 초가집 하나에 남자만 스무 명이 넘게 산다고 하는 건 좀 너무하지 않나?

일부 대신들이 사특한 죄인들만 벌하고 주상의 약재로 중히 쓰이는 버터의 생산은 그대로 둬야 한다고 주청했었다. 그러자 아버님은 아무리 귀한 것이라도 악용되어 나라에 해를 끼치면 무용하다며, 그들의 말에 코웃음을 치시곤 곧바로 법을 개정하셨다.

그 여파로 달단인들 역시 대부분 버터 생산을 때려치우고 농사를 짓게 되었고, 지금에 와선 버터란 최윤덕이나 황희 정도의 고위급 거물 대신들이 아플 때나 어쩌다 한번 맛볼 수 있는 진귀한 약재로 변해 버렸다. 대부분 조선 사람들을 버터를 맛을 위해 먹는 식재가 아닌 인삼만큼 귀하고 효과 좋은 보약으로 인식하고 있기도 하다.

"저하, 소신이 방금 먹었던 것들도 백화상에서 구매할 수 있사옵니까?"

어느새 차와 쿠키를 다 먹어 치운 황희가 내게 질문했다.

"조만간 밀락과와 수유도 같이 판매할 예정이오. 그리고 타락은 한 주에 한 번씩 현직 정승들과 영중추원사에게 적은 양이나마 봉록처럼 내려줄 예정이네."

"소신은 그저 저하의 은혜가 망극할 뿐이옵니다."

그러자 맨 앞에 앉아 있던 영의정부사 황희와 우의정 신개(申槪), 좌의정 진급예정인 호조판서 김맹성과 영중추원사인 최윤덕에게 모든 대신의 시선이 쏠렸다. 저건… 아무리 봐도 선망의 시선이라기보단 뭔가 다른 욕망이 담긴 듯한 눈길인데?

*　　　*　　　*

조선의 조정에서 대신들이 유제품의 맛을 보고 있을 때, 이만주는 우유처럼 흰 눈을 삼켜 마시며 갈증을 해소하면서 드넓은 벌판을 홀로 걷는 중이다.

작은 촌락에 숨어 지내던 이만주는 며칠 전 습격을 받아 도망치고 있었기 때문이다.

'누가 배신을 한 건가? 아니면… 그들이 내 눈을 속이기라도 한 건가?'

이만주가 잠시 습격받은 상황을 다시 복기해 보았다.

이만주가 습격을 받던 날, 불 피울 장작을 쪼개던 본위병 수장 하지리가 가슴에서 피를 흘리고 쓰러지자, 잠시 후 시차를 두고 멀리서 메아리치듯 마른 벼락같은 소리가 울렸다. 뒤늦게 사태를 파악한 이만주의 패거리들은 모두 엄폐물을 찾아 몸을 숨겼다.

그때 이만주는 하지리가 지난번 전쟁에서 조선군이 사용한 총통에 당했다고 생각해 몸을 숨긴 채로 마을 주변을 살폈지만, 아무것도 발견할 수 없었다.

이곳에 사는 원주민들이 나무를 잘라두어 시야가 확보된 마을 근방 백여 보의 반경에 사람은 전혀 보이지 않았고, 숲 쪽은 나무가 울창해 화약 연기 같은 것도 확인할 수 없었으니 이만주는 엄폐한 자리에서 움직일 수가 없었다.

"모두 잘 들어라! 내가 셋을 세면 모두 동시에 집 안으로 들어가 무장을 갖추는 거다. 알겠나?"

"예, 대족장의 명을 따르겠습니다."

"하나— 둘— 셋!"

— 탕!

이만주의 신호와 함께 모두는 이곳의 주민이 이만주를 위해 비워준 큰 집으로 뛰어 들어갔다.

"인원을 확인해라. 지금 마을에 남아 있는 인원이 몇 명이었지?"

"얼마 전 사냥을 나간 스무 명을 제외하면… 남은 인원은 전부 열다섯이었을 겁니다."

이만주는 전장에서 오십여 명을 이끌고 도주했지만, 그 과정에서 낙오한 인원도 있는 데다가 얼마 전 남아 있던 인원 중 다섯 명이 원인 모를 열병에 걸려 죽었다.

"대족장, 한 명이 미처 들어오지 못했습니다. 이미 죽은 듯합니다."

"그런가……. 이제 당장 이곳을 떠나야 한다. 모두 갑옷을 입어라."

"대족장, 혹시 마을 놈들이 우리를 밀고한 게 아닐까요? 저 놈들에게 본보기도 보일 겸 마을에 불을 질러 혼란할 때 빠져나가는 게 좋을 듯합니다."

"아니다. 그보다 사냥을 나갔던 우리 전사들이 추격하던 조선군에게 발각되었을 가능성이 더 크다. 우리가 여기 머물면서 남아 있던 놈들을 철저히 감시하지 않았느냐. 그리고 한시라도 급히 추격을 피해 떠나야 하는데, 마을 전부를 태울 시간이 어디 있나?"

"죄송합니다, 대족장. 속하의 생각이 짧아……."

이만주는 순박하고 겁 많은 마을 놈들이 감히 자신을 배신했을 가능성은 없을 거라고 판단했다. 또한 이만주는 그 당시 자각하지 못했었지만, 이젠 볼 수 없는 딸과 어딘가 닮아 자신이 이름을 지어준 아이를 해치고 싶지 않은 마음이 들어, 심정적으로 자신의 판단이 내심 옳다고 생각했다.

"그래도 네 의견이 어느 정도 타당하다. 이 집만 불태운 다음 연기가 우릴 가려주는 틈에 말에 오르는 게 좋겠군."

그렇게 이만주와 패거리는 전부 무장을 마친 후, 촌로의 집에 불을 지르고 연기가 오를 때 뛰쳐나가 외양간에 숨겨둔 말에 올라탔다. 그렇게 제일 먼저 말에 올라탄 이만주가 외쳤다.

"모두 다른 방향으로 흩어져서 도망가라!"

이만주는 추적을 피하고자 부하들을 미끼 삼아 각자 다른 방향으로 흩어지게 한 후, 말의 체력이 바닥날 때까지 달리곤 주변에 추격자가 없음을 확인한 다음, 애써 안도하다가 곧바로 자신이 중대한 실수를 했음을 깨달았다. 그에겐 생존에 제일 중요한 먹을 것이 전혀 없었다.

그렇게 이만주는 추적을 피해 필사적으로 이동하면서, 동시에 먹을 것을 찾아 헤매야 했다. 처음엔 가까이 보이던 숲에 들어가 뭐라도 잡으려 했으나, 호랑이가 영역을 표시하는 배설물과 발톱 자국을 발견하곤 숲 밖으로 다시 발을 돌려야만 했다. 그렇게 다른 숲을 찾아 이동하다 보니 어느새 다시 눈이 내렸고 이만주는 암담함을 느껴야 했다. 이만주는 별자리를 보고 남쪽으로 방향을 잡아 이동했지만, 숲이나 마을이 보이지 않아 절망하려던 차에 마음을 고쳐먹고 억지로라도 긍정적으로 생각하려 노력했다.

"이런 날엔 익숙한 지형에서도 길을 잃기 쉬운데, 강이라도 찾을 수 있으면 좋으련만… 그래도 사방에 눈이 가득하니 물을 마실 수 있는 게 천만다행이로군."

하지만 그런 낙관적인 생각도 굶주림과 졸음에 시달리다 보니 차마 사흘을 넘기지 못했다.

"너도 굶주려서 오래 살지 못할 테니, 내가 그 고통을 덜어주마. 못난 주인을 만난 게 너의 죄라고 생각해라."

오랜 허기로 판단력이 흐려진 이만주는 한계까지 몰려 자신의 행동을 합리화하며, 자신의 마지막 구명줄이던 애마를 잡아 더운 피를 마셔 몸을 데우고 가죽을 벗겨낸 후 생고기로 배를 채웠다. 그렇게 배를 채우자 어느 정도 살 만해진 이만주는 말의 배를 가르고 내장을 꺼낸 후 그 안에 들어가서 잠을 청했다.

다음 날 이만주는 입고 있던 갑옷도 전부 버리고 지난밤에 말가죽을 잘라 만든 피풍의를 걸치고 다시 길을 나섰다. 그런데 다시 이만주의 계산이 빗나간 사태가 발생했다. 말고기는 짊어질 수 있는 만큼 최대한 챙겼지만, 어느새 추위에 전부 얼어붙어 고기를 먹으려면 불을 구해야만 했다. 예전의 그라면 하지 않을 실수였겠지만, 극한의 상황에 몰리자 판단력이 흐려져 최악의 선택지만을 고르고 있었다.

그래서 이만주는 얼어붙은 고깃덩어리를 작게 잘라 침으로 녹여 먹으려 시도했지만, 오히려 고기를 자르려다 칼날이 부러질 뻔했다. 그래서 멍청하게도 얼어붙은 고기에 혀를 가져다 대자 혓바닥이 들러붙어 억지로 떼어내다가 혀만 다쳤다.

"이런 시발! 아아아악! 으아아아!"

이만주는 수중에 불을 피울 만한 도구도 전혀 없어, 그렇게 아무 쓸모 없는 짐 덩이가 되어버린 말고기를 버리고 다시 길을 나서야 했다.

"제발… 아무 마을이나 좀……."

하지만 이만주가 미타호에 정착하여 정복 사업을 벌인 여파로 이 일대에 살던 야인 대부분은 죽거나 노예로 잡혔으며 살아남은 이들은 몸을 피해 남하해 버렸으니, 이레 동안 이동하면서 이만주가 볼 수 있는 건 오직 끝없는 설원뿐이었다.

'이젠 운 좋게 사냥감이 다가온다 한들, 활을 당길 힘조차 없구나…….'

이만주는 일을 이리 만든 배신자 동소로와 심이적휼의 낯짝이 떠올라 분노를 표출하고 싶었지만, 금세 마음을 고쳐먹었다. 이미 그는 화를 낼 기운조차 없었고, 그럴 기운이라도 아껴서 조금이라도 더 걸어야 했기 때문이었다.

그렇게 계속 정처 없이 이동하다 보니, 이만주는 어느새 죽음이 가까이 다가온 것을 느꼈다.

"내가 이런 허허벌판에서 죽어야 한다고? 그럼 우리… 아니, 나의 비원은? 안 된다……. 이럴 수는 없어! 이래선 안 된다고!"

이만주는 자신도 모르게 방향감각을 완전히 상실한 채, 앞으로 나가지 못하고 같은 자리를 빙빙 돌아야 했다.

"난… 나는 이런 건 절대 인정 못 해. 용납할 수 없어. 아니야!"

열흘 가까이 녹인 눈 말곤 먹은 게 아무것도 없으니, 온몸에서 먹을 것이 필요하다고 이만주에게 성화를 부렸다. 하지만 이만주는 그런 반발을 무시하곤 다시금 중얼댔다.

"저기— 저 찬란하게 빛나는 용상이 바로 나의 자리란 말이다……."

어느새 이만주의 눈앞에 실제론 단 한 번도 본 적도 없던 상상 속의 옥좌가 저 멀리 보였다. 그러나 야속하게도 이만주가 아무리 걸어도 옥좌와 자신의 거리는 절대 가까워지지 않았다.

"난 여기서 비천하게 죽을 몸이 아니다! 나야말로 하늘이 내려준 왕재이자, 대금국을 다시 세울 태조로다. 여봐라! 당장 짐에게 옥좌를 대령하지 못할까?"

그러자 이만주의 말에 맞춰 바람이 불며, 눈이 흐드러지게 날리기 시작했다. 그러자 이제까지 닿을 수 없던 옥좌가 드디어 손에 잡힐 듯이 가까워졌고, 이만주는 이제껏 누려본 적 없는 지복의 감정에 취했다.

"이건… 나의 즉위를 경하하기 위해 신민들이 뿌리는 꽃송이로구나. 바로 저것이 나의 옥좌로다. 무엄하고 비천한 것들아, 당장 길을 비켜라! 고귀한 천자의 행차시다!"

그러자 흩날리던 꽃송이는 어느새 전부 사라지고, 하늘에서 신성한 빛 무리가 내려와 옥좌를 비추었다.

"아아, 드디어… 이제야 내 손에 닿았어. 짐이 바로 태조―"

그렇게 손을 뻗어 찬란하게 빛나는 용상을 붙잡은 광경이 이만주가 본 마지막 장면이었다.

*     *     *

설원에 남은 발자국과 여러 흔적을 보고 이만주를 추적하던 착호갑사대는 전방의 낮은 언덕에 사람으로 보이는 형상이 엎드려 있는 것을 망원경으로 발견했다.

"형님, 저기 바위 앞에 엎드려 있는 놈이 이만주 아닐까요?"

착호갑사 장기동이 존경하는 형님이자 착호갑사장인 박장현에게 작은 소리로 묻자, 박장현은 모든 착호갑사에게 손가락으로 입을 다물라는 신호를 보냈고, 전달받은 이들도 대열 후방에 위치한 갑사들에게 경계 신호를 전달했다.

박장현의 신호를 받은 다른 갑사들도 전부 대상을 확인했는지, 천천히 소리를 죽이고 각자 준비한 무기를 꺼내 준비했다.

그러자 장기동이 재차 속삭이는 목소리로 박장현에게 물었다.

"형님… 아무래도 저놈… 미동조차 없는 게 이미 죽은 거 같은데요."

"그래도 숨이 멎은 걸 확인하기 전까진 절대 방심하면 안 된다. 내가 전에 뭐라고 했었지?"

"맹수들도 가끔은 치명상을 입으면 죽은 척한 다음, 방심하고 접근한 엽사에게 최후의 반격을 가한다고 하셨죠."

"그래, 잊지 않았구나. 한낱 미물들도 그러한데, 사람인들 그러지 못할 것은 무어냐. 항상 조심하고 또 조심하거라. 언제나 경계심을 풀면 안 된다."

착호갑사들은 원형진으로 대상을 빈틈없이 포위하곤, 박장현의 신호에 맞춰 서서히 접근했다. 그다음 신호에 맞춰 창으로 대상의 팔과 다리를 공격했다. 멀리서 천보총으로 표적을 조준하면서 그 광경을 지켜보던 장기동이 박장현에게 말했다.

"공격을 받았지만, 아무런 미동도 없습니다. 이미 죽은 듯하군요."

그렇게 모든 착호갑사 대원들이 만약에 대비해 주변을 경계하는 사이, 장기동과 박장현이 시체를 확인하러 이동했다.

"시체를 뒤집어봐라. 이놈이 이만주가 맞는지 용모파기부터 확인해야 하니."

박장현은 이만주의 생김새가 그려진 초상화를 품에서 꺼냈고, 그사이 장기동이 시체를 손수 뒤집었다.

"어우— 깜짝이야! 형님, 이 새끼 웃고 있는데요?"

"죽기 전에 좋은 꿈이라도 꾸었나 보다. 아무튼 이놈이 이만주가 맞구나. 이만주를 찾았으니 우리도 돌아갈 수 있겠어."

제6장

## 자염

　계해년의 새해가 밝아오면서 내가 가장 듣고 싶었던 소식
이 전달되었다. 조선의 골칫거리이자, 후세에도 영향을 끼쳐
조선 북방의 지명이 되었던 이만주가 죽었다는 소식이 들어
온 것이다.

　"그 오랜 시간 동안 아국에 해를 끼친 악적이 죽었다 하니,
이는 태조 대왕마마와 열성조께서 아조를 굽어살피셨음이 분
명하오."

　그러자 편전에 출석한 조정 신료들이 일제히 고개를 숙이
며 말했다.

"감축드리옵니다, 저하—"

"이제 북방이 평정되었다고 생각할 수도 있으나, 야인 중에서 또 다른 이만주가 나타날 수도 있으니 대신들은 항상 외적을 경계하고 국방에 소홀함이 없어야 할 것이오."

이제 역사가 바뀌어 누르하치가 못 태어날 수도 있지만, 비슷한 놈이 안 생길 거란 보장도 없지. 미래의 한심한 사례를 볼 것도 없이 일전에 원나라나 금나라의 사례만 봐도 야인들의 세력이 커지면 무슨 일이 벌어질지 모르니.

"주상 전하께서 능행차로 궁을 비우시며, 내게 공무를 일임하셨으니 육조의 일은 인사의 업무를 제외하고 첨사전으로 보고를 올리면 되오."

"삼가 명을 받들겠사옵니다—"

아버님은 지금 전국에 도로 공사를 확대할 명분을 만드시러 어머님과 같이 출궁하셨다. 도성이나 개성처럼 로마식 도로 공사를 전면 실시 하는 건 아직 무리지만, 순행 경로에 있는 기본적인 도로나마 정비하게 하려 결정하신 일이다. 북방의 골칫거리도 해결되었으니 능행차 후 온천에서 요양하고 오겠다고 하시며, 업무를 내게 일임하고 며칠 전 첫 목적지인 건원릉(健元陵, 태조의 능묘)으로 출발하셨다. 그 후엔 후릉(厚陵, 정종의 능)과 헌릉(獻陵, 태종의 능)을 거쳐 온수(溫水, 아산) 군으로 내려가실 예정이시다.

"금일 조회의 안건을 고하라."

"신 좌의정, 김맹성이 저하께 아뢰옵니다. 금일은 북방의 전후 처리 문제와 왜국의 대마주(對馬州)에서 온 만호 육랑차랑(六郎次郎)이 토산품을 올렸기에 내릴 하사품에 대해 논의할 예정이옵니다."

그러고 보니, 김맹성의 신수가 예전에 비교해 훤해졌다. 게다가 김맹성뿐만 아니라 비쩍 마른 체형을 유지하던 다른 대신들도 요즘 잘 먹게 하고 강제로나마 건강 체조를 시켜서 그런지, 조금씩이나 살이 오르고 있는 게 보기 좋다.

"북방 문제는 이 뒤에 논하기로 하고, 먼저 만호 육랑차랑에게 무엇을 하사하면 좋을 듯한가? 대신들의 의견을 묻겠노라."

"신 예조판서 민의생이 아뢰옵니다. 이번에 온 왜적 만호 육랑차랑에겐 전례에 따라 쌀과 콩 오십섬, 그리고 의복을 내리면 적절하다고 사료되옵니다."

"관례대로 대마도의 토산품을 받고 식량을 내려주는 것도 좋지만, 장차 대마주를 통해 왜국 본도에서 유황과 구리를 들여오고 싶은데, 예조판서는 그에 관해 어찌 생각하는가?"

"저하, 교역은 당장 아무런 준비 없이 이루어질 일이 아니옵고, 소신이 육랑차랑을 만나 이야기를 해보아야 할 것 같사옵니다."

"그런가? 일단은 전례대로 하사품을 내리고, 귀국할 때 대마주 태수 종정성(宗貞盛)에게 내 의중을 전달하라 이르게."

육랑차랑은 조선에서 만호의 벼슬을 받긴 했으나, 실제론 명국을 노략질하는 해적의 수령이다. 대마도주와는 별개로 군졸들을 부리고 있으니, 대마도의 세력을 반분하고 있는 실력자이기도 하다.

"저하의 명을 받들겠사옵니다."

내가 그를 만나보고 이야기하는 것도 좋지만, 곧 죽을 왜구의 추장 놈보단 대마도주하고 직접 거래를 하는 게 아무래도 더 낫겠지.

"그럼 예조판서는 나중에 내가 따로 방침을 적은 공문을 내리겠네. 그럼 다음으로 넘어가 미타호 안건을 논하라."

"신 영의정부사 황희가 아뢰옵니다. 함길도제찰사 김종서가 장계에 적은 이야기를 보아 미타호 근방은 척박한 북방에서 유일하게 옥토라고 할 만한 곳이옵니다. 그러니 군을 주둔시키고 관리를 파견해 야인들을 부려 대두(大豆, 콩)와 소맥(小麥, 밀)과 대맥(大麥, 보리) 농사를 짓게 하고 세를 거두는 것이 최선의 방도라고 사료되옵니다."

거긴 천연 습지대라서 모를 키울 방법만 찾으면, 나중에 이앙법으로 벼농사를 지을 수도 있겠더라.

"영의정부사의 의견이 가히 합당하오."

"망극하옵니다."

"신도 영의정부사 대감의 의견이 지당하다고 사료되옵니다."

미타호 점령 건의 발안자였던 황보인이 황희의 의견을 재차 찬동하고 나서자, 김맹성의 후임자 호조판서 박종우(朴從愚)가 반대의 의견을 표했다.

"병조판서께선 군대를 주둔시키고 관리를 파견하는 데 드는 재정을 어찌 감당하실 요량이시오?"

운성군 박종우는 나중에 김종서를 살해하는 데 협조해 계유정난 일등 공신에 책봉되는 놈인데… 내 할아버지 태종의 사위라서 내 친척이기도 하고, 현 조선에서 손에 꼽을 부자이기도 하다.

"운성군(雲城君)의 물음엔 내가 답하지. 초기 주둔 비용만 중앙재정으로 한 해만 감당하면, 그 후엔 현지에서 수확한 곡물로 충분히 충당할 수 있네."

"하오나 그곳은 북방이기에 쌀농사를 지을 수 없사옵니다. 소맥과 맥아만으로 관리의 녹봉을 지급하는 것은 전례에 없으니 부디 뜻을 거두어주시옵소서."

"운성군이 오랫동안 외직을 돌다 호조판서에 오른 지 며칠 안 되어 사정을 잘 모르나 본데, 조만간 북방에 근무 중인 이들을 제외하고 모든 녹봉은 화폐로 지급될 예정이기도 하네. 현지 사정에 맞춰 녹봉을 지급하는 일까지 전례를 따질 필요 없다."

지금보다 더 많은 화폐를 유통하기 위해 저화와 통보를 개정하면서, 관리에게 지급하는 녹봉부터 전부 화폐로 지급하기로 했다. 경주부에서 시험적으로 시도했던 화폐를 조세로 거둔 성공 사례로 인해 이번 해에 시험 지역을 몇 군데 더 늘렸고, 십 년 이내에 조세를 현물이 아닌 돈으로 대신할 수 있게 바뀔 예정이기도 했다.

"저하! 어찌 화폐 같은 것으로 봉록을 대신할 수 있단 말이옵니까? 부디 명을 거두어주시옵소서."

역사가 살짝 달라져 박종우가 외직으로 도성을 오래 떠나 있어서 그런지, 요즘 조정의 사정을 전혀 모르고 있었나 보다. 그런 말 하면 바로 신료들이 따라서 찬동할 줄 알았나? 편전에 자리한 모두가 박종우를 이상한 놈처럼 쳐다보고 있었다.

"이는 그대가 호조판서에 오르기 전에 시행이 결정된 정책이니, 이 자리에서 다시 논의할 필요 없다."

그렇게 주제와 상관없는 녹봉 문제를 안건에서 배제했다. 그 후 다시 이어진 토론은 반대파들의 의견이 힘을 잃고, 미타호 인근을 효율적으로 개척하는 계획으로까지 확대되었다. 그래서 나는 이 기회에 이전에 계획해 둔 것을 새 안건으로 꺼냈다.

"이 기회에 조정에서 북방에 만청(蔓菁, 순무)을 대량 재배하도록 권장해야겠소. 만청은 생장이 빨라 석 달 정도면 바로 수확할 수 있고, 겨울에 키워도 그 뿌리가 온전하니 추운 곳에서도 잘 자란다고 하오. 또한 맥아와 소맥, 대두와 같이 먹으면 사람이 살면서 필요한 기운을 대부분 얻을 수 있기도 하며. 고사의 전례를 보니 옛 촉한의 승상인 제갈량이 북벌에 나섰을 때 군대를 동원해 둔전에서 키우던 작물이 만청이기도 하니, 그 이로움은 이미 증명된 것이나 다름없네. 명에서 들어온 농서에 적힌 만청에 관한 내용을 보면 잎새 역시 먹을 수 있고 돌보지 않아도 스스로 자란다고 하니, 북방에 이보다 더 적합한 작물은 없을 것이오."

정말 제갈량이 순무를 키웠는지는 여러 가지 설이 있어 확실하지 않지만, 순무는 지금의 조선에서 그나마 빠르게 식량 사정을 해결할 수 있는 좋은 작물이다. 지금의 조선에선 미래의 구황작물인 감자와 고구마를 조금이나마 대체할 수 있는 유일한 작물이기도 하다.

그러자 좌의정 김맹성이 내 말을 받았다.

"저하께서 말씀하신 대로 만청이 그리 좋은 작물이면, 다른 지방에서도 키우도록 퍼뜨려야겠사옵니다. 또한 일전에 갑산에서 일부 백성들이 재배 중이라는 귀맥(鬼麥, 귀리)을 전농시(典農寺)에서 시험적으로 재배하였는데, 종자 2석으로 37석을 거둘 수 있었사옵니다. 이것을 쪄 말린 다음 도정하니, 밥과 떡을 만들 수 있었다고 하옵니다. 신이 청하옵건대 만청과 귀맥의 종자를 더 많이 늘린 다음 팔도에 널리 내려 민생에 도움이 되게 하심이 좋을 듯하옵니다."

전농시는 특별한 농사 전담 기관이 없는 조선에서 유일하게 농사에 관한 업무를 수행 중인 기관이다. 본래 국가 제례에 쓸 곡식을 키우던 곳으로 창설되었는데, 요즘은 새로운 작물을 시험 재배 하는 역할을 담당 중이기도 하다.

"좌상의 말이 옳소. 이 일은 좌상에게 일임해 전농시에서 종자를 키우도록 하겠소. 다만 듣자 하니 귀맥은 껍질이 두 겹이라 도정하는 데 손이 많이 가는 데다 전부 벗겨내면 부피가 지나칠 정도로 많이 줄어들게 된다 하오. 그러니 겉겨만 벗겨내고 쪄낸 다음 센 불에 볶아서 보관하는 게 좋을 것 같소."

예전에 전자사전에서 귀리에 대해 검색해 보니, 서양에선 옛날엔 귀리를 저렇게 가공해서 오트밀이란 죽을 만들어 먹었다고 한다. 맛도 쌀죽하고 크게 차이 안 난다고 하니, 북방에서 조금이나마 쌀 대용품으로 소비할 수 있을 듯하다.

"저하께서 소신이 계획한 귀맥 재배 소식을 벌써 전해 들으시고, 개량된 가공법마저 궁리하셨다니, 그저 놀람을 금치 못하겠사옵니다. 듣고 보니 저하께서 고안하신 가공법이 소신이 행한 방도보다 나은 듯하옵니다."

그게 김맹성이 주도해서 한 거였어? 그건 몰랐네. 예전에 전자사전에서 본 오트밀 가공법 때문에 김맹성의 체면이 상한 거라고 봐야 하냐? 조금 미안해지네. 요즘 김맹성이 예전과는 다르게 만사에 의욕이 가득하고. 새로운 농사를 고안했으니 상으로 미당을 내려줘야겠다.

"아닐세, 이는 어디까지나 좌상이 주도한 일의 경과를 보고 응용한 것이니, 이는 온전히 좌상의 공이라 할 수 있소. 그런 좌상의 공을 참작해 미당을 한 홉 내릴 테니 나중에 상미원에 들러 받아가시오."

"성은이 망극하옵니다!"

그러자 소문만 듣고 몇몇을 제외하고 미당을 받아본 적 없던 신료 대부분이 김맹성을 부러움이 담긴 시선으로 바라보았다.

미당은 명에 조공으로 올리는 희귀품으로 분류했으니, 가치를 높게 잡았기에 백화상에서 파는 건 시기상조지. 미당은 명에서 최대한 이득을 보고 난 후에나 판매가 시작될 것이다.

"저하, 소신도 미력하게나마 기근에 대비해, 해마다 사유지에서 수확한 도토리를 모아 비축 중이었사옵니다."

김맹성이 귀리 재배로 성과를 올려 미당을 상을 받게 되자, 황희가 나서서 숟가락을 얹으려 들었다. 도토리도 구황작물이긴 한데, 다른 작물보단 가치가 떨어지는데… 아니지, 저건 다른 쪽으로 쓸모가 있군.

"영의정부사 대감이 행한 비책도 좋구려. 역시 대감의 심계가 깊소."

내 칭찬을 들은 황희의 표정이 밝아졌다.

"망극하옵니다."

그래도 사람 말은 끝까지 들어봐야지.

"다만 도토리만으론 백성들의 배를 채우는 건 한계가 있소. 게다가 지나치게 많이 먹으면 토사곽란의 위험도 있으니, 무작정 도토리를 비축하여 사람이 먹는 것보단 더 좋은 활용법이 있소."

그러자 황희도 항상 내 떡밥에 낚인 장영실이 보여주는 표정을 비슷하게 지었다.

"대저 어떤 방도를 이르심이시옵니까?"

"도토리를 먹이 삼아 돼지를 대량으로 키우게 하고, 겨울엔 씨를 보존할 암수 두어 쌍을 남기고 남은 돼지를 전부 잡아 그 고기를 소금에 절여 식량으로 쓰는 방책이라오."

"저하, 돼지는 소와 다르게 하는 일 없이 먹이만을 탐해, 농사에 별 도움이 되지 않사옵니다. 게다가 고기 역시 소에 비하면 열등하오니 키우려는 이들이 별로 없을 것이옵니다."

역시 소고기가 아니면 고기로 치지도 않는 현재 조선인들의 인식이 잘 담겨 있는 한마디였다. 음? 그래? 미래 놈의 지식이 알려주길 미래에도 소고기의 인기는 변함없다네. 역시 소는 시대를 불문하고 귀하게 대접받는구나.

"지금도 고기를 먹기 위해 농사에 사용하는 소를 몰래 도축하다가 적발되는 이들이 수없이 많다고 들었소. 사정이 그러하니 귀한 소를 덜 잡게 하고 고기의 수요를 돼지로 대체하는 것이 더 낫지 않겠소? 게다가 돼지는 비계에서 얻어낼 수 있는 대량의 돈지(豚脂, 돼지기름)가 무척이나 유용하오. 그리고 지금은 민간에서 제대로 먹이지 않아 비쩍 마르고 늙어 죽은 돼지를 먹는 게 대부분이니 그 맛이 소에 비교할 수 없는 게 당연하오. 본래 돼지는 소와 키우는 법이 다르고 생후 일 년에서 이 년 내에 잡아 고기를 얻는 게 가장 적당한 시기니, 그 맛을 제대로 모르는 이들이 많다고 생각하오."

조선의 토종 돼지는 덩치가 작고 성장이 느려 미래에 비해 얻을 수 있는 고기 양이 적긴 하지만, 명국을 통해 개량할 품종을 들여오면 사정이 더 나아질 거다.

그건 그렇고 지금 조선에서 돼지고기의 맛과 돼지에 대한 지식을 잘 알고 있는 전문가는 바로… 내 아버지시다. 오죽하면 신하들이 제발 돼지고기 좀 그만 드시고, 차라리 소고기를 드시라고 간청했겠어.

그때 아버님은 니들이 돼지 맛을 아냐며 돼지고기 먹는 법을 이야기하신 적도 있었지. 나도 어릴 적부터 그런 아버님의 영향으로 돼지고기 맛과 돼지에 대한 지식을 얻을 수 있었다.

"대국에서도 가장 많이 먹는 고기는 소가 아닌 돼지일세. 그만큼 여러 조리법과 음식이 발달되었고 그 덕에 조선과 비교도 안 될 양의 기름이 시중에 돌고 있소. 그러니 백성들이 돼지를 키우는 건 나라에도 반드시 필요한 일이라 할 수 있겠소."

"그렇다면 소신이 이번 해에 집안사람들을 시켜 시험적으로 돼지를 여럿 키우며, 백성들에게도 권장해 보겠사옵니다."

그래, 이참에 아버님이 궁에 안 계신 사이 진상되어 쌓여 있는 돼지고기로 신료들에게 맛을 보여주어야겠어.

"그렇게 하시오. 그리고 오늘은 내가 낮것(가벼운 점심)말고 주반(晝飯, 정식 식사)으로 돈육을 준비하라고 이를 터이니, 다들 낮것 들 시간에 자선당으로 오시오."

그렇게 점심시간에 내 처소에 모인 신료들은 반촌(泮村)의 도축업자들이 아버님을 위해 제대로 키워서 올린 돼지고기 맛을 보았다. 양념장을 바르거나 숙성했다가 먹는 방식이 주류인 지금엔 다소 생소할 수도 있겠으나, 일부러 생고기를 부위별로 썰어 가마솥 뚜껑에 올려 굽게 하고 된장이나 참기름을 섞은 소금에 찍어 먹도록 했다. 또한 파와 마늘, 푸성귀도 여럿 준비해 쌈을 싸서 먹어보라고도 이야기해 주었다.

그러자 다들 이런 맛은 상상도 못 해봤는지 돼지고기에 대한 평가가 높아진 듯했다. 그중 특히 미래에 삼겹살이라고 부르는 부위의 맛을 본 이들의 호평이 줄을 이었다. 아무래도 지금은 고기에 기름기가 많아야 제대로 된 고기를 먹었다는 인식이 높을 테니, 삼겹살이 그들의 욕구를 나름 충족시켜 주었나 보다.

음… 삼겹살을 가공해서 오래 보관해 팔 만한 방법이 뭐가 있을까. 사전으로 검색해 보니 베이컨이란 소금 훈연법이 있네. 앞으로 백화상 옆에 정육점을 열고 생고기와 가공육도 팔고, 점차 점포를 여러 방면으로 확장해 봐야겠다.

*　　　　*　　　　*

소식을 듣자 하니 안평대군이 이끄는 재래연단이 북방 순회공연 목적으로 도성을 나섰다고 한다. 그들은 당분간 북쪽의 여진 야인들을 교화하며 정음을 가르치는 일도 하게 될 것이다. 내 동생 안평의 능력과 청렴함은 지난번 순회공연에서 증명되었으나, 여진족들과 성향이 좀 다른데 마찰이 있지 않을까 봐 조금 걱정도 된다.

그건 그렇고 내가 지금 남 걱정할 때가 아니지. 아버님이 궁에 안 계신 상황에서 내가 웬만한 국정을 책임져야 하니, 그 부담이 장난 아니다. 첫날엔 별로 느끼지 못했는데 날이 점점 지날수록, 아버님의 빈자리가 크게 다가오고 있었다. 아버님은 국정을 처리하시면서도 없는 시간을 쪼개 수많은 여러 연구와 사업을 따로 진행하셨으니, 진정한 초인이자 거인이라고 해도 다름이 없다.

"저하, 내수소의 염초전에서 염초가 충분히 숙성되고 있다고 하옵니다. 다만……."

내 지시로 내수소 관련 염초 업무나 자잘한 공무들을 돕고 있던 김처선이 염초밭 소식을 가져왔다.

"다만, 뭔가?"

"스무 개의 염초전 중 네 개는 망쳤사옵니다. 아무래도 소관이 잠시 눈을 뗀 사이 습기에 영향을 크게 받은 듯하옵니다."

염초전을 여럿 만들어놓고 밭 위에 전부 지붕을 올리고 벽을 만들어 비가 안 들어가게 개수했지만, 그것만으론 조금 부족했었나 보다.

"그런가? 그 정도 실패는 상정 범위 안에 들어가니, 김 내관이 내 눈치를 볼 필요 없다. 그동안 자네가 염초전을 신경 쓰느라 내관 일도 제대로 못 했는데, 상을 내려주지."

"망극하옵니다, 저하!"

"다만… 자네가 그동안 염초전을 관찰하면서 적은 기록일지를 다시, 정음으로 정리하면서 염초전 제작법과 주의점 같은 것을 책으로 써줘야겠어. 음… 그 책의 제목은 전취염초서(田取焰硝書) 정음해본(正音解本) 정도면 적당하겠군."

"저하, 미천하고 불학 무지한 내관인 소신에게 책을 쓰시라 하시니, 너무 과분한 처사가 아니온지요. 부디 명을……."

내시 중에 너만큼 학식 좋은 놈도 별로 없는데, 피차 알 거다 아는 선수끼리 왜 이래?

"하라면 해."

그러자 김처선이 울상을 짓고 다시금 고개를 숙였다.

"소신이 삼가 저하의 명을 받들겠사옵니다."

힘내라, 미래의 내 상선.


          *          *          *


조선 만호이자 대마도 왜구의 수장인 로쿠로 지로(六郎次郎)는 며칠 전 조선에서 받은 하사품인 쌀과 콩 등을 가지고 대마도의 본거지로 귀환했지만, 기분이 그리 좋지 않았다.

지로는 십 년 넘게 대마도의 토산품인 오적어(烏賊魚, 오징어)와 전복 같은 것을 어부들에게 강탈해서 조선에 바치면 답례로 쌀을 하사받아 식량을 해결했고, 그 와중에 귀한 비단 의복과 가죽신 혹은 부채 같은 것도 가끔 하사받았다. 그런 것들은 본도의 상인들에게 팔면 그것만으로도 짭짤한 소득을 얻을 수 있었으니 조선이야말로 지로를 부유하게 해주는 고마운 나라나 다름없었다.

그런데 갑자기 조선 조정에서 자신과 사이가 아주 좋지 않은 대마도주에게 서신을 전해달라고 하니, 기분이 나빠졌다.

또한 조선의 예조판서에게 토산품이 아니라 유황과 구리가 필요하니, 대마도주와 직접 이야기하겠다는 말을 들어야 했다.

"이 몸의 역량이 얕보인 건가. 내가 부족할 게 뭐가 있다고, 칙쇼……."

본래 세종 초년에 조선이 대마도를 공격하자, 전쟁이 끝나고 나서 조선 조정에 정식으로 공물을 올리고, 하사품을 받는 것은 오직 대마도주인 소 사다모리(宗貞盛)의 영역이었다. 그것을 보고 마냥 부러웠던 지로가 중간에 끼어들어 조선에서 만호 벼슬도 받고, 토산품을 따라 바쳤던 것이니 조선의 관대함을 보여주는 일면이기도 하다.

그런데 마냥 고마워해야 하는 이가 어느새 조선이 자신을 알아주지 않는다고 반감을 품었으니 어처구니가 없는 상황이라 할 수 있겠다. 그러자 지로의 수하가 달래듯 말했다.

"아무래도 조선에서 두령님에 대해 잘 몰라서 그런 듯하니, 두령의 도량을 보여주면 될 일 아니겠습니까?

"네 말이 맞구나. 조선에 나의 역량을 보여주면 될 일이었어, 그러고 보니 분고노쿠니(豊後国, 분고국:오이타현) 근방에 이오(いおう, 유황)가 나오는 곳이 있었다고 했었지? 모두에게 출정 준비를 시켜라. 삼 일 후 출정하겠다."

"알겠습니다."

"그런 약재 따위가 왜 필요한진 몰라도, 사다모리 놈에게 요청할 정도니 분명 조선에선 값비싼 물건이렷다. 내가 그놈 대신 가져다 바치면 분명 전보다 더 귀한 걸 받을 수 있겠지?"

그렇게 유황의 가치도 잘 모르는 멍청한 왜구 두목이 조선에 잘 보이려 분고국으로 출정을 결행했다.

그리고 이 주일 후 분고국에 소속된 하야미 군의 해변은 난데없는 해적의 습격을 받아 촌민들이 여럿 죽고 약탈을 당해야 했다. 그 와중에 인근에서 유황을 생산을 담당하던 츠루미 산(鶴見岳) 근방의 생산 시설도 습격받아 해당 업무를 담당하던 직인들이 여럿 죽고, 아주 오랫동안 비축해 둔 유황 오천 근(3톤)을 전부 강탈당했다는 소식을 들은 분고국의 유력자 오토모 치카시게(大友親繁)는 이를 갈아야 했다.

"어떤 놈이 감히 이 땅에 침입해, 그런 일을 벌였다 하더냐?"

그러자 오토모의 가신인 나가노 시게루가 답했다.

"주군, 아직 정체를 알 수 없지만, 속하가 습격에서 살아남은 촌민들의 증언을 모으는 중이니, 잠시만 기다려 주십시오."

"그래……. 그러면 피해 상황은 어떻다고 하던가?"

"아직 정확하진 않지만, 그동안 들어온 정보를 모아보니 해변가에 살던 마을 사람들 삼백여 명이 죽거나 다쳤고 백 명은 행방불명입니다. 게다가 그놈들의 이동 경로에 있던 마을들도 백 명이 넘게 죽거나 다쳤다고 합니다. 그리고 쌀이나 가축도 여럿 가져갔다고 하니, 규모를 추측건내 천 명이 넘는 무리가 처들어온 듯합니다."

"비축했던 유황을 한 번에 전부 강탈해 갔다고 하니, 많은 인력이 동원되었겠구나."

"주군, 이번 일로 주군의 능력을 의심하는 이들이 많이 늘었습니다."

"그 점돈 나도 짐작하고 있었다. 아무래도 정식 국주 신분이 아니니, 이 기회를 틈타 나의 지도력에 의문을 제기해 끌어내리고 싶은 놈이 많겠지."

"속하가 반드시 원흉을 찾아내겠습니다. 그놈들을 찾아내 복수하면 아무도 주군의 능력을 의심하는 이가 없을 것입니다."

전 분고국주 오토모 치카츠구(大友親著)의 사남인 오토모 치가시게는 무로막치 막부에게 토벌당해 패배한 아버지를 따라 잠적했었고, 막부의 눈을 피해 살다 그들의 감시가 느슨해지자 다시금 분고국을 잠식해 가며 영향력을 키워 조만간 다시 국주의 자리에 오를 예정이었다.

"혹시 타국의 정규군일 가능성은 없겠나? 인접한 부젠(豊前)이나 휴가(日向)의 병력일 수도 있잖나?"

"그럴 가능성도 있지만, 지금의 구도상 그럴 확률은 별로 없다고 봅니다. 부젠의 오우치 노리히로는 전임 국주가 비명횡사하고 세력을 이어받은 지 얼마 되지 않아 집안과 영지 단속에 힘쓰고 있습니다. 휴가의 시마즈 타다쿠니는 동생이 일으킨 반란을 진압하기도 바쁜데, 그럴 틈이 어디 있겠습니까?"

"그럼 아무래도 멀리서 온 놈들의 소행이란 말이로군. 그놈들이 죽은 놈의 시체를 버리고 갔었다고 했지? 그 시체를 철저히 조사해 봐라."

지로가 이끌던 해적 무리들은 무기를 들고 반항하던 촌민들에게 부하 세 명을 잃었고, 인원 파악하는 것을 잊어 그들이 죽은지 몰라 시체를 그대로 두고 가버렸다.

"예, 주군의 명을 따르겠습니다."

그렇게 각자 복잡한 사정으로 겉으로나마 평화를 유지하던 구주의 평화는 산산이 부서지기 시작했다.

*　　　　　*　　　　　*

내가 일전에 소식을 듣자 하니, 내수소 소속으로 황해도에서 자염을 생산하는 공노비들은 예전에 비해 일이 편해졌다고 한다. 이순지가 고안한 태양열 집열기 덕에 낮 동안 아궁이 가열이 가능해 장작을 모아 올 필요가 없었고, 화력이 조금 부족하다 싶으면 석탄으로 불을 때서 갯벌에서 써레질한 다음 만들어둔 통자락에 모은 염수를 끓이면 되니, 예전에 비해서 수고가 줄어든 셈이다.

게다가 전보다 아주 거대해진 생소한 형태의 금속제 아궁이

와 기다란 원통을 반으로 잘라둔 듯한 가마솥, 아니, 가마솥이라기보단 생소한 형태의 커다란 철제 통으로 구성된 도구로 전보다 많은 양의 염수를 한 번에 끓일 수 있었으니, 갯벌에서 염수를 모아둘 통자락의 크기 역시 전보다 한층 거대해졌다.

그렇게 한 번에 생산할 수 있는 자염은 기존에 네다섯 배가 늘었으니, 요 몇 달에 동안 시전에 풀린 소금값이 조금씩 낮아지는 효과를 보고 있었다. 그로 인해 기존에 시중에서 조정에 일정한 세를 내고 자염을 끓여 파는 이들이 손해를 보기 시작했고, 그들과 관련된 왕족이나 사대부들이 일제히 상소를 올렸다.

"지금 이들이 공통적으로 말하고자 하는 바가, 모두 내수소에서 자염 생산을 줄이라는 이야기겠지요?"

"아무래도 그런 듯하옵니다……."

그러자 첨사원에서 업무차 방문했다가, 졸지에 내 책상에 쌓인 대량의 상소를 같이 읽게 된 영의정부사 황희가 평소와 다르게 조금은 맥 빠진 목소리로 내게 답했다.

아주 웃기는 소리들 하고 있네. 지금은 적은 세금을 내고 누구나 자유로이 소금을 끓여서 팔 수 있는 시대다. 미래의 조선처럼 사대부들이 소유한 소금을 거두겠다고 염분세(鹽盆稅)를 거둔 것도 아닌데, 국가에서 소금을 많이 만든다고 그걸 줄이라는 게 말이 되나? 왕의 사설 금고나 마찬가지인 미래의 내수사와 다르게 지금의 내수소에서 얻는 재화는 전부 국고로 귀속되어 다시 여러 곳으로 순환되고 있기도 하다. 또한 처음엔 만들었던 소금을 국가 전매제로 팔아볼까 하다, 염철론(鹽鐵論)의 내용을 읽고 내린 내 결론과 민간 상업의 발달을 고려해서 이 부분은 포기했었다.

"상소를 올린 이들의 심정도 이해가 안 가는 건 아니지만, 요청이 잘못되었소. 이들은 나라에서 소금 생산을 줄이라고 할 게 아니라, 소금을 많이 얻는 법을 알려달라고 했어야지."

"그렇다면, 어떤 비답을 내리려 하십니까?"

"상소를 읽어보니 이들 중 극히 일부는 사는 땅이 척박해, 자염을 만들어야만 먹고살 수 있는 이도 있는데, 나머진 토호와 지주들 혹은 종친들과 연계된 이들이 대부분이오."

"그렇다면 새로운 자염의 비법을 널리 알리시려 하십니까?"

"그럴 것이오. 다만 예외는 있소."

"어떤 예외를 두실 예정이십니까?"

"사정에 맞춰 석탄을 적당한 가격에 매매하고, 저들 중 부유한 이들에겐 새로 완성된 집열기를 팔겠소."

"그들 중 사정이 어려운 이는 석탄조차 살 여력이 없을 것이옵니다."

"그건 나중에 거둘 세에 조금씩 붙여서 분할로 내게 만들면 되오. 이런 개념은 할부(割賦)라고 부르면 적질하겠소."

"소신이 알기론 태양 집열기라는 기물의 제작비가 많이 비싸다고 들었습니다. 그런 기물을 살 이들은 거의 없을 듯싶사옵니다만……"

"초기 비용은 비싸지만, 장작을 땔 필요 없이 하늘의 양기를 모아 물을 끓일 수 있으니, 일정 이상의 소금을 생산하면 오히려 이득이 되는 구조라오. 황해도 해안에서 구워낸 자염의 판매 수익으로 몇 달 만에 집열기의 제작 비용과 석탄값 이상의 수익을 냈으니, 그건 큰 문제가 되지 않을 걸세."

"그렇사옵니까?"

내 말을 들은 황희의 표정이 별안간 평소의 날카로운 인상으로 바뀌었다.

"그렇다면 소신이 먼저 집열기와 석탄을 구입해서, 저들에게 모범을 보여도 될지요?"

황희가 내 이야기를 들어보니 혹했나 본데? 이유야 어찌 됐든 사대부 그것도 영의정이 상업 활동에 뛰어든다면 나야 환영이지. 황희의 전적을 볼 때 비리를 저지를 걱정이 조금 있긴 하지만, 그거야 내가 성삼문을 붙여서 일전에 가르쳐 준 복식 부기법을 이용해 강제로 장부를 투명하게 관리하도록 만들면 그만이다.

"대감이 나서 여론을 바꾸고 저들을 달래 마음을 고쳐먹게 한다면, 그깟 집열기 하나 하사하는 데 어려울 것 없지요. 대신 자염을 만들 때 집안의 노비들을 부리지 말고, 형편이 어려운 자들에게 새경을 주고 일을 시키시오. 그것이 내 조건일세."

"소신이 나서서 반드시 저하의 뜻을 관철시키겠사옵니다. 소신을 믿어주시옵소서."

그래, 사실 황희가 나서면 저런 반대 의견 따위는 금세 지워지게 될 거다. 미래식으로 말하자면 정치 구단이기도 하고, 일인지하 만인지상의 위치의 황희에게 거스를 만한 이는 거의 없으니 이럴 땐 정말 든든하기 그지없어. 그의 성향상 내 6호기가 될 일은 없지만, 그래도 이렇게 목적이 일치해 손을 잡게 되었으니 아버님이 그를 총애하시는 이유를 알 것 같았다.

지금 남아 있는 상소에 구멍이 날 정도로 강렬한 눈빛을 뿜으면서 내 속독과는 비교도 안 될 정도로 빠르게 읽고 있었다. 이러니저러니 해도 사람을 움직이게 하는 건 역시 욕망으로 봐야겠지?

\*　　　\*　　　\*

총통위의 병사들이 북방에서 건주위를 평정하고 도성으로 귀환했다. 일전에 세자가 특별히 따로 서신을 보내 김종서도 총통위와 함께 올라오라고 지시했고, 지금은 총통위의 병사들과 함께 도성의 대로를 따라서 육조 거리 쪽으로 행진 중이기도 하다.

도성에 도착하기 전 휴식하며 광이 나게 닦은 철판 흉갑과 투구에 세자가 새로 내려준 깨끗한 군복으로 갈아입은 총통위의 병사들은, 그들이 배웠던 제식동작에 맞춰 오와 열을 유지한 채 질서 정연하게 행진했고 그들을 구경하던 백성들의 환호를 받았다.

그러자 선두에서 말을 타고 이동하던 김종서가 옆에 있던 이천에 질문했다.

"도성에서 감히 이런 대우를 받을 거란 생각은 못 해봤는데, 총통위장 영감께선 어떻게 생각하십니까?"

김종서는 자신의 직급이 위긴 하지만, 자신보다 나이도 많고 조정에서 특별 대우 하는 강력한 부대인 총통위의 지휘자인 이천에게 시종 정중히 대하고 있었다.

"지난 정난 때도 이런 환대는 없었지요. 북방을 어지럽히던 악적 이만주가 잡혔으니, 저하께서 백성들에게 널리 알리려는 의도가 아니시겠습니까?"

"그런가요. 이리도 환대를 받으니 만감이 교차하는군요."

김종서는 새로 깔린 도로를 보고 이천에게 다시 말을 걸었다.

"그건 그렇고 일전에 도성에 길을 깔았다는 이야기를 듣긴 했으나, 이런 도로일 거란 생각은 못 해봤습니다. 이거 참 대단하군요. 폭도 흐트러짐 없이 일정하고 중앙이 살짝 높고 가장자리가 낮은 게 물이 고이지 않게 설계된 듯싶습니다."

"길을 완성하느라 선공감의 관원들과 요역에 동원된 이들 여럿이 고생했지요. 그런데 전체적인 도로의 구상은 저하께서 하셨다고 들었습니다."

"그렇습니까? 저하께서는 병법이나 학문뿐만이 아니라, 축성과 토목에도 조예가 깊은 듯합니다."

김종서는 완성된 길을 유심히 살펴보며 원리를 헤아렸다. 잘만 하면 축성에도 적용이 가능할 것 같아 뭔가 실마리를 잡고 잊지 않기 위해 다시금 머릿속으로 되뇌었다.

"도절제사 영감께선 뭘 그리 골똘히 생각하시오?"

"새로운 도로를 보니, 써먹을 만한 게 생각나서 잠시 정리해 봤습니다."

"그렇습니까? 저 또한 저하의 지혜를 빌려 해놓은 게 많으니, 그럴 법하겠군요."

이천은 김종서가 조정으로 오게 되면 자신이 하던 업무를 이어받을 거라고 추측하곤, 피식 웃으면서 주제를 돌렸다.

그렇게 현직 함길도절제사인 김종서와 전직 평안도절제사였던 이천이 서로 북방에서 고생한 추억을 이야기하며 육조 쪽으로 행진을 이어가자, 관복을 입은 이가 행렬 선두에 다가와 행진 속도를 맞춰 걸으면서 김종서에게 말을 걸었다.

"도절제사 영감, 한동안 격조했습니다. 그간 평안하셨는지요?"

"이게 누구요. 첨지중추원사가 아니시오? 이게 대체 얼마
만인지… 그간 잘 지내셨소?"

"지금은 예조참의직을 맡고 있습니다."

"그렇습니까? 본관이 북방에서 오래 지내 소식을 듣지 못
해, 무례를 범했군요."

"그런 사소한 일로 무례라니요. 안부에 앞서 영감께 고할
이야기가 있습니다."

예조참의 박연(朴堧)이 김종서에게 자신의 용무를 말했다.

"여기서부터 돈화문(敦化門) 앞까지 저와 악공들이 개선가
를 연주하면서 동행하게 될 겁니다. 또한 절재(節齋, 김종서) 영
감과 익양(翼襄, 이천) 영감의 노고를 저하께서 치하하고, 공을
기리기 위해 잔치를 벌일 예정이시옵니다."

"이런 분에 넘치는 대우를 받은 것도 모자라, 잔치마저 열어
주신다니, 저하의 은혜에 그저 감읍할 뿐이오."

"그럼 소관은 악공들을 지휘하러 가겠습니다."

그렇게 육조 거리부터 악공들이 총통위의 행진에 맞춰 개
선가를 연주하면서 이동했고 김종서가 돈화문에 도착하자,
그 앞에서 세자와 조정 신료들이 김종서를 기다리고 있었다.

"소신 김종서가 주상 전하의 명을 받들어 악적을 토벌하는 데
성공했사옵니다. 이는 온전히 주상 전하의 성은 덕이옵니다."

이천과 김종서가 먼저 왕이 요양하러 간 온수현(온양) 쪽의 남향으로 먼저 사배를 올리고, 그 뒤 세자에게 사배를 올리고 엎드린 채로 말했다.

"저하, 보잘것없는 공을 세운 신에게 이리 환대를 다 해주시니 그 은혜에 몸 둘 바를 모르겠사옵니다."

"절재 영감과 익양 영감은 그만 일어나시오. 그대들이 아조에 해를 끼치던 악적을 쫓아 마침내 잡아 죽였으니, 이제 북방을 안정시킨 것이나 다름없소. 난 그저 내가 할 수 있는 한에서 그대들의 공을 기리려 할 뿐이니 과하다고 생각 말고 그저 편하게 받아들이게."

"망극하옵니다—"

그렇게 잠시 여러 절차를 걸치고 난 후, 김종서는 세자에게 가져온 이만주의 시신을 보여주었다.

"소신이 저하께 악적 이만주를 시신이나마 이리 대령했사옵니다."

*　　　　*　　　　*

난 지금 김종서가 가져온 이만주의 시신을 바라보고 있다.

이놈이 이만주라고?

난 시체이긴 하지만, 소금과 얼음을 이용해 부패하지 않게 운반한 탓인지 이만주 생전의 모습을 거의 그대로 볼 수 있었다.

그런데… 이놈은 왜 눈 뜨고 웃으면서 죽은 거야? 게다가 단순한 미소가 아니라 왠지 모를 광기와 집착성이 느껴지기까지 했다. 뭐 그렇다 한들 이제 죽은 놈인데 뭐 어때. 이제 이만주는 죽었으니 내가 해야 할 일을 해야겠지.

"이 악적 놈을 오체 분시 하고 목을 전시해 두어라. 그리고 이 소식을 조선 팔도와 야인들에게도 널리 알리도록 하라."

"저하의 분부대로 하겠사옵니다."

난 그렇게 여러 절차를 거친 후 김종서와 이천을 위한 잔치를 베풀어주었다. 물론 북방에서 고생한 총통위 병사들에게도 고기와 술, 그리고 사당을 내려주어 자기들끼리 놀도록 배려해 주기도 했다.

"절재 영감, 음식이 마음에 들었소?"

"망극하옵니다. 저하, 소신이 이제껏 살면서 맛본 음식들이 전부 생각나지 않을 정도의 맛이옵니다."

오늘은 특별히 김종서와 이천에게 준비한 요리는 미당을 넣어 조리하게 했다. 김종서 역시 미당이 들어간 음식이 마음에 들었는지 남기지 않고 전부 비운 후, 후식으로 준비한 사당 절임과 차를 맛보고 있었다.

"그건 그렇고 요즘 절재 영감에게 좋은 취미가 생겼다고 병판 대감에게 건네 들었소."

"예, 소신이 요즘 저하께서 창안하신 양생법으로 인해 새로운 낙을 찾았사옵니다."

"그렇습니까? 병판 대감은 이 좋은 것을 몰라보고 꺼리더군요. 참 안타깝기 이를 데 없소. 그러고 보니 절재 영감의 풍채가 전에 비해 확실히 좋아진 게 느껴집니다."

"그렇사옵니까? 어느 부분이 좋아졌는지요?"

"아무래도 이쪽 등세근(凳勢筋, 승모근)의 상부와 중부가 발달해서 보기 좋군요. 그간 영감이 단련에 얼마나 공을 들인지 알 수 있을 것 같소."

"역시… 저하께선 한눈에 알아봐 주시는군요. 소신은 그저 감격스러울 따름이옵니다."

"뭘 이런 걸 가지고 그러시오. 자자, 오늘은 내 잔을 받으시오."

"망극하옵니다, 저하!"

그렇게 난 김종서와 술잔을 주고받으며, 여러 운동법과 양생 식단에 대해 이야기했다. 간만에 나랏일도 전부 잊고 취미에 대해 이야기하다 보니, 시간 가는 줄도 모르고 흠뻑 빠졌다.

그렇게 술에 취해 여러 대신들과 즐거운 시간을 보내고 그날의 일정을 마무리 지었다.

다음 날은 조정에서 김종서와 이천에게 내릴 포상에 대해 간단히 의논하고, 아버님에게 따로 보고할 장계를 올렸다. 물질적인 포상 정돈 내가 처리할 수는 있지만, 승진이나 품계 관련 인사 문제는 아버님의 영역이기 때문이었다.

그렇게 북방의 골칫거리가 해결되고 잠시나마 축제 분위기를 즐기고 나자 평온한 일상… 아니, 평소의 업무 지옥을 다시 대면해야 했다. 그 와중에 북방 양도의 사람들을 등용할 전시와 잡과를 준비했다. 이 부분은 아버님께서 어떤 문제를 출시하실지 미리 정해두고 가셨기에 내가 문제를 낼 필요 없이, 행정적인 처리만 담당했다.

그렇게 바쁘게 일하다 보니 아들 홍위의 첫 걸음마도, 말문이 트이는 과정도 전부 놓쳐야 했고, 본래 잘 알고 있었지만 새삼 살인적인 일정에 진저리가 날 지경이었다.

그래서 난 잠시나마 숨을 돌리려 경연 일정이 취소된 틈을 타 아내와 딸 경혜, 그리고 아들 홍위와 모여 가족들만의 시간을 보냈다. 승휘 홍씨도 가끔 필사적으로 나를 덮쳐… 아니지, 나와 합궁을 한 보람이 있었는지, 어느새 임신 8개월 차에 이르러 내 처소에 같이 자리하고 있었다. 다른 후궁들은 무슨 사정인지 몰라도 자리하지 않았다.

"아바마마! 소녀가 먼저 해도 되겠나이까?"

내 딸 경혜, 평창군주(平昌郡主)가 어느새 혀 짧은 발음도 대부분 고치고, 탈 없이 잘 크고 있었다. 미래에서 이런 아이를 천사라고 부르던데, 누굴 닮아 이렇게 귀엽고 예쁘게 잘 자라는지 원…….

"그래, 군주가 먼저 던져보아라."

— 달그락.

"하나, 둘, 셋… 십일이 나왔습니다. 그럼… 여기다 놓으면
되옵니까?"

"그래, 우리 군주가 총명하구나. 거기에 쓰인 글자를 읽어보
아라."

"당신은 생과방(生果房)의 나인이 되었습니다. 생과방에서
벗어나려면 다음 차례에 합계 팔 이상의 숫자가 나와야 합니
다아~"

"군주가 그동안 정음과 진서를 잘 익혔구나. 무슨 뜻인지는
이해했고?"

"예, 아바마마."

지금 여기 모인 여자들은 승경도(陞卿圖)와 비슷한 인생 유
희를 하고 있다. 윷처럼 생긴 윤목이 아닌 사각형의 주사위를
여러 개 던져 그 결과에 따라 말을 움직이는 규칙인데, 지금
여기 모인 나와 아기인 홍위를 빼곤 전부 여자들뿐이라, 같이
승경도를 하는 건 어울리지 않을 것 같아 내가 일전에 개량한
내명도(內命圖) 놀이를 여자들끼리만 하게 되었다.

그래서 지금 여인들이 하는 내명도 놀이는 바로… 평범한
궁인에서 시작해 높은 자리까지 오르는 게 목표다. 아내를 따

라다니는 시녀상궁(侍女尙宮)과 보모상궁을 끼워 다섯 명이서 내명도를 즐기고 있었고, 난 그걸 구경하면서 졸지에 쉬는 시간에 홍위을 돌보는 처지가 되어버렸다.

"동궁빈 저하, 소첩이 먼저 승휘의 자리에 오르게 되었사옵니다."

홍씨는 주사위 운이 좋았는지 단 세 번 만에 일개 나인에서 세자에게 승은을 입어 승휘 자리에 올랐고, 아내는 주사위 운이 좋지 않아 아직도 빨래와 잡일이나 하는 세답방 궁인 신세인 것도 모자라 일을 잘못해서 벌로 한 차례 쉬게 되었다. 아내도 놀이에 몰입했는지 울상을 짓고 있었다.

"이러면 안 되는데……."

아내는 다음 차례에도 주사위 운이 좋지 못해, 그대로 세답방에 머물렀고, 그사이 승휘 홍씨는 세자의 아들을 낳았다.

"경하드립니다."

시녀상궁이 홍씨에게 축하의 말을 건네자, 홍씨는 놀이지만 나름 기뻤는지 상기된 표정으로 말했다.

"내 운이 좋았네."

그렇게 다시 진행된 놀이는 결국 홍씨의 아이가 세자에 책봉되고, 중전으로 오르면서 끝이 났고, 그 와중에 경혜는 승은을 얻어 후궁이, 시녀상궁과 보모상궁은 서열이 높은 제조상궁과 지밀상궁이 되었다. 그러나 내 아내는 결국 아무 자리도 얻지 못하고 경력만 채운 입상궁으로 마무리되어 쓸쓸한 표정으로 놀이를 마쳐야 했다.

"동궁빈 저하, 이것은 그저 놀이일 뿐이옵니다. 너무 상심하지 마옵소서."

홍씨가 아내를 달래자, 아내가 약간은 침울해진 표정으로 말을 받았다.

"그래요, 이건 그저 놀이일 뿐이지요."

아내는 말은 그렇게 하지만, 속마음은 그렇지 않은가 보다. 티 안 나게 살짝 삐진 듯한 모습도 귀엽게 보이네.

오늘밤엔 아내의 처소를 찾아 위로해 줘야겠어. 그건 그렇고 홍위야, 참 장하구나. 그동안 울지도 않고 조용히… 가 아니군, 미묘한 표정을 보니 어느 쪽인진 모르겠지만 볼일을 봤군. 홍위의 아랫도리가 묵직해 보이는 것이 많이도 먹었나 보다.

*          *          *

북방의 미타호에선 김종서가 부름을 받아 자리를 비우자, 휘하의 제장 중 가장 직위가 높은 만호 박민성이 김종서의 업무를 담당해야 했으나, 그는 군무를 제외하곤 행정 업무에 별소질이 없었다. 그리하여 군무를 제외한 업무는 전부 신숙주

에게 미뤄 일임했고, 신숙주는 그런 상황에 불만을 품지 않고
적극적으로 공무를 보았다.

그 와중에 신숙주는 명국 출신 상인에게 산학과 상업에 대
해 배우기도 하고, 토목 기술을 알고 있는 명국인을 부려 새
로운 관아 건물을 짓고 있었다. 하지만 온전히 조선식으로 건
축하는 관아가 아니라, 명국인에게 조언을 받아 토루(土樓)의
형태로 마치 성벽처럼 외벽을 쌓아 올리는 중이다. 호숫가에
서 공수한 진흙과 나무를 이용해 벽을 쌓아 올리는데, 신숙주
가 일전에 들었던 전석(벽돌)이란 기물이 절실하게 필요했다.

그러나 명국인 기술자가 말하길, 이쪽의 흙은 벽돌을 만드
는 데 적합하지 않고 전석을 구울 가마를 만드는 것도 보통
일이 아니라 해서, 아쉽지만 차선책으로 인근한 숲에서 튼튼
한 나무를 여럿 공수해 와 토대를 건축하는 중이다.

"관아를 이렇게나 크게 만들 필요가 있는 건가?"

박민성이 신숙주에게 묻자 신숙주가 답했다.

"소관의 마음 같아선 이곳에 커다란 성을 쌓고 싶지만, 여건
이 좋지 않아 이 정도로만 시작한 것입니다."

"그런가? 그래도 완성되면 만일의 사태엔 최소한의 대비가
될 테니, 나쁘지 않겠군. 자네가 허튼 일 할 사람도 아니니, 이
일은 자네에게 맡겨두겠네."

"감사합니다."

그렇게 다시 업무를 보기 시작한 신숙주는 미련하게 모든 일을 자기 혼자 하려 하지 않았다. 명국인들을 추켜세워 주며 그들의 재주를 배우는 척하며 최대한 교묘하게 부렸고, 일부나마 글을 아는 갑사들과 건주위에서 글을 배웠던 이들 마저 전부 동원했다.

　또한 그 와중에 건주위 부족원들을 부려 새로 농사도 짓게 하면서, 갑사들과 병사들을 동원해 건주위와 해방된 노예 출신의 야인들의 이름과 신상을 기록해서 문서로 정리하게 만들었다. 그 와중에 머리가 깨인 야인에겐 정음을 가르치도록 지시하며, 이들을 조선에 동화시킬 기반을 세우기 시작했다.

＊　　　＊　　　＊

　충청도 온수현(溫水縣)의 온천에서 몸을 담그고 요양 중이던 조선의 왕이자, 훗날 세종의 묘호를 받을 이도(李祹)는 아주 오래간만에 평온함을 느낄 수 있었다.

　'이런 여유를 느껴본 게 대체 얼마 만인가? 그동안 내가 너무 자신을 돌보는 데 소홀했었구나.'

　그는 이제껏 살면서 존경하는 아버지 태종이 물려준 사직을 지켜야 한다는 강박관념으로 조선을 발전시키려고, 타인에겐 관대하면서도 지나칠 정도로 자신에게 엄격하게 굴며 몸을 혹사했고, 그 와중에 잘못된 여러 생활 습관이 생겨 점점 건강이 나빠졌었다.

'아마도 향이가 아니었다면, 돌이킬 수 없었겠지.'

그는 세자 덕에 적절한 운동과 양생 식단을 섭취하며 자신을 돌보게 된 보람이 있는지, 스스로 느끼기에도 예전과는 비교할 수 없을 정도로 건강해졌고 예전처럼 조금만 걸어도 숨이 가쁘지 않았고, 끝도 없이 목이 마르던 갈증을 느끼지도 않았다.

그렇게 기특하고 효자인 아들이 어느새 다 자라 자신만큼, 아니, 어쩌면 자신보다 더 나을지도 모르는 재지와 왕재를 타고났음을 대리청정을 통해 확인하게 되자, 그는 생전 처음으로 아바마마에게 물려받은 후 떨쳐낼 수 없었던 무거운 짐과 같은 강박을 조금이나마 덜 수 있었다. 그렇게 삶의 여유를 조금씩 가질 수 있게 되면서 인생의 가치관 역시 조금씩 바뀌고 있었다.

본래 이 온천행은 몇 년 전부터 건강이 조금씩 나빠진 중전을 위해 계획했었지만, 중전 역시 덩달아 자신과 같이 단련에 힘쓰고 먹을 것에 신경 써 건강을 회복했으니, 능행차와 휴양을 겸해 아들이 계획한 도로 개발의 명분을 만들기 위해 나선 것이다.

달라지기 전의 역사 속의 세종이었다면 민폐를 끼치지 않으려 온천행에 극히 신중한 태도를 보이며 신료들의 간청을 무시하다 어쩔 수 없이 말년에 요양차 온천을 방문했지만, 지금은 오히려 목적을 가지고 온천에 오게 된 것이다.

세종은 즉위 초반에 그의 아버지 태종을 위해 찾았던 평산군(平山郡)의 온천과 이천의 온천을 경험한 후, 온천의 유용함을 깨달아 조선 각지에서 온천을 찾기 위해 노력했었다. 하지만 은상을 노린 거짓 제보에 속기도 하고, 온천이 생기면 요역이 늘어날 것을 염려한 백성들이 이를 숨기는 일도 있었다.

본래 그의 의도는 질병을 치료하는 온천의 효능을 보고 백성들에게 이로움을 위해서 이용하기 위함이었으니, 그런 태도에 괘씸함을 여겨 고을의 명칭을 깎아내리겠다고 겁을 준 적도 있었다. 그러나 이젠 이 좋은 것을 몰라보고 이용할 줄 모르는 이들이 그저 안쓰럽게 느껴질 뿐이었다.

세종은 그렇게 다시 한번 온천의 유용함을 몸으로 느끼게 되어, 온수현의 온천 시설을 좀 더 개량하고 도로의 사정을 개선해 더 많은 이들이 찾게 만들어서 이 고을을 발달시킬 계획을 간략하게나마 구상했다.

'그건 그렇고 이곳이 온수(溫水, 온천)가 있다고 온수현이라고 하니, 뭔가 성의 없는 명칭이로구나. 차라리 이참에 온양(溫陽)이라고 개명하고 군으로 승격시키면 적절하겠어.'

그렇게 세종이 한참 동안 온양 개발 계획을 구상하던 차에,

궁인이 다가와 조심스럽게 고했다.

"주상 전하, 어의가 전하께서 지시하신 약탕을 대령했사옵
니다."

"그래? 바로 나가마."

세종은 일전에 세자를 통해 건네 들은 의학 지식에 야관문
으로 불리는 비수리가 자신의 오랜 지병인 소갈증을 치료하
는 데, 효능이 좋다고 해서 비수리 달인 물을 꾸준히 장복하
고 있었다. 그러다 나름대로 더 좋은 방법을 궁리하고 어의와
상의해서 몇 가지 도움이 될 만한 약재를 넣고 약탕을 끓여서
먹게 되니 확실히 예전처럼 소변을 볼 때 느끼던 괴로움이나
냄새가 줄어들어 그 효과를 체감하고 있었다.

세종은 온천탕에서 나와 몸을 닦고서 약탕을 한 번에 들이
켠 후, 새 옷으로 갈아입고 중전의 처소를 찾아갔다. 원래도
금슬 좋던 부부 사이는 세종이 중전의 아버지 심온을 신원시
켜 준 후 한층 더 깊어졌다.

그는 다음 날 아침엔 지필묵을 준비해 어제 탕에서 구상한
개발 계획을 정리하고, 공사에 사용할 도구도 몇 가지 고안해
도면을 그려두었다. 일전에 조정에서 파악해 두었던 온수현의
재정과 한 해의 세수, 그리고 파악된 호구를 전부 잊지 않고
기억해 둔 세종은 그것을 다시 정리해 공사에 사용될 재정을
확보하고 동원될 최소의 인원마저 계산하면서 그들에게 지급

할 임금까지 산정했다.

그렇게 계획을 완성한 세종은 온수현의 현감 송만달을 불러 길을 여러 방향으로 개수하고 온천의 시설을 다시 정비할 것을 명하면서 계획을 정리한 책을 내려주었다. 현감은 처음에 주상의 지시에 어쩔 수 없이 따르면서도 백성들의 반발을 살까 난감해하다, 상세한 공사 계획과 공법, 그리고 자기도 잘 모르고 있던 여분의 재정 활용법으로 새경을 주고 백성들을 부릴 수 있는 방안이 적힌 책을 보곤 기겁하면서 향리들을 불러 장부를 확인하라고 지시했다.

결국 온수현의 도로 공사가 재개되었고, 온수현에도 농사가 아닌 토목과 온천의 일로 먹고살게 되는 새로운 계층이 생기는 계기가 되었다.

그렇게 평온하면서도 생산적인 날을 보내던 세종은 문득 자신의 아버지인 태종을 떠올리곤, 어떤 생각에 잠겼다.

*          *          *

난 4월이 시작되고 대마도에서 육랑차랑이 유황을 천 근이나 가져와 진상했다는 소식을 들었다.

"왜적 만호 육랑차랑이 기특하게도 아국에 유황을 가져와 바쳤다고 하니, 예조에서 그에게 하사품을 내려주시오. 그런데 이런 경우엔 답례로 뭘 내려야 할지 정해진 바가 있소?"

"저하, 일전에도 왜인들이 유황을 가져다 바친 경우가 아예 없던 것은 아니옵니다. 소신이 기억하기론 십육 년(1427년) 전에 왜국 관서도의 살마주(薩摩州, 사쓰마)가 유황 일천 근을 바친 사례가 있사옵고, 간혹 다른 여러 왜인의 주들이 유황을 바친 사례가 있었으니, 그 선례를 따라 적당한 양의 면포와 쌀을 내려주면 적절할 것이옵니다."

"그렇소? 내 그러면 하사품의 일은 예조판서에게 일임하리라. 그건 그렇고 일전에 대마도주에게 보낸 서신의 답장은 어떻게 되었나?"

"아직 전해 받지 못했사옵니다."

"지금 왜관을 드나드는 세견선에 대해 다시 논의할 중요한 일인데도 아직까지 답이 없다니, 대마도주가 무슨 생각인지 모르겠군."

"그들의 생계를 좌지우지할 만한 대사이니, 신중하게 논의하는 게 아닐까 추측되옵니다."

"그런가. 일단 예조판서는 육랑차랑에게 따로 성대한 잔치라도 베풀어주시오."

유황은 지금 경주에서 생산하는 양만으론 장차 지방관아에 공급될 화약을 충당하긴 모자란 실정인데, 천 근이나 되는 유황을 가져오다니 왜구 두목 놈치곤 수완이 참 대단하네. 잠깐… 설마? 이거 어디선가 약탈해 온 건가?

물론 그렇다 해도 내가 상관할 바 아니다. 출처야 어쨌든 우리가 유용하게 사용하면 그만이거든, 이 유황이 화약으로 변해 왜구 놈들에게 사용될 수도 있는데 뭔 상관이겠어.

아무튼 유황은 고맙고 잘 써주마.

"다음 안건으로 넘어가기 전에 할 말이 있소. 본인은 일전에 열린 전시의 합격자들에게 특별히 신경 쓰고 있으니, 혹여라도 그들에게 텃세를 부리는 관원이나 신료들이 없을 거라 믿겠소."

얼마 전에 열린 북방의 인원들을 대상으로 열렸던 과거 시험인 전시의 합격자들이 임용 대기 중이었고, 그들 중 일부는 집현전이나 성균관에 입학할 예정이기도 하다. 난 혹시라도 일부 신료들에게 자리 잡은 북방 차별 의식으로 인해 일어날 면신례를 방지하고자 이야기를 꺼냈다.

그러자 사간원(司諫院)의 수장격인 좌사간대부(左司諫大夫)인 신기(愼幾)가 내말에 답했다.

"저하께서 일전에 전시를 준비하시며 전조의 악습인 면신례가 일어나지 않도록 신신당부하셨기에, 사간원의 관원들이 혹여라도 일어날 불상사를 방지하려 노력 중이옵니다."

"내 이번 기회에 대간들에게 불경한 신료들을 단속할 기회를 주겠소. 이번 기회에 전조의 뿌리 깊은 악습이 음지에서 횡행하는 풍습이 근절되길 바라고 있소."

면신례(免新禮)와 허참(許參)으로 불리는 악습은 고려 시절에 음서제로 관직에 오른 신료들의 기를 꺾으려 시작한 신고식이고, 미래식으로 말하자면 군기 잡기 같은 행위라고 보면 된다. 이런 풍습이 미래에도 이어져 신입에게 술을 강요하고 온갖 부조리가 일어나게 되었다고 하니, 내 대에 이 악습을 끊어버리려고 결심했다.

"신 또한 예전에 등과한 후 허참을 치르며 선배 관원들에게 진귀한 음식과 술을 대접하느라, 고리 빚을 진 적이 있사옵니다. 그러하니 소신이 저하의 명을 받들어 악습을 끊어내겠사옵니다."

"그래요? 선대왕 전하께서도 그런 일이 생기지 않게 당부하셨는데, 좌사간대부가 그런 일을 겪었다니 안타깝구려. 내 그대와 대간들을 믿어보겠소."

"망극하옵니다."

신기는 내게 대답하며 편전에 출석한 신료들을 쳐다보는데, 그들 중 일부는 신기의 눈길이 부담스러운지 그의 눈길을 피했다. 아무래도 찔리는 게 있나 본데? 혹시 저 중에 신기한테 허참을 강요한 이들이 남아 있는 건가?

그렇게 이어진 회의에선 사은사로 명에 다녀올 동지중추원사 김을현(金乙玄)에게 몇 가지 당부의 말을 건넸고, 회의가 끝나면 첨사원에 방문하라고 일러두었다.

"저하, 소신에게 따로 명하실 것이 있사옵니까?"

첨사원에 찾아온 김을현이 내게 질문했다.

"그래, 그대에게 따로 부탁할 것도 있고 가르칠 것도 있네. 그대는 본디 역관 출신이라 산학에도 능한 것을 잘 알고 있지만 그것만으론 부족해서 말일세."

조선의 역관 출신 관료들은 조공 무역 때문에 외국어뿐만이 아니라, 자연히 산학을 익히게 된다. 하지만 하급 역관들이 대놓고 장부를 조작하거나 하면 산학을 모르는 이들은 속기 십상이라, 중간에 횡령을 해도 알아차릴 수 없는 게 문제기도 하다.

"자네는 명국에 가게 되면 미당에 관한 협상을 하게 될 걸세. 자네도 사백두 영감처럼 그들의 사정을 봐줄 필요 없고, 아쉬운 건 우리가 아니니 그들이 알아서 매달릴 걸세. 또한 이번엔 초석과 유황, 그리고 돼지가 필요하네."

결국 정인지의 새로운 별명은 사백두가 되어버렸고, 본인도 그런 별명을 기분 나빠하지 않고 백두는 백척간두(百尺竿頭)를 줄인 말이라고 농담을 하기도 했다.

"돼지라면… 어떤 특별한 연유가 있으신지요?"

"조선의 돼지는 명국에서 자라는 여러 종류의 돼지에 비해 덩치도 작고, 성장이 느리지. 그래서 앞으로 명국의 돼지들이 여럿 필요하네."

"소신은 돼지에 대해 잘 알지 못해, 일을 그르치지 않을까 염려되옵니다."

"어떤 돼지를 데려올지는 내가 그림과 글로 적은 책을 줄 테니 그것을 보고 사정에 맞춰 요구하면 된다네. 병들지 않은 한두 살 사이의 돼지 한 쌍으로 삼백에서 오백 마리 정도 요구하게나."

"삼가 저하의 명을 받들겠사옵니다. 소신이 배워야 할 산학은 무얼 이르신 말씀이시옵니까?"

"내가 일전에 새로운 회계학과 수학이라는 학문을 만들고 장계 관리법과 계산법을 고안해 보았네. 그러니 자네는 당분간 첨사원 주사인 청죽에게 복식부기법이란 장계 정리법을 배우면 될 걸세."

김을현은 기록된 역사에서 명에 다녀오며 방물의 장부 관리를 잘못해서 고신을 빼앗기고 태형을 당한 적이 있다. 지금은 일어나지 않은 일이지만, 그런 일은 안 생기는 게 좋겠지. 이참에 장부 관리가 가장 절실한 역관들과 세금을 관리하는 부서부터 복식부기법을 가르치고 서서히 지방관아로 퍼지게 만들어야겠다.

"망극하옵니다."

그렇게 김을현이 얼마 전 첨사원 주사로 승진한 성삼문에게 수학과 복식부기법을 배우는 동안, 황희 역시 첨사원을 드나들며 자염 생산을 개선하는 안건으로 바쁘게 일했다. 그 와중에 자식들에게 물려줄 재산 기반 역시 만들어볼 생각인가 본데… 저집 아들들은 정말 전부 하나같이 글러먹은 게 문제다.

어느 정도 욕망은 있는 반면, 타고난 능력이 출중하고 정치에 뛰어난 감각을 지닌 황희와는 다르게, 그의 아들들은 하나같이 탐욕스러운 것도 모자라 멍청한 편이라서 난 그들을 등용할 생각조차 없었다. 게다가 나 역시 그들이 지은 죄를 역사 기록으로 보아 알고 있으니, 황희의 목줄을 보이지 않게 잡고 있는 거나 마찬가지였다.

사정이 그러니 황 대감은 천수를 다할 때까지 종신 영의정을 해주셔야겠소. 미래에 백세인생이란 좋은 말이 있던데 기록 한번 세워봅시다. 모르긴 몰라도 아버님 역시 저 말을 들으시면 정말 좋아하실 거 같은 예감이 들었다.

\*          \*          \*

최근 영중추원사 최윤덕은 요즘이 자신의 인생 말년이라고 생각했던 인식이 많이 바뀐 것을 느끼고 있었다. 주상 전하께서도 무관 출신인 최윤덕을 중용해서 정승의 자리에 올린 것만으로도 과분한 일인데, 세자 역시 그런 그를 아끼고 자신의 못난 셋째 아들 최광손을 손수 지도해 대공을 세울 수 있게 해주었으니, 그 은혜에 어찌 보답해야 할까 하다 몇 달 전 새로운 계획을 구상하곤 실행에 옮겼다.

"아… 아버지, 소자는 이젠 정말 한계이옵니다."

"이 아비가 뭐라고 했는지 잊었느냐? 네가 한계라고 생각하는 건 진정한 한계가 아니란다. 그런 극한의 상황에서 몇 번이라도 역기를 들어 올려야 너 자신을 이겨낼 수 있는 것이다. 눈 딱 감고 세 개만 더 들어 올리거라!"

"소자가 오늘 열 번의 한계를 넘었더니, 아침에 먹은 계흉육(鷄胸肉, 닭가슴살)이 전부 역류할 것 같습니다……."

"정녕 그러하면 한 시진 정도 쉬고 다시 하자꾸나. 무재가 떨어지는 광손이도 해냈는데, 그 아이보다 타고난 무골인 넌 더 잘할 수 있을 거란다."

최윤덕의 네 아들 중 막내인 최영손은 지금 최윤덕의 지도로 한창 역기 단련에 매진 중이다. 최영손은 대략 이 년 전쯤 최윤덕이 약해진 자신의 몸을 다시금 단련하겠다고, 주문 제작한 생소한 운동기구들을 처음 봤을 땐 연로한 아버지가 무리하여 몸을 다치지 않을까 염려도 했었다.

그러나 자신의 아버지는 생전 처음 보는 단련법과 식단을 병행하더니 연로하여 줄어든 몸을 이 년 만에 어느 정도 회복했고, 최영손은 그 기구들을 자기가 사용하게 될 거라곤 생각도 못 하다가 아버지의 강요로 얼마 전부터 자신도 어느 정도 인지 모르고 있던 육체의 한계를 매일 뛰어넘고 있었다.

최영손은 요즘 아침 식사로 잡곡밥과 양념이 전혀 안 된 삶은 닭고기와 이름 모를 채소 몇 가지를 먹고 있었다. 처음엔 아침부터 고기를 먹을 수 있다고 멋모르고 좋아했지만, 일주일가량 지나고 나니 닭이란 게 이렇게 맛이 없는 건가 하고 진저리가 쳐질 지경이었다. 최영손은 닭의 날개나 다리 부분은 전혀 없이 몸통, 그것도 주로 가슴 부분의 살만 먹다 보니, 고기도 많이 먹으면 물릴 수 있다는 배부른 진리를 알게 되었다.

물론 최영손은 그런 불만을 남들에게 표출할 정도로 어리석진 않았다. 고기는커녕 아침저녁으로 배부르게 아무 음식이라도 먹는 게 소원인 백성들이 많다는 걸 알고 있기도 하고, 하인들은 아침마다 고기를 먹는 자신을 부러워하기 때문이었다. 그는 아주 어릴 적 아버지 최윤덕이 북방에서 공무에 힘쓰는 와중에도 배고픈 백성들을 먹이려 직접 농사를 지었고, 형들과 자신도 그런 아버지의 농사일을 도왔기에 먹을 것의 소중함을 잘 알고 있었다.

최영손은 뻑뻑해서 안 넘어가는 고기를 배부른 고민과 함께 물로 강제로 삼키고 난 후엔 유격 체조라고 부르는 단련법으로 몸을 풀고 점심까지 역기라는 철근 봉을 들고 앉았다 일어나는 체굴법과 기다란 탁자 같은 것에 누워서 역기를 드는 운동을 반복해야 했다.

본래 최씨 사 형제 중 가장 무예의 기질이 뛰어나고 명궁이기도 한 최영손은 단련 초기엔 전혀 힘들이지 않고 아버지의 지도를 수월하게 따라갈 수 있었다. 그러나 최윤덕이 아들의 자질을 보고 기뻐하며 강도를 급격히 높이자, 최영손 역시 타고난 힘만으론 버틸 수 없는 지금의 지경에 이르렀다.

"생각 같아선, 광손이 말고 다른 녀석들도 전부 불러 같이 단련시키고 싶은데, 다들 나랏일이 바쁘니 그러지 못하는 게 아쉽구나."

"예, 소자도 이 좋은 것을 형들과 같이 나누고 싶은데, 그러지 못해 아쉽습니다."

최영손은 쉬면서 최윤덕이 한탄하듯 하는 말을 듣고 아버지의 말이 옳다고 생각했다. 아직 무과에 급제하지 못해, 아버지를 모시고 사는 자신만 이러는 게 억울하기도 해 느낀 감정이지만. 파저강 토벌 당시 사형제가 장남을 제외하곤 십 대의 어린 나이로 전부 아버지를 따라 경험을 쌓기 위해 나섰지만, 그 일을 겪고 난 후 형제들의 운명은 판이하게 갈렸다.

최윤덕의 첫째아들인 최숙손(崔淑孫)은 파저강 토벌에서 공을 세워 벼슬길에 올라 군의 주요 요직을 거쳐 가며 출셋길을 걷는 중이다. 지금은 전라 수군 도안무처치사(都安撫處置使, 수군절도사)의 관직을 받아 당상관의 품계도 가지고 있었다.

둘째인 최경손 역시 무관 생활을 하고 있지만, 첫째와는 다르게 요직에 오르지 못했고. 셋째인 최광손은 문관이 되겠다며 관직을 때려치우고, 글공부에 힘썼다. 막내인 최영손은 본래 사형제 중 가장 무예의 자질이 뛰어났으나, 타려는 말마다 모두 그를 무서워해 태우길 거부하며 날뛰어 무과 시험을 보는 게 힘들었다. 그러다 보니 최영손이 혼자 할 만한 게 활을 쏘는 것뿐이었던지라 명궁으로 칭송받게 된 것이었다.

그런데 어느 날 글공부를 핑계로 집에서 말썽만 피우던 셋째가 어느 순간 달라졌다. 아버지 최윤덕의 조치 때문에 강제로 이징옥 휘하에 부임하게 된 후 조선을 침략하려던 야인 추장의 아들인 동가진을 베고, 그의 아비인 동소로를 사로잡았으며, 얼마 전엔 이만주 토벌에도 종군해서 수많은 야인을 베어 공을 세웠으니, 졸지에 출세한 첫째를 제치고 최윤덕의 가장 자랑스러운 아들이 된 것이었다.

사정이 그렇게 되니 최영손은 타고난 무재를 썩히지 말고 나라를 위해 사용해야 한다며, 아버지 최윤덕에게 홀로 단련받는 신세가 된 것이다.

"휴식은 끝이다. 다시 한번 한계를 넘어보자꾸나. 이 아비는 믿고 있단다. 너라면⋯⋯."

최영손은 아버지에게 매일 듣는 말이 길어질 것 같아지자, 일장 연설의 핵심을 한 문장으로 줄여 대답했다.

"예! 소자가 반드시 나라에 공을 세워 주상 전하와 세자 저하의 은혜에 보답하겠습니다."

"영손아. 요즘 이 아비가 매일 같은 말을 반복하는 게 지겹더냐?"

"아닙니다! 소자가 그만큼 아버님의 당부를 중히 여기고 있다는 다짐일 뿐입니다."

"흐음……."

최영손은 그렇게 아버지의 일장연설을 끊어버린 괘씸죄로 그날 열 번의 한계를 더 넘어야 했다.

최영손은 해가 떠 있는 동안 단련을 하고, 저녁엔 아버지에게 병법과 대국을 보는 법을 배워야 했다. 수업을 마치고 나자 최영손이 평소 궁금했던 일을 아버지에게 물었다.

"아버지, 질문이 있습니다."

"뭐가 궁금한 게냐?"

"아버지께서 현직에 계실 때 왜적들을 경계해야 한다고 하시면서, 삼남 지방에 성을 여럿 쌓으셨던 일에 의문이 들어서 그렇습니다. 왜구를 경계하는 건 좋지만, 재정과 인력을 낭비하며 성을 쌓을 필요가 있을까요? 그럴 예산을 아껴 갑사를 뽑고 정예군을 양성하는 게 나라에 이로운 처사가 아닐지요."

최윤덕은 막내아들이 무예의 재질을 타고 나긴 했으나, 현장 경험이 없어 이런 부분에서 아직 식견이 매우 얕음을 절감하곤 설명에 들어갔다.

"본디 국방이란 단 한 번의 최악의 사태를 가정하고 여러 가지를 준비하게 되는 법이다. 재정을 아낀다고 해안 방비에 소홀히 하다가 난이 벌어지면, 사람도 잃고 그들이 미래에 나라에 낼 세마저 잃게 되는 법이다. 그렇게 되면 재정을 아낀다 한들 어찌 나라에 이롭다 할 수 있겠느냐? 더구나 성채의 이로움은 네 생각보다 훨씬 더 유용하단다. 백성들을 피난시킬 수 있고, 적은 인원으로도 다수의 적을 방비할 수 있으니, 긴 안목으로 보면 그쪽이 더 낫다."

"하오나, 소자가 생각하기론 일전에 대마도의 왜구 정벌 사례를 보아 그들이 그리 위협적이라 생각되지 않습니다."

"네가 어리고 경험이 없어 아비의 공적을 높게 평가하는 모양인데, 대마도 정벌은 실패였다. 사실 그건 정벌이라고 부르기도 아까운 졸전이었지. 서전에서 승리한 부분만 널리 알리고 패전하고 나서 물러난 건 잘 알려지지 않았단다. 왜적들은 천성이 사납고 단기 접전에 능한 자들이 많단다."

이종무가 주장으로 나섰던 대마도 정벌은 소기의 목적을 달성하긴 했으나, 그 당시 원정군을 따라나섰던 최윤덕은 이종무의 어처구니없는 실책을 지켜보고 한탄해야 했다. 처음 상륙전에서 승리하고 나자 방만해져 제비뽑기로 공격할 군을 정하고, 그들이 대마도의 산중에서 왜적의 매복에 걸려 패퇴

하자 배 위에서 지켜보며 구원할 생각조차 하지 않았다.

"예? 그게 참말이십니까?"

"당시 상왕이셨던 태종 대왕께서 그 일을 조용히 덮었기에, 다들 잘 모르는 것뿐이란다."

"소자는 그런 사정이 있는지는 미처 몰랐습니다."

"우리 집안만큼 왜적과 악연이 깊은 집안도 드물다. 개국공신인 네 조부께서도 왜구를 퇴치해 그 공으로 태조께 상을 하사받으셨는데, 네가 왜적을 무시하고 얕보면 되겠느냐? 또한 이 아비가 볼 때 지금 왜국이 분열되어 있지만, 그들을 일통해 하나로 모으는 지도자가 생기고 그 힘이 모이면 반드시 아국을 도모하려 들 것이다. 그러니 앞으로 수군을 증설하고 난에 대비해야 한다."

"그건 너무 과한 염려가 아닌지요. 왜구들은 지금의 수군에게 전혀 상대가 안 됩니다."

최윤덕은 전형적인 무관들과 다르게 매가 아닌 말과 규율로 아랫사람들을 다스렸고, 국법을 집행할 경우 외엔 사적인 폭력을 사용한 적이 단 한 번도 없었다. 물론 그것은 자식 역시 마찬가지였기에, 그의 자식들 역시 최윤덕에게 맞아본 적이 없었다. 그런 최윤덕에게도 생전 처음 폭력적인 욕구가 치솟았지만, 다시금 조용히 억누르고 말을 이었다.

"일전에 조정에서 그 의견을 이야기하자 물정도 모르는 대신들이 너처럼 이 아비의 말을 비웃거나 무시했었지. 하지만 세자 저하께선 이 아비의 의견을 무시하지 않으시고 진심으로 받아들이셨다. 그때 저하께서 대신들에게 하신 말을 네게도 들려주마."

최윤덕이 목을 가다듬고, 자신이 기억하는 대로 최대한 왜곡 없이 들었던 말을 아들에게 들려주었다.

"대신들은 들으라, 본래 나라 사이의 대사란 작금의 형편만 보고 정해서 대비할 일이 아니다. 언제든 최악의 상황과 타국의 발전 가능성을 헤아리고 후대에 생길 흉사에도 대비해야 하는 것이 위정자의 도리로다. 왜국이 남과 북으로 갈리어 전쟁을 벌이다가 안정된 지 얼마 되지 않았고, 명목상 장군이란 자가 왜국을 다스리고 있지만, 실질적으론 지방의 대명이란 영주들이 각자 병사를 부려 고을을 다스리고 있으니, 사소한 계기만 생겨도 그들이 다시 갈라질 가능성이 높다고 할 수 있다. 누군가 그런 영주들을 힘으로 완전히 굴복시켜 진정한 통일을 이루게 된다면, 왜국의 대영주가 지방 영주들의 병력을 없애고 불만을 누르기 위해 조선을 넘볼 수도 있다고 본다. 또한 전조 말에 왜구들이 수십 년에 걸쳐 대규모로 침입한 사례를 볼 때 영중추원사 대감의 고견 또한 전례에 비추어 볼 때 타당하다고 생각된다. 그러니 그런 치욕스러운 역사가 반복되지 않도록 이는 국시로 정해야 할 중대한 사안이라 볼 수 있도다."

최윤덕이 세자가 했던 말을 들려주자 최영손이 물었다.

"저하께서 하교하신 전조의 사례라면, 황산대첩을 이르시는 말씀이십니까?"

"그 당시 왜구의 침략은 한 번뿐만이 아니었단다, 전조 고려 때 왜구가 수십 년에 걸쳐 셀 수 없이 쳐들어 왔고 백성들이 끝없는 고통을 겪어야 했지. 태조 대왕께서 그들을 몰아내지 못했으면 고려뿐만 아니라 지금의 조선도 없었을 거란다. 또한 태조 대왕의 업적도 영성 부원군(최무선) 대감이 화약과 화포를 만들어 해전에서 대승을 거둬 그들을 한곳에 모이게 했기에 가능했던 거란다. 그러니 나라에서 미리 대비해 수군을 양성하고 축성과 방비를 소홀히 하지 않는 게 얼마나 중한지 알겠느냐?"

"예, 명심하겠습니다."

"그건 그렇고, 네가 이 아비의 가르침을 잘 따라주고 있으니, 정말 기특하기 그지없구나. 그런 의미로 내일은 특별한 음식을 준비해 주마."

"예, 감사합니다."

최윤덕은 일전에 조정에서 황희가 돼지를 여럿 키우고 있다는 이야기를 듣고, 자신도 어렵게나마 돼지들을 모아서 얼마 전부터 키우고 있었다. 한 번은 돼지를 키우느라 고생하는 하인들을 먹이려 살찐 돼지 한 마리를 잡고 나서 얻게 된 기름이 많아지자, 아들에게 먹이고 남은 닭 날개와 다리를 모아 포계(炮鷄, 조선식 치킨)를 해 먹어봤는데, 그 맛이 전보다 월등히 좋아 일전에 자선당을 찾아가 세자와 독대했을 때 지나가듯이 그 이야기를 한 적이 있었다.

그러자 세자가 최윤덕의 말을 듣곤 뭔가 잠시 생각하더니, 기름을 적게 쓰는 기존의 볶음 조리법 말고 조각낸 닭에 튀김옷을 입힌 다음 많은 양의 돼지기름에 잠기게 하여 닭을 두 번 튀기고 간장과 사당으로 양념장을 만들어 닭 위에 발라 내오게 했다. 최윤덕은 식초와 간장으로 맛을 내고 밀가루도 적게 쓰던 기존의 포계와는 너무나도 다른 월등한 그 맛에 그저 감탄했다.

최윤덕은 그 후로도 궁에서 먹었던 궁중식 포계의 맛을 잊지 못해 집에서 만들려고 해봤는데, 아무리 해봐도 궁에서 먹었던 바삭한 그 느낌을 살릴 수 없었다. 닭은 일전에 나라에서 만든 양계장이란 곳에서 아들을 먹이기 위해 큰돈을 들여 사오고 있었고 매일 날개와 다리 부분이 남고 있지만, 튀김옷에 사용될 소맥(밀가루)이 워낙 귀하다 보니 기름을 재활용하며 다리나 날개를 하나씩 사용하면서 연습해야 했다.

그렇게 꾸준히 연습하다 보니 며칠 전 완벽하진 않지만, 어느 정도 만족할 만한 튀김법을 습득했고, 그 귀한 맛을 고생하는 아들에게도 맛보여 주려 결심했다.

최윤덕이 최근 아들에게 과한 운동을 시키며 닭가슴살만을 먹인 것은 일부러 그런 면이 있었다. 아직 식견은 조금 부족하지만, 자신을 잘 따라주는 아들의 몸이 어느 정도 기초가 잡혔다고 생각되자 최윤덕은 이제 적당하다고 생각해 다음 단계의 계획을 구상했다. 그렇게 다음 날이 되자 최윤덕은 아들에게 약속한 대로 직접 만든 포계를 차려주었다.

"영손아, 오늘은 아무 염려 말고 마음껏 먹으려무나."

그러나 내심 기대한 아버지의 반응과 다르게 아들의 표정이 좋지 않았다.

"오늘도 계육이네요……."

"아비가 널 위해 직접 조리한 것이다. 그러니 조금이라도 먹어보아라."

그러자 최영손은 아버지가 직접 자신을 위해 닭을 요리했다는 이야기를 듣고, 감격하며 대답했다.

"아버지, 감사히 먹겠습니다."

— 바사삭.

최영손은 닭다리를 집어 입에 집어넣자 생전 처음 느끼는 바삭한 식감에 놀라고, 그 뒤에 따라오는 풍부한 닭고기의 육즙과 기름진 맛에 눈물을 흘릴 뻔했다. 게다가 짭조름하면서도 달콤한 맛이 그의 정신을 쏙 빼놓았으니, 가슴살만 먹다 보니 생긴 닭고기에 대한 선입견도 버리고 순식간에 한 마리 분의 포계를 전부 먹어 치웠다.

"허허, 그리도 맛있더냐? 이 아비가 연습한 보람이 있어. 닭만 먹으면 기름지니 식초에 절인 만청(순무)도 같이 들 거라."

"소자가 여태껏 먹어본 음식 중에 이것이 제일입니다! 지금만큼은 명국의 황상이 먹는 음식도 부럽지 않사옵니다."

"그래, 오늘은 아무 생각 말고 마음껏 먹으려무나."

그렇게 최영손은 그날 세상에서 가장 행복한 사람이 되어 포계를 가장한 간장치킨을 원 없이 맛보았고, 그다음 날에 운동량을 배로 늘려야 했다.

\*          \*          \*

난 지금 내가 세워둔 장기적 계획의 일환으로 어선을 설계하는 중이다. 시험용 판옥선도 얼마 전 설계를 마쳐 전라 수군의 책임자인 최숙손에게 보내 시험 건조를 명했고, 그다음엔 신형 어선을 구상하고 있었다. 아직 원양 선박은 기반이 없어 만들 수 없지만, 조선 근해에서 쓸 만한 어선과 군선 정돈 개선이 가능하다고 생각해서 진행 중이다.

또한 원양 항해는 경험이 많은 뱃사람도 선박 못지않게 중요한데, 조선엔 장기 항해 경험을 가진 이들이 거의 없는 것도 문제다. 그래서 이 부분도 어업에 종사하는 사람들을 늘리면서 좀 더 다양한 어장을 개척하게 하여 조금이나마 개선해 보려고 한다.

내 계획이 순조롭게 진행된다면 훗날 명에서 경험 많은 선원들을 데려와 선원들을 뽑아서 교육할 예정이긴 하지만, 어느 정돈 기반이 있어야 교육이 수월하겠지.

그리고 명태와 청어류는 조선의 동해에서도 흔히 잡을 수 있고, 잘 가공하면 소금 없이도 장기 보존이 가능하니 장차 어업이 발달하면 식량 사정이 지금보다 나아지게 될 것이다.

"저하, 망(網)은 이런 식으로 엮으면 어떻겠사옵니까?"

요즘 내 영향을 받아 실용적인 학문과 민생에 관심을 두게 된 성삼문이 자신이 고안한 명주실 그물의 견본을 가져와 내게 보여주었다.

"그건 아무래도 망의 밀도가 지나치게 촘촘한 것이 커다란 물고기보단 추어(鰍魚, 멸치) 같은 작은 어종에 잘 어울릴 것 같네."

"그렇사옵니까? 소신이 일전에 나이든 어부 여럿을 소신의 집으로 초대해서 물질(잠수)과 어업에 대한 이야기를 듣고 책으로 정리하였는데, 추어는 물 위로 올라오면 금방 죽어버리는 데다 먹을 부분이 적어 거의 버린다고 들었사옵니다."

"추어는 잡자마자 바로 손질하고 쪄낸 다음 잘 말려서 보관하면 훌륭한 국물용 재료가 되네. 사람의 뼈를 보하는 데 굉장히 좋은 식재인데, 아직 추어의 진가를 모르는 이들이 아직 많은가 보군."

일전에 아버님을 위해 궁의 음식과 식단을 개선하면서, 새로 들여온 재료 중 하나가 멸치였다. 처음엔 강화도의 어부들이 멸치를 왜 바치라고 하는지 의아해하다 요즘은 자기들도 맛을 들였는지, 궁에 진상하고 남은 멸치를 말려서 먹는 이들이 늘고 있다고 들었다.

"그렇사옵니까? 소신의 자친(慈親, 어머니)이 요즘 무릎이 시리다고 하는데, 추어가 효과 있을는지요?"

그건 아무래도 나이가 들어서 생긴 관절통 같은데, 적당한 걸 내려줘야겠네.

"내가 내의원에 일러 강황(薑黃)과 추어를 그대의 사가에 보내라고 일러두지. 강황이 통증을 줄여주는 데 도움이 될 걸세. 이참에 그대의 집안 어른을 위한 보양 식재도 보내라고 전해두겠네."

"망극하옵니다! 저하."

성삼문에겐 항상 뭔가를 주고 싶은데, 그럴 만한 적당한 핑계가 생기니 좋군.

그 후 성삼문과 어선과 신형 그물을 어떻게 만들지 논의하는데, 박팽년이 끼어들어 자신의 집안사람들도 새로운 그물을 만드는 데 손을 보태겠다고 말했다. 그러고 보니 요즘 박팽년도 은근히 성삼문에게 경쟁심을 느끼고 있는 듯 보인다. 앞으로 나라를 이끌 동량들이 경쟁심을 가지고 자극받아 서로 발전하게 되면 나야 고마울 일이지.

전농시(典農寺)의 전답에선 일전에 좌의정 김맹성이 계획한 대로 전국에 나눠줄 순무와 귀리의 종자가 크고 있었고, 난 전반적인 어업 개선 계획을 구상하여 힘쓰고 있을 때 현 대마도주인 종정성이 직접 조정에 입조하러 왜관에 입항했다는 소식이 들어왔다.

『내가 바로 세종대왕의 아들이다』 4권에 계속…